LINDA HOWARD
En mundos distintos

Editado por Harlequin Ibérica.
Una división de HarperCollins Ibérica, S.A.
Núñez de Balboa, 56
28001 Madrid

© 1986 Linda Howard. Todos los derechos reservados.
EN MUNDOS DISTINTOS, N° 33
Título original: Midnight Rainbow
Publicada originalmente por Silhouette® Books
Traducido por Victoria Horrillo Ledesma

Todos los derechos están reservados incluidos los de reproducción, total o parcial. Esta edición ha sido publicada con permiso de Harlequin Enterprises II BV.
Todos los personajes de este libro son ficticios. Cualquier parecido con alguna persona, viva o muerta, es pura coincidencia.
El logotipo TOP NOVEL es marca registrada por Harlequin Enterprises Ltd.

®™ son marcas registradas por Harlequin Enterprises Limited y sus filiales, utilizadas con licencia. Las marcas que lleven ™ están registradas en la Oficina Española de Patentes y Marcas y en otros países.

I.S.B.N.: 978-84-671-4781-0

Se estaba haciendo viejo para aquellos trotes, pensó Grant Sullivan con irritación. ¿Qué demonios hacía allí agachado, habiéndose prometido a sí mismo no volver a pisar una selva? Se suponía que tenía que rescatar a una niña bien sin dos dedos de frente, pero por lo que había visto durante los dos días que llevaba vigilando aquella fortaleza en medio de la jungla, tenía la impresión de que tal vez la chica no quisiera que la rescataran. Parecía estar pasándoselo en grande; se reía a carcajadas, flirteaba, se tumbaba junto a la piscina en plena canícula. Dormía hasta tarde; bebía champán en el patio embaldosado. Su padre estaba loco de preocupación por ella, pensando que su hija estaba sufriendo inefables tormentos en manos de sus captores, y ella holgazaneaba por allí como estuviera de vacaciones en la Costa Azul. Ciertamente, no la estaban torturando. Si a alguien estaban torturando, pensó Grant con creciente rabia, era a él. Los mosquitos lo picaban, las moscas lo acosaban, sudaba a chorros y las piernas le dolían de pasar tanto tiempo sentado. Le había tocado otra vez comer raciones de campo, y había olvidado cuánto las odiaba. La humedad hacía que le dolieran todas las viejas heridas, y eran muchas. No había duda: se estaba haciendo viejo.

Tenía treinta y ocho años, y se había pasado más de la mitad de la vida involucrado en una guerra u otra. Estaba cansado, tan cansado que el año anterior había decidido dejarlo con el único deseo de despertarse cada mañana en la misma cama. No buscaba compañía, ni consejo, ni cualquier otra cosa, salvo que lo dejaran en paz. Estaba quemado hasta la médula de los huesos.

No se había retirado a las montañas a vivir en una cueva donde no tuviera que ver ni hablar con otros seres humanos, pero se lo había pensado muy seriamente. Al final, se había comprado una granja destartalada en Tennessee, a la sombra de la sierra, y había dejado que la bruma del monte le curara las heridas. Había abandonado, pero por lo visto no se había ido lo bastante lejos: a pesar de todo, habían sabido dónde encontrarlo. Suponía, malhumorado, que, dada su reputación, era necesario que ciertas personas estuvieran al corriente de su paradero en todo momento. Cada vez que una misión requería habilidad y experiencia en la selva, llamaban a Grant Sullivan.

Un movimiento en el patio atrajo su atención, y apartó con cautela una hoja ancha, apenas unos milímetros, para despejar su campo de visión. Allí estaba ella, de punta en blanco con su vestido vaporoso y sus zapatos de tacón y unas enormes gafas de sol que ocultaban sus ojos. Llevaba un libro y un vaso alto lleno de alguna cosa de aspecto deliciosamente fresco; se acomodó elegantemente en una de las tumbonas de la piscina y se preparó para pasar la tarde bochornosa sin hacer nada. Saludó con la mano a los guardias que patrullaban por los terrenos de la plantación y les lanzó su sonrisa con hoyuelos.

¡Qué guapa era, la muy inútil! ¿Por qué no se había quedado bajo el ala de papá, en lugar de pavonearse por el mundo para demostrar lo independiente que era? Lo único que había demostrado era que tenía un notable talento para meterse en líos.

Pobre necia atolondrada, pensó Grant. Seguramente ni siquiera se daba cuenta de que era uno de los personajes principales en una pequeña y fea trama de espionaje que tenía en jaque al menos a tres gobiernos y a diversas facciones, todas ellas hostiles, que luchaban por encontrar un microfilm extraviado. Lo único que le había salvado la vida de momento era que nadie sabía a ciencia cierta cuánto sabía, o si sabía algo. ¿Estaba involucrada en las actividades de espionaje de George Persall, se preguntaba Grant, o había sido sólo su amante, su «secretaria» de altos vuelos? ¿Sabía dónde estaba el microfilm, o lo tenía Luis Marcel, que había desaparecido? Lo único que se sabía con certeza era que George Persall había tenido en sus manos el microfilm. Pero Persall había muerto de un ataque al corazón –en la habitación de la chica– y el microfilm no había sido encontrado. Los estadounidenses lo querían, los rusos lo querían, los sandinistas lo querían, y lo querían también todos y cada uno de los grupos rebeldes de América Central y del Sur. Qué demonios, pensó Sullivan, que él supiera, hasta los esquimales lo querían.

Así pues, ¿dónde estaba el microfilm? ¿Qué había hecho George Persall con él? Si se lo había pasado a Marcel, que era su contacto habitual, ¿dónde estaba Luis? ¿Había decidido vendérselo al mejor postor? Parecía improbable. Grant conocía a Luis personalmente; habían pasado algunos apuros juntos, y se fiaba de él en retaguardia, lo cual era mucho decir.

Los agentes del gobierno llevaban ya cerca de un mes detrás del microfilm. Un alto ejecutivo de un laboratorio de investigación de California había llegado a un acuerdo para vender la tecnología láser clasificada por el gobierno que desarrollaba su empresa, tecnología que podía abrir las puertas al armamento láser en un futuro no muy lejano. Los encargados de seguridad de la propia empresa habían llegado a sospechar de aquel individuo y alertado a las autoridades; juntos habían sorprendido al ejecutivo en plena venta. Pero los dos compradores habían escapado, llevándose el microfilm. Luego, uno de ellos había traicionado a su socio y se había llevado el microfilm a Sudamérica para negociar su venta por su cuenta. Se había alertado a todos los agentes de América Central y del Sur, y en Costa Rica un agente estadounidense había contactado con el sujeto en cuestión y le había ofrecido un señuelo para comprarle el microfilm. A partir de ese momento, todo se embrollaba. El trato había salido mal, y el agente había resultado herido, pero había logrado escapar con el microfilm. La película debería haber sido destruida en ese momento, pero no había sido así. El agente se las había ingeniado para llevárselo a George Persall, quien en Costa Rica podía ir y venir a su antojo gracias a sus contactos empresariales. ¿Quién iba a sospechar que Persall estaba relacionado con el espionaje? Parecía desde siempre un insulso hombre de negocios, si bien con debilidad por las «secretarias» llamativas, una debilidad ésta que cualquier hombre latino comprendería muy bien. Persall era conocido sólo por unos cuantos agentes, entre ellos Luis Marcel, lo cual le hacía extremadamente efectivo. Pero, en este caso, George había permanecido en la ignorancia; el agente deliraba a causa de la herida, y no le había dicho que destruyera el microfilm.

Luis Marcel debía contactar con George y, sin embargo, había desaparecido. Luego George, quien parecía haber gozado siempre de una salud envidiable, había muerto de un ataque al corazón... y nadie sabía dónde estaba el microfilm. Los estadounidenses querían asegurarse de que aquella tecnología no caía en manos de otros; los rusos la deseaban con el mismo fervor, y todos los revolucionarios del hemisferio ansiaban apoderarse del microfilm para venderlo al mejor postor. Con el precio que alcanzaría en el mercado aquel trocito de película, podía comprarse un arsenal y ponerse en marcha una revolución.

Manuel Turego, jefe de seguridad nacional de Costa Rica, era un hombre muy listo. Un canalla, pensó

Grant, pero listo. Se había apresurado a secuestrar a la señorita Priscilla Jane Hamilton Greer y a llevarla a aquella plantación del interior del país, fuertemente vigilada. Seguramente le había dicho que se hallaba bajo custodia por cuestiones de seguridad, y ella era posiblemente tan obtusa que le estaba muy agradecida por «protegerla». Turego se había tomado las cosas con calma. De momento, no le había hecho ningún daño a la chica. Sabía, evidentemente, que su padre era un hombre muy rico e influyente, y que no era sensato suscitar la ira de los hombres ricos e influyentes, a no ser que fuera absolutamente necesario. Turego estaba a la espera; aguardaba a que Luis Marcel o el microfilm salieran a la luz, como acabaría sucediendo. Entre tanto, tenía a Priscilla; podía permitirse esperar. Aunque no supiera nada, la chica era valiosa, al menos, como herramienta de negociación.

Desde el momento de la desaparición de Priscilla, su padre se había puesto frenético. Había exigido con firmeza la devolución de favores políticos y había descubierto que ninguno de los favores que le debían podía apartar a Priscilla de Turego. Hasta que Luis fuera encontrado, el gobierno de Estados Unidos no movería un dedo para liberar a la joven. Las dudas acerca de lo que sabía, la tentadora posibilidad de que conociera el paradero del microfilm, parecían haber aminorado el empeño con que se buscaba a Luis. Su cautiverio podía darle la oportunidad que le hacía falta, al apartar de él la atención general.

Por fin, desesperado por la preocupación y furioso ante la inmovilidad del gobierno, James Hamilton había decidido tomar el asunto en sus manos. Había gastado una pequeña fortuna para descubrir el lugar donde se hallaba su hija, y a continuación había quedado bloqueado por la inaccesibilidad de la plantación. Sabía que, si mandaba hombres suficientes para tomar por asalto la finca, había muchas posibilidades de que su hija muriera en los combates. Después, alguien le había mencionado el nombre de Grant Sullivan.

Un hombre tan rico como James Hamilton podía encontrar a cualquiera que no quisiera que lo encontraran, incluso a un ex agente gubernamental, quemado y cansado, que se había retirado a las montañas de Tennessee. Al cabo de veinticuatro horas, Grant se había sentado frente a Hamilton, en la biblioteca de una enorme casa de campo que olía a la legua a dinero antiguo. Hamilton había hecho una oferta que saldaría por completo la hipoteca sobre la granja de Grant. Lo único que quería aquel hombre era que le devolvieran a su hija sana y salva. Tenía el rostro surcado de arrugas y crispado por la preocupación, y un aire de desesperación que había convencido a Grant, incluso más que el dinero, de que debía aceptar la misión, aunque fuera a regañadientes.

La dificultad de rescatar a la chica parecía inmensa, quizás incluso insuperable; si era capaz de esquivar las medidas de seguridad de la plantación, y lo dudaba, sacarla de allí sería otro cantar. Y no sólo eso: Grant sabía por experiencia que, aunque la encontrara, era improbable que la chica estuviera viva o reconocible.

No se había permitido pensar en lo que podía haberle ocurrido desde el día de su secuestro.

Pero llegar hasta ella había sido ridículamente sencillo; tan pronto había dejado la casa de Hamilton, le había salido una nueva arruga. A poco más de un kilómetro por la autopista, pasada la casa de Hamilton, había mirado por el retrovisor y había visto que lo seguía un anodino sedán azul. Había levantado sardónicamente una ceja y se había apartado al arcén.

Allí encendió un cigarrillo e inhaló el humo tranquilamente mientras esperaba que los dos hombres se aproximaran a su coche.

–Hola, Curtis.

Ted Curtis se inclinó y se asomó por la ventanilla abierta, sonriendo.

–¿Adivinas quién quiere verte?

–Diablos –masculló Grant, irritado–. Está bien, id delante. No tendré que conducir hasta Virginia, ¿no?

–No, sólo hasta el próximo pueblo. Está esperando en un motel.

El hecho de que Sabin hubiera creído necesario abandonar el cuartel general resultaba revelador. Grant conocía a Kell Sabin de los viejos tiempos; aquel hombre no tenía un solo nervio en el cuerpo. Por sus venas corría agua helada. No era un tipo muy simpático, pero Grant sabía que lo mismo podía decirse de él. Ambos eran hombres a los que no se aplicaban las reglas, hombres que conocían íntimamente el infierno, que habían vivido y cazado en aquella jungla gris en la que no existían normas. La diferencia entre ellos radicaba en que Sabin se sentía cómodo en aquella fría grisura; era su vida. Pero Grant no quería saber nada más de todo aquello. Las cosas habían llegado demasiado lejos; había llegado a tener la impresión de que se estaba convirtiendo en un ser inhumano. Empezaba a perder la noción de su identidad y del porqué estaba allí. Ya nada parecía importarle. Sólo se sentía vivo durante la cacería, cuando la adrenalina corría por sus venas e inflamaba sus sentidos, agudizando su percepción. La bala que había estado a punto de matarlo le había salvado la vida, porque lo había hecho detenerse el tiempo necesario para que volviera a reflexionar. Había sido entonces cuando había decidido marcharse.

Veinticinco minutos después estaba sentado cómodamente, con los pies apoyados en la mesa de plástico que formaba parte del mobiliario de todos los moteles, y una taza de café fuerte y caliente entre las manos.

—Bueno, ya estoy aquí. Habla —murmuró.

Kell Sabin medía un metro ochenta y dos, unos centímetros menos que Grant, y su recia musculatura dejaba claro que se esforzaba por mantenerse en forma, a pesar de que ya no estaba en el servicio activo. Era moreno —pelo negro, ojos negros, tez olivácea—, y el frío fuego de su energía generaba a su alrededor un campo de fuerza. Resultaba impenetrable y era tan astuto como una pantera al acecho, pero Grant se fiaba de él. No podía decir que le gustara. Sabin no era un tipo agradable. Sin embargo, durante veinte años sus vidas habían estado entrelazadas, hasta volverse virtualmente el uno parte del otro. Grant podía imaginar el fogonazo anaranjado de un arma de fuego, sentir el olor pútrido de la vegetación, ver el destello de las armas al disparar... y notar a la espalda, tan cerca que se apoyaban el uno en el otro, al mismo hombre que se sentaba frente a él en ese instante. Esas cosas se le quedaban a uno grabadas en la memoria.

Un hombre peligroso, Kell Sabin. Los gobiernos enemigos habrían pagado de buen grado una fortuna por capturarlo, pero Sabin no era más que una sombra que huía de la luz del sol y que dirigía sus tropas desde una turbia neblina.

Sin un solo destello de emoción en la mirada, Sabin observó al hombre arrellanado frente a él. Sabía que su aparente laxitud era engañosa. Grant estaba, en todo caso, más fibroso y más fuerte que antes. Hibernar durante un año no lo había ablandado. Seguía habiendo algo salvaje en Grant Sullivan, algo peligroso e indomable. Un algo que estaba en el centelleo inquieto y desconfiado de sus ojos color ámbar; unos ojos que relucían, fieros y dorados como los de un águila bajo las cejas oscuras y rectas. El cabello, rubio oscuro y revuelto, se le rizaba por detrás, enfatizando su salvajismo. Estaba muy moreno; la pequeña cicatriz de su mentón apenas se notaba, pero la fina línea que cruzaba su pómulo izquierdo parecía plateada en contraste con su piel tostada por el sol. Las cicatrices no desfiguraban su rostro, pero servían como recordatorio de sus batallas.

Si Sabin hubiera tenido que elegir a alguien para rescatar a la hija de Hamilton, habría elegido a aquel hombre. En la jungla, Sullivan era sigiloso como un gato; podía convertirse en parte de la maleza, mezclarse con la vegetación, utilizarla. Había sido de utilidad también en las junglas de cemento, pero era en los verdes infiernos del mundo donde no tenía igual.

−¿Vas a ir tras ella? −preguntó finalmente Sabin con voz queda.

−Sí.

−Entonces, permíteme ponerte al corriente −obviando el hecho de que Grant no tenía ya acceso a informaciones secretas, Sabin le habló del microfilm. Le habló de George Persall, de Luis Marcel, de aquel mortífero juego del gato y el ratón, y de la pequeña y atolondrada Priscilla, que ocupaba el centro de la acción. La estaban usando como cortina de humo para proteger a Luis, pero Kell estaba preocupado por Luis, y no poco. No era propio de él desaparecer sin dejar rastro, y Costa Rica no era el lugar más apacible del mundo. Podía haberle pasado cualquier cosa. Sin embargo, allá donde estuviera, no se hallaba en manos de ningún gobierno o facción política, porque todos seguían buscándolo, y todos, salvo Manuel Turego y el gobierno de Estados Unidos, andaban tras la pista de Priscilla. Ni siquiera el gobierno costarricense sabía que Turego tenía a la joven; Turego obraba por cuenta propia.

−Persall era muy discreto −reconoció Kell, irritado−. No era un profesional. Ni siquiera tengo informes sobre él.

Si Sabin no tenía informes sobre él, Persall no era solamente discreto: era totalmente invisible.

—¿Cómo surgió todo esto? —preguntó Grant arrastrando las palabras mientras cerraba los ojos hasta convertirlos en ranuras. Parecía que iba a quedarse dormido, pero Sabin sabía que no era así.

—Estaban siguiendo a nuestro hombre. Estaban estrechando el cerco. Él deliraba por la fiebre. No pudo encontrar a Luis, pero recordaba cómo contactar con Persall. Nadie conocía el nombre de Persall hasta ese momento, ni cómo encontrarlo si lo necesitaban. Nuestro hombre se limitó a llevarle el microfilm a Persall antes de que se montara el lío. Persall se largó.

—¿Qué hay de nuestro hombre?

—Está vivo. Conseguimos sacarlo de allí, pero no antes de que Turego le echara el guante.

Grant dejó escapar un gruñido.

—Así que Turego sabe que nuestro hombre no le dijo a Persall que destruyera el microfilm.

Kell parecía sumamente contrariado.

—Todo el mundo lo sabe. Allí no hay seguridad. Hay demasiada gente que vende cualquier información que tenga, por insignificante que sea. Turego tiene una gotera en su organización, así que por la mañana era ya de dominio público. Y esa misma mañana Persall murió de un ataque al corazón, en la habitación de Priscilla. Antes de que pudiéramos actuar, Turego se llevó a la chica.

Las pestañas castañas de Grant velaron casi por completo el centelleo dorado de sus ojos. Daba la impresión de que empezaría a roncar en cualquier momento.

—¿Y bien? ¿Sabe ella algo del microfilm o no?

—No lo sabemos. Opino que no. Persall dispuso de varias horas para esconder el microfilm antes de ir a su habitación.

—¿Por qué demonios no se quedó en su sitio, con su papaíto? —murmuró Grant.

—Hamilton nos está apretando las tuercas para que la saquemos de allí, pero la verdad es que no están muy unidos. A ella le gusta pasarlo bien. Está divorciada, y le interesa más divertirse que hacer algo constructivo. De hecho, Hamilton la desheredó hace un par de años, y desde entonces ha estado vagabundeando por todo el globo. Llevaba con Persall un par de años. No ocultaban su relación. A Persall le gustaba llevar del brazo chicas llamativas, y podía permitírselo. Siempre pareció un tipo campechano y juerguista, muy de su estilo. Nunca imaginé que fuera un correo, y menos aún que fuera lo bastante listo como para engañarme.

—¿Por qué no vais allí y sacáis a la chica? —preguntó Grant bruscamente, y abrió los ojos para clavar en Kell su mirada fría y amarilla.

—Por dos motivos. Uno, no creo que sepa nada del microfilm. Tengo que concentrarme en encontrar la película, y creo que eso significa encontrar a Luis Marcel. Dos, tú eres el más indicado para el trabajo. Lo pensé cuando... eh... dispuse las cosas para que alguien llamara la atención de Hamilton sobre ti.

Así que Kell estaba maniobrando para rescatar a la chica, después de todo, aunque fuera de un modo tortuoso y muy propio de él. Bien. Sabin sólo podía ser eficaz si se quedaba entre bastidores.

—No tendrás problemas para entrar en Costa Rica —dijo Kell—. Ya lo he arreglado. Pero si no puedes sacar a la chica...

Grant se levantó. Un salvaje rubicundo y elegante, sigiloso y letal.

—Lo sé —dijo tranquilamente. Ninguno de los dos tenía que decirlo en voz alta, pero ambos sabían que una bala en la cabeza sería mucho más agradable que lo que le sucedería a la chica si Turego llegaba a la conclusión de que conocía el paradero del microfilm. De momento la retenía como salvaguarda, pero si el microfilm no salía a la luz, ella acabaría siendo el único vínculo restante. Y, desde ese momento, su vida no valdría nada.

Así que Grant se hallaba en Costa Rica, en medio de la jungla tropical, demasiado cerca para su gusto de la frontera con Nicaragua. Bandas itinerantes de rebeldes, soldados, revolucionarios y simples terroristas hacían la vida imposible a la gente sencilla que sólo quería vivir en paz, pero nada de aquello afectaba a Priscilla. La chica podría haber sido una princesa del trópico, bebiendo elegantemente su bebida helada y haciendo caso omiso de la selva, que se comía constantemente las lindes de la plantación y había que contener de cuando en cuando a machetazos.

Bien, él ya había visto suficiente. Esa noche era la noche. Conocía ya los horarios de la chica, la rutina de los guardias, y había descubierto las alarmas. No le agradaba viajar de noche a través de la selva, pero no había elección. Necesitaba varias horas para alejarla de allí antes de que alguien notara su ausencia; por fortuna, la chica dormía siempre hasta tarde, al menos hasta las diez de la mañana. Nadie se extrañaría si no aparecía a las once. Para entonces, ya estarían lejos. A la mañana siguiente, poco después del amanecer, Pablo los recogería en helicóptero en el claro designado.

Grant se apartó lentamente de la linde del bosque y se arrastró entre la espesura hasta que ésta formó una sólida cortina que lo separaba de la casa. Sólo entonces se puso en pie y echó a andar con sigilo y aplomo. Se había ocupado de las alarmas y los sensores mientras los iba descubriendo. Llevaba tres días en la selva, moviéndose con cautela alrededor del perímetro de la plantación y observando atentamente la disposición de la casa. Sabía dónde dormía la chica, y sabía cómo iba a entrar. Las cosas no podrían haberse presentado mejor; Turego no estaba en la casa. Se había ido la víspera y, dado que no había regresado, Grant estaba seguro de que no volvería ya ese día. Estaba oscureciendo, y no era seguro viajar por el río de noche.

Grant sabía perfectamente lo traicionero que era el río; por eso se llevaría a la chica a través de la jungla. Incluso teniendo en cuenta sus peligros, el río sería la ruta lógica para escapar. Si por casualidad se descubría la falta de la chica antes de que Pablo los recogiera, la búsqueda se concentraría a lo largo del río, al menos durante un tiempo. El suficiente, esperaba Grant, para que llegaran al helicóptero.

Tendría que esperar varias horas más para entrar

en la casa y sacar a la chica. De ese modo, todos tendrían tiempo de cansarse, aburrirse y dejarse vencer por el sueño. Se abrió pasó hasta el pequeño calvero donde había amontonado sus pertrechos y comprobó cuidadosamente que no hubiera serpientes; sobre todo, terciopelos, unas víboras suaves y castañas a las que les gustaba yacer en los claros a esperar su siguiente comida. Tras convencerse de que no había peligro en el claro, se sentó en un árbol caído a fumar un cigarrillo. Bebió un poco de agua, pero no tenía hambre. Sabía que no tendría apetito hasta el día siguiente. Una vez empezaba la acción, no podía comer nada; estaba demasiado tenso, con los sentidos tan afinados que hasta el más leve sonido de la selva resonaba en sus oídos como un trueno. La adrenalina que corría ya por sus venas lo excitaba hasta tal punto que podía entender por qué los vikingos enloquecían en la batalla. Esperar resultaba casi insoportable, pero era lo que tenía que hacer. Comprobó de nuevo su reloj, cuya esfera iluminada parecía un extraño fragmento de civilización perdido en una jungla que tragaba a los hombres vivos, y frunció el ceño al ver que sólo había pasado poco más de media hora.

Para darse algo que hacer y calmar los nervios, comenzó a hacer metódicamente su equipaje, disponiéndolo todo de modo que supiera exactamente dónde estaba. Revisó sus armas y su munición, con la esperanza de no tener que usarlas. Si iba a sacar a la chica con vida, lo que necesitaba más que cualquier otra cosa era silencio total. Si se veía obligado a usar un arma de fuego, delataría su posición. Prefería un cuchillo, que era silencioso y mortal.

Notó que el sudor le corría por la columna vertebral. Dios, si la chica tuviera suficiente sentido común para mantener el pico cerrado y no ponerse a gritar cuando la sacara de allí... Si era necesario, la dejaría inconsciente de un golpe, pero entonces tendría que acarrear su peso muerto a través de la espesura que se alargaba para enredarle las piernas como dedos vivos.

Se dio cuenta de que acariciaba su cuchillo deslizando sobre su mortífera hoja sus dedos largos y fibrosos con la caricia de un amante, y se lo guardó en la funda. Maldita fuera la chica, pensó amargamente. Por culpa suya estaba otra vez en un atolladero, y notaba cómo la tensión iba apoderándose de él. La emoción del peligro era tan adictiva como una droga, y aquella droga corría de nuevo por sus venas, quemándolo, carcomiéndolo como ácido, matándolo e intensificando a un tiempo la sensación de estar vivo. Maldita fuera, ojalá se pudriera en el infierno. Todo aquello por una niña bien, por una necia consentida a la que le gustaba divertirse de cama en cama. Aunque quizá fuera eso precisamente lo que la había mantenido con vida, porque Turego se preciaba de ser un gran amante.

Los sonidos nocturnos de la selva comenzaron a elevarse a su alrededor: los chillidos de los monos aulladores, el murmullo, el gorjeo y los susurros de los moradores de la noche ocupándose de sus quehaceres cotidianos. Desde algún lugar junto al río le llegó el rugido de un jaguar, pero los ruidos normales de la jungla no le importaban. Allí estaba como en casa. La peculiar combinación de sus genes y las habilidades que había aprendido de niño en las ciénagas del sur de Georgia hacían de él una parte de la selva, como lo era el jaguar que rondaba por la orilla del río. A pesar de que el denso dosel de la vegetación impedía el paso de la luz, no encendió una lámpara ni una linterna; quería que sus ojos se ajustaran perfectamente a la oscuridad cuando empezara a moverse. Confiaba en su oído y en su instinto, y sabía que no había cerca ningún peligro. El peligro provendría de los hombres, no de los tímidos animales de la selva. Mientras aquellos ruidos tranquilizadores lo rodearan, sabía que ningún hombre andaba cerca.

A medianoche se levantó y avanzó con sigilo por la ruta que había marcado de memoria. Su presencia alarmó tan poco a los animales y los insectos que prosiguieron su algarabía sin detenerse. Su único temor era que una terciopelo o una cuaima estuvieran de caza en el camino que había elegido, pero era un riesgo que tenía que correr. Llevaba un largo palo que iba pasando en silencio sobre la tierra, por delante de él. Cuando llegó al borde de la plantación, dejó el palo a un lado y se agachó para inspeccionar el terreno, asegurándose de que todo estaba tal y como esperaba antes de seguir avanzando.

Desde donde se hallaba agazapado, veía a los guardias en sus puestos de costumbre, seguramente dormidos, excepto el que patrullaba por el perímetro de la finca, y también ése se echaría pronto a dormir.

Eran un hatajo de haraganes, pensó con desdén. Saltaba a la vista que no esperaban visitas en un lugar tan remoto como aquella plantación. Durante los tres días que había pasado observándolos, había notado que pasaban gran parte del tiempo charlando y fumando cigarrillos, sin prestar atención a nada. Pero aun así estaban allí, y aquellos rifles estaban cargados con balas de verdad. Una de las razones por las que había llegado a los treinta y ocho años era que sentía un sano respeto por las armas y por lo que podían hacerle a la carne humana. Le desagradaba la temeridad, porque costaba vidas. Esperó. Al menos ahora veía, ya que la noche era clara, y las estrellas pendían, bajas y brillantes, en el cielo. No le molestaba su luz; había suficientes sombras que encubrirían sus movimientos.

El guardia de la esquina izquierda de la casa no se había movido ni una pulgada desde que Grant lo observaba; estaba dormido. El que caminaba por la finca se había acomodado contra uno de los pilares de la fachada de la casa. El leve resplandor rojizo que había junto a su mano le reveló que estaba fumando; si seguía su pauta habitual, se echaría la gorra sobre los ojos al acabar el cigarrillo y se pasaría la noche durmiendo.

Sigiloso como un espectro, Grant abandonó su escondite entre la vegetación y se introdujo en los terrenos de la plantación, deslizándose entre los árboles y los arbustos, invisible entre las densas y negras sombras. Saltó sin hacer ruido la baranda que rodeaba la casa, se pegó a la pared y miró de nuevo en derredor.

Reinaban la quietud y el silencio. Los guardias confiaban demasiado en las alarmas, sin darse cuenta de que podían desmantelarse.

La habitación de Priscilla estaba hacia la parte de atrás. Tenía puertas de cristal correderas que podían cerrarse con llaves, pero eso no le preocupaba; se le daban bien las cerraduras. Se acercó a las puertas, extendió una mano y empujó suavemente. La puerta se movió con facilidad y Grant levantó las cejas. La llave no estaba echada. Muy considerado por parte de la chica.

Abrió la puerta con extrema suavidad, procediendo centímetro a centímetro, hasta que tuvo espacio suficiente para pasar. En cuanto penetró en la habitación se detuvo y esperó a que sus ojos se habituaran de nuevo. Tras la luz de las estrellas, el cuarto parecía tan oscuro como la selva. No movió un músculo, pero aguardó, tenso, aguzando el oído.

Pronto pudo ver de nuevo. La habitación era grande y ventilada, con frescos suelos de madera cubiertos con esteras de paja. La cama estaba apoyada contra la pared, a su derecha, envuelta fantasmalmente entre los pliegues de una mosquitera a través de cuya malla se veían las sábanas arrugadas y un bulto de pequeñas dimensiones en el lado más alejado. A aquel lado de la cama había una silla, una mesita redonda y una alta lámpara de pie. Las sombras eran más densas a su izquierda, pero logró distinguir una puerta que seguramente daba al cuarto de baño. Un enorme ropero se alzaba contra la pared. Lentamente, con tanto sigilo como un tigre que acechara a su presa, Grant se movió pegado a la pared, fundiéndose con la oscuridad que rodeaba el armario. Desde allí vio una silla al otro lado de la cama, muy cerca de donde dormía ella. Una prenda larga y blanca, quizá su bata o su camisón, yacía sobre la silla. La idea de que tal vez durmiera desnuda hizo que su boca se tensara en una súbita sonrisa que no contenía en realidad ningún humor. Si dormía desnuda, se defendería como un gato salvaje cuando la despertara. Justo lo que le hacía falta. Por el bien de ambos, confiaba en que estuviera vestida.

Se acercó a la cama con los ojos fijos en la pequeña figura. Estaba tan quieta... El vello de la nuca se le erizó en un signo de advertencia, y sin pensarlo dos veces se giró hacia un lado y encajó el golpe en el hombro, en lugar de en el cuello. Rodó y se levantó esperando enfrentarse a su asaltante, pero la habitación estaba de nuevo silenciosa y en sombras. Nada se movía; ni siquiera la mujer de la cama. Grant volvió a perderse entre las sombras. Intentaba oír el leve susurro de una respiración, el rumor de la ropa, cualquier cosa. El silencio del cuarto resultaba ensordecedor. ¿Dónde estaba su atacante? Al igual que él, se había cobijado entre las sombras, que eran lo bastante densas como para ocultar a varios hombres.

¿Quién era su asaltante? ¿Qué estaba haciendo allí, en la habitación de la chica? ¿Lo habían enviado para matarla o también él intentaba robársela a Turego?

Su oponente estaba posiblemente en el rincón a oscuras de junto al armario. Grant sacó el cuchillo de su funda y volvió a guardarlo; sus manos serían tan sigilosas como el cuchillo.

Allí..., sólo por un instante, un ligerísimo movimiento, lo justo para señalar la posición del hombre. Grant se agachó y se abalanzó súbitamente hacia delante; agarró al hombre por las piernas y lo derribó. El desconocido rodó al aterrizar en el suelo y se levantó con ligereza: una figura esbelta y oscura silueteada sobre la malla blanca de la mosquitera. Lanzó una patada. Grant esquivó el golpe, pero sintió moverse el aire cuando la patada pasó junto a su barbilla. Se movió entonces, asestándole en el brazo un golpe fuerte y seco. Vio que el brazo caía inerme junto al costado del hombre. Fríamente, sin emoción, sin alterar siquiera la respiración, tiró al suelo la delgada figura y apoyó una rodilla sobre su brazo bueno mientras con la otra le apretaba el pecho. Al levantar la mano para descargar el golpe que pondría fin a su lucha silenciosa, notó algo extraño, algo suave que se hinchaba bajo su rodilla. Entonces lo comprendió todo. El bulto quieto de la cama estaba tan quieto porque era un montón de sábanas, no un ser humano. La chica no estaba en la cama; lo había visto entrar por las puertas correderas y se había escondido entre las sombras. Pero ¿por qué no había gritado? ¿Por qué había atacado, sabiendo que no podría vencerlo? Grant apartó la rodilla de sus pechos y deslizó rápidamente la mano sobre sus suaves promontorios para asegurarse de que no le había cortado la respiración. Sintió el movimiento tranquilizador de su pecho, oyó un suave gemido de sorpresa cuando ella sintió su contacto, y se apartó un poco de ella.

—No pasa nada —comenzó a susurrar, pero ella se retorció súbitamente en el suelo, intentando alejarse de él. Levantó la rodilla; Grant estaba desprevenido, vulnerable, y la rodilla golpeó su entrepierna con una fuerza que le hizo estremecerse de dolor. Luces rojas comenzaron a danzar ante sus ojos, y se tambaleó hacia un lado, intentando contener la bilis amarga que subía por su garganta. Se llevó las manos automáticamente a la parte dolorida y apretó los dientes para refrenar el gemido que luchaba por liberarse.

Ella se alejó gateando y Grant oyó un suave sollozo, quizás de terror. A través de los ojos empañados por el dolor, la vio recoger algo oscuro y voluminoso; luego se deslizó por entre las puertas abiertas y desapareció.

Grant se puso en pie, impulsado por la furia. Maldición, iba a escapar sola. ¡Iba a estropearlo todo! Ignorando el dolor de su entrepierna, echó a correr tras ella. Tenía que empatar el marcador.

Jane acababa de recoger su hatillo de provisiones cuando un instinto, heredado quizá de sus ancestros cavernícolas, le advirtió que había alguien cerca. No había oído ningún sonido alarmante, pero de pronto sintió la presencia de otra persona. El vello de su nuca y de sus brazos se erizó, y ella quedó paralizada, fijando sus ojos aterrorizados en las puertas de cristal. Las puertas se habían deslizado sigilosamente, y ella había visto la sombra oscura de un hombre silueteada un instante contra la noche. Era un hombre corpulento y, sin embargo, se movía en perfecto silencio. Era el sigilo aterrador de sus movimientos lo que la había asustado más que cualquier otra cosa, haciendo que un escalofrío de puro terror recorriera su piel. Llevaba días viviendo en vilo, manteniendo a raya el miedo mientras caminaba por la cuerda floja, intentando aplacar las sospechas de Turego y, sin embargo, siempre preparada para escapar. Nada, pese a todo, la había asustado tanto como la negra sombra que había penetrado en su habitación.

Cualquier leve esperanza de ser rescatada se había disipado cuando Turego la instaló allí. Había calibrado la situación con todo realismo. La única persona que intentaría sacarla de allí sería su padre, pero aquello escapaba a su poder. Sólo podía confiar en sí misma y en su ingenio. Con tal fin, había coqueteado, halagado y mentido, había hecho todo lo posible por convencer a Turego de que era al mismo tiempo necia e inofensiva. En eso, pensaba, había tenido éxito, pero el tiempo se agotaba deprisa. El día anterior, cuando uno de sus ayudantes le había llevado a Turego un mensaje urgente, Jane había oído de pasada una conversación. Se había descubierto el paradero de Luis Marcel y Turego quería a Luis a todo trance.

Pero a esas alturas Turego habría descubierto ya que Luis ignoraba por completo la existencia del microfilm perdido, y eso la dejaba a ella como la única sospechosa. Tenía que escapar esa noche, antes de que Turego regresara.

No había permanecido ociosa mientras estaba allí; había memorizado cuidadosamente la rutina de los guardias, sobre todo de noche, cuando el terror que despertaba en ella la oscuridad le hacía imposible conciliar el sueño. Se había pasado las noches de pie junto a las puertas, vigilando a los guardias, cronometrando sus idas y venidas, estudiando sus costumbres. Manteniendo la mente ocupada había logrado controlar el miedo. Cuando el amanecer comenzaba a iluminar el cielo, dormía. Se había estado preparando desde el primer día que pasó allí ante la posibilidad de tener que internarse en la jungla. Había robado comida y provisiones, atesorándolas, y había procurado armarse de valor para lo que la aguardaba. Incluso ahora, sólo el miedo a lo que la esperaba en manos de Turego le daba coraje para enfrentarse a la negra jungla, donde los demonios de la noche la aguardaban.

Pero nada de eso había sido tan siniestro, tan mortífero, como la forma oscura que se movía por su habitación. Se había encogido entre las densas sombras, presa del terror, sin atreverse siquiera a respirar. «Dios mío», rezaba, «¿qué hago ahora?» ¿Qué hacía allí aquel hombre? ¿Había ido a matarla en su cama? ¿Era uno de los guardias que, precisamente esa noche, había ido a violarla?

Cuando aquel sujeto pasó delante de ella, ligeramente agazapado, en dirección a la cama, una extraña rabia se apoderó repentinamente de Jane. Después de todo lo que había soportado, no iba a permitir que aquel hombre arruinara su intento de huir. Se había convencido para escapar, pesar del horrible temor que le inspiraba la oscuridad, ¡y ahora aquel tipo iba a echarlo todo a perder!

Apretando los dientes, cerró los puños como le habían enseñado a hacer en las clases de defensa propia. Lo golpeó en la nuca, pero él desapareció de pronto —una sombra que se apartaba del golpe— y su puño le golpeó el hombro. Aterrorizada de nuevo, se agachó al amparo del armario y aguzó la vista para intentar verlo, pero había desaparecido. ¿Sería un espectro, un invento de su imaginación? No, su puño había golpeado un hombro muy sólido, y el leve ondular de los visillos blancos de las puertas atestiguaba que, en efecto, estaban abiertas. Aquel hombre estaba en la habitación, en alguna parte, pero ¿dónde? ¿Cómo podía desaparecer por completo un individuo tan corpulento?

Luego, bruscamente, su peso la golpeó en el costado y la hizo caer, y apenas logró sofocar el grito instintivo que afloró a su garganta. No tenía ninguna oportunidad. Intentó automáticamente golpearlo en la garganta, pero él se movió a la velocidad del rayo, bloqueando su ataque. Luego un golpe fuerte le dejó el brazo entumecido hasta el codo, y una fracción de segundo después se halló tumbada en el suelo, con el pecho oprimido por una rodilla que le impedía respirar.

El hombre levantó el brazo y Jane se tensó, dispuesta a no gritar e incapaz de emitir ningún sonido. Luego, de repente, el hombre se detuvo, y por alguna razón se apartó de su pecho. El aire volvió a inundar sus pulmones, junto con una sensación de alivio que la aturdió, y un instante después notó que su mano se movía con descaro sobre sus pechos y comprendió por qué había cambiado de postura. Aterrorizada y furiosa porque aquello le estuviera sucediendo a ella, se movió instintivamente en cuanto percibió en él un instante de debilidad, y levantó con fuerza la rodilla. Él cayó hacia un lado, abrazándose, y Jane experimentó una extraña compasión. Luego se dio cuenta de que él ni siquiera había gemido. ¡Aquello era inhumano! Sofocó un sollozo de temor, se levantó a duras penas, agarró sus provisiones y salió corriendo por la puerta abierta. En ese momento no escapaba de Turego, sino del demonio oscuro y sigiloso que yacía en su habitación.

Corrió a ciegas por los terrenos de la plantación. El corazón le latía con tal violencia que el sonido de la sangre que corría por sus venas le atronaba los oídos. Le dolían los pulmones, y se dio cuenta de que estaba conteniendo la respiración. Intentó recordarse que no debía hacer ruido, pero el impulso de huir era tan intenso que superaba su cautela. Se tropezó al pasar por un trozo de terreno abrupto y cayó apoyando manos y rodillas. Al empezar a ponerse en pie, se sintió de pronto cubierta por algo grande y cálido que la aplastaba contra el suelo. Un terror puro y frío heló la sangre en sus venas, pero antes incluso de que un grito instintivo encontrara su voz, notó la mano del hombre en la nuca y todo se volvió negro.

Jane volvió en sí poco a poco, desorientada por su postura, por el traqueteo que sufría, por el malestar de los brazos. Extraños ruidos asaltaban sus oídos, ruidos que intentaba identificar en vano. Al abrir los ojos sólo vio negrura. Aquélla era una de las peores pesadillas que había tenido. Empezó a patalear, luchando por despertarse, por poner punto final a aquel sueño, y de pronto notó una fuerte palmada en el trasero.

—Tranquilízate —dijo una voz malhumorada desde algún lugar por encima y detrás de ella. Era la voz de un extraño, pero había algo en su lacónico acento que la hizo obedecer al instante.

Poco a poco las cosas comenzaron a cobrar forma

reconocible, y sus sentidos se recobraron. Aquel hombre la llevaba a hombros a través de la selva. Tenía las muñecas sujetas a la espalda con cinta adhesiva, y los tobillos atados. Otro trozo de ancha cinta adhesiva cubría su boca, impidiéndole hacer poco más que gruñir o canturrear. No le apetecía canturrear, así que utilizó la poca voz de que disponía para decirle entre gruñidos lo que pensaba de él en un lenguaje que habría dejado a su madre, tan elegante ella, pálida de estupor. De nuevo una mano golpeó con fuerza sus posaderas.

—¿Quieres callarte de una vez? —rezongó él—. Pareces un cerdo gruñendo en el pesebre.

«¡Americano!», pensó, asombrada. ¡Era americano! Había ido a rescatarla, aunque se comportaba con innecesaria rudeza... ¿o acaso no era un rescatador? Paralizada, pensó en las distintas facciones que querían echarle el guante. Algunas de esas facciones eran muy capaces de contratar a un mercenario americano para apoderarse de ella, o de entrenar a uno de sus propios hombres para imitar el acento americano y ganarse su confianza.

Comprendió que no se atrevía a confiar en nadie. Absolutamente en nadie. Estaba sola.

El hombre se detuvo, la apartó de su hombro y la puso en pie. Jane parpadeó y abrió mucho los ojos en un esfuerzo por ver, pero la oscuridad bajo el espeso dosel de la vegetación era total. No veía nada. La noche se cerraba sobre ella, sofocándola con su densa oscuridad. ¿Dónde estaba? ¿La había abandonado aquel tipo en la selva para que sirviera de desayuno a un jaguar? Sentía movimiento a su alrededor, pero ningún sonido en el que pudiera identificar a aquel hombre. Los aullidos, los chillidos, los rumores y susurros de la selva llenaban sus oídos. Un gemido ascendió a su garganta, e intentó moverse, buscar un árbol o algo para protegerse la espalda, pero había olvidado que tenía los pies atados y cayó al suelo, arañándose la cara con un matorral.

Un improperio dicho en voz baja llegó a sus oídos; luego, alguien la agarró sin miramientos y volvió a levantarla.

—¡Maldita sea! ¡Estate quieta!

Así que seguía allí. ¿Cómo podía ver? ¿Qué estaba haciendo? Daba igual quién fuera o qué estuviera haciendo, en ese momento su presencia aliviaba a Jane. Ella no podía dominar su miedo a la oscuridad, pero el hecho de no hallarse sola mantenía a raya el pánico. Dejó escapar un gemido cuando él la levantó bruscamente y volvió a echársela sobre el hombro, con tan poco esfuerzo como si fuera una muñeca de trapo. Sintió el bulto de una mochila que antes no estaba allí, pero aquel tipo no mostraba signo alguno de cansancio. Se movía a través de la fantasmagórica oscuridad con peculiar aplomo, con una elegancia leve y poderosa que no flaqueaba nunca.

La bolsa de provisiones robadas seguía colgando de sus hombros; las correas la sujetaban, aunque se había deslizado hacia abajo y le golpeaba la parte de atrás de la cabeza. Una lata chocaba contra su cráneo; seguramente acabaría con una conmoción si aquel cretino no aflojaba un poco el ritmo. ¿Qué creía que era aquello, una especie de maratón a través de la selva? Se le estaban magullando las costillas contra sus anchos hombros, y notaba diversos dolores por todo el cuerpo, seguramente resultado de la rudeza con que la había tirado al suelo. El brazo le dolía hasta el hueso por el golpe que le había dado. Aunque aquello fuera de veras un rescate, pensó, tendría suerte si salía con vida.

Rebotó contra sus hombros durante lo que le parecieron días. El dolor de sus miembros agarrotados aumentaba con cada paso que él daba. Empezó a sentir náuseas, y respiró hondo para contener las arcadas. Si empezaba a vomitar, con la boca tapada como la tenía, podía ahogarse. Empezó a forcejear desesperadamente, consciente sólo de que necesitaba incorporarse.

—Tranquila, Pris —por alguna razón, él parecía saber cómo se sentía. Se detuvo y se la quitó del hombro, depositándola de espaldas sobre el suelo. Al apoyar el peso del cuerpo sobre los brazos doblados, Jane no pudo sofocar un gemido de dolor—. Está bien —dijo él—. Voy a soltarte, pero si empiezas a dar guerra, volveré a atarte como un pavo en Navidad y te quedarás así, ¿entendido?

Ella asintió con vehemencia, preguntándose si podía verla en la oscuridad. Evidentemente sí, puesto que la volvió de lado y ella notó que un cuchillo se deslizaba entre la cinta que ataba sus muñecas. Se le saltaron las lágrimas por el dolor cuando le soltó los brazos y comenzó a masajeárselos enérgicamente para aliviar los músculos agarrotados.

—Me ha mandado tu papá para que te saque de aquí —dijo el hombre con calma mientras empezaba a quitarle la cinta de la boca. En lugar de arrancar la cinta y llevarse la piel con el adhesivo, tuvo mucho cuidado, y Jane se sintió dividida entre la gratitud y la indignación, ya que había sido él quien la había amordazado.

Movió la boca adelante y atrás para que volviera a funcionar.

—¿Mi padre? —preguntó con voz ronca.

—Sí. Bueno, Pris, voy a desatarte las piernas, pero si se te ocurre volver a darme una patada, no me lo tomaré tan bien como la última vez —a pesar de su deje indolente, había algo amenazante en su tono de voz, y Jane no dudó de su palabra.

—No te habría dado una patada si no hubieras empezado a manosearme como un colegial —siseó.

—Quería comprobar si respirabas.

—Sí, claro, y te lo tomaste con calma.

—Amordazarte fue buena idea —dijo él reflexivamente, y Jane se calló. Aún no lo había visto. Seguía siendo una sombra. Ni siquiera podía ponerle nombre, pero sabía lo suficiente de él como para adivinar que la ataría y la amordazaría de nuevo sin el menor remordimiento.

Él cortó la cinta de sus tobillos y Jane se vio de nuevo sometida a sus bruscos pero eficaces masajes. Un momento después tiró de ella para ponerla en pie; Jane se tambaleó un momento antes de recuperar el sentido del equilibrio.

—No tenemos que ir mucho más lejos. Quédate detrás de mí, y no digas una palabra.

—¡Espera! —susurró Jane, frenética—. ¿Cómo voy a seguirte si no te veo?

Él tomó su mano y se la puso en la cintura.

—Agárrate a mi cinturón.

Jane hizo algo mejor. Agudamente consciente de la vasta jungla que la rodeaba, con su sola presencia para escudarla de los terrores nocturnos, enganchó con todas sus fuerzas los dedos a la cinturilla de sus pantalones. Agarró con tanta fuerza la tela que él masculló una queja, pero Jane no estaba dispuesta a soltarlo.

Quizás a él no le pareciera muy lejos, pero a Jane, que iba tras él, tropezándose con raíces y enredaderas que no veía, le pareció que pasaban kilómetros antes de que él se detuviera.

—Esperaremos aquí —susurró—. No quiero acercarme más hasta que oiga llegar el helicóptero.

—¿Cuándo será eso? —murmuró ella, figurándose que, si él podía hablar, ella también.

—Un poco después de que amanezca.

—¿Cuándo amanece?

—Dentro de media hora.

Agarrada todavía a la cinturilla de sus pantalones, Jane permaneció tras él esperando el amanecer. Los segundos y los minutos pasaban despacio, pero le dieron ocasión de comprender por vez primera que había escapado de Turego. Estaba libre y a salvo... o casi. Había escapado de sus garras, y era la única que sabía hasta qué punto se habría librado por los pelos. Turego regresaría casi con seguridad a la plantación esa mañana para descubrir que su prisionera había huido. Durante un instante le sorprendió no sentirse eufórica, pero luego se dio cuenta de que aún no estaba fuera de peligro. Aquel hombre decía que lo enviaba su padre, pero no le había dado ningún nombre, ni prueba alguna. Lo único que tenía era su palabra, y no acababa de fiarse. Hasta que estuviera en suelo estadounidense, hasta que supiera sin sombra de duda que estaba a salvo, seguiría la férrea norma de George Persall: mentir en caso de duda.

El hombre se removió, incómodo, llamando su atención.

—Mira, cariño, ¿crees podrías soltarme los pantalones? ¿O es que intentas acabar el trabajo que empezaste con la rodilla?

Jane sintió que la sangre afluía bruscamente a sus mejillas y se apresuró a aflojar la mano.

—Lo siento, no me había dado cuenta —musitó. Se quedó quieta y envarada un momento, con los brazos junto a los costados; luego la ansiedad comenzó a apoderarse de ella. No lo veía en la oscuridad, no lo oía respirar, y ahora que ya no lo tocaba, no podía estar segura de que no la hubiera abandonado. ¿Seguía allí? ¿Y si estaba sola? El aire se volvió denso y opresivo, y Jane luchó por respirar, por sofocar el miedo que sabía irracional y que, sin embargo, la razón no lograba dominar. Ni siquiera la ayudaba conocer su origen. Sencillamente, no soportaba la oscuridad. No podía dormir sin una luz; nunca entraba en una habitación sin encender primero la luz, y siempre dejaba las luces de su casa encendidas si sabía que iba a llegar tarde. Ella, que siempre tomaba precauciones extraordinarias para no quedarse a oscuras, se hallaba en medio de la jungla, en una oscuridad tan completa que era como estar ciega.

Su frágil dominio sobre sí misma se quebró y alargó los brazos frenéticamente, buscándolo a tientas para asegurarse de que seguía allí. Sus dedos estirados tocaron tela, y se arrojó contra él, gimiendo con una mezcla de pánico y alivio. Un segundo después unos dedos de acero agarraron su camisa y se sintió lanzada al aire para aterrizar de espaldas en la vegetación, que olía a pútrido. Antes de que pudiera moverse, antes de que pudiera volver a respirar, sintió que le echaban el pelo hacia atrás y notó de nuevo la presión de su rodilla sobre el pecho. Su aliento era un leve y áspero susurro sobre ella; su voz, poco más que un gruñido.

—Jamás vuelvas a acercarte a mí por la espalda.

Jane se retorció, empujando su rodilla. Al cabo de un momento él la levantó y aflojó la mano con que le agarraba el pelo. Hasta verse arrojada sobre su hombro como un fardo era mejor que quedarse a solas en la oscuridad, y Jane lo agarró de nuevo, abrazándose a sus rodillas. Él intentó apartarse automáticamente de su abrazo, pero Jane se abalanzó hacia él. Él masculló una maldición, sorprendido, intentó recuperar el equilibrio y cayó al suelo.

Se quedó tan quieto que a Jane le dio un vuelco el corazón. ¿Qué haría si estaba herido? No podía llevarlo a cuestas, pero tampoco podía dejarlo allí, herido e incapaz de defenderse. Palpó su cuerpo y se arrodilló junto a sus hombros.

—Señor, ¿se encuentra bien? —susurró mientras pasaba las manos por sus hombros, hasta su cara, y palpaba luego su cabeza en busca de cortes o bultos. Él llevaba una banda elástica alrededor de la cabeza, y Jane la siguió. Sus dedos nerviosos encontraron unas extrañas gafas sobre sus ojos.

—¿Está herido? —preguntó de nuevo con la voz crispada por el miedo—. ¡Conteste, maldita sea!

—Señorita —dijo él con voz baja y furiosa—, está usted loca de atar. Si yo fuera su padre, pagaría a Turego para que se la quedara.

Jane no lo conocía, pero sus palabras le produjeron un leve y extraño dolor en el pecho. Se sentó en silencio, asombrada porque aquel hombre pudiera herir sus sentimientos. No lo conocía, ni él a ella. ¿Qué podía importarle lo que opinara? Pero por alguna razón le importaba, y se sentía extrañamente vulnerable.

Él se sentó y, en vista de que ella no decía nada, exhaló un suspiro.

—¿Por qué has saltado sobre mí de ese modo? —preguntó, resignado.

—Me da miedo la oscuridad —dijo ella con serena dignidad—. No te oía respirar, y no veía nada. Me entró el pánico. Lo siento.

Pasado un momento él dijo:

—Está bien —y se levantó. Inclinándose, la agarró de las muñecas y tiró de ella para que se pusiera en pie. Jane se acercó un poco más a él.

—Ves gracias a esas gafas que llevas puestas, ¿verdad? —preguntó.

—Sí. No hay mucha luz, pero sí la suficiente para saber por dónde piso. Lentes de infrarrojos.

Un mono aullador chilló de pronto por encima de sus cabezas y Jane se sobresaltó y chocó contra él.

—¿Tienes otro par? —preguntó, temblorosa.

Notó que él vacilaba; luego, le rodeó los hombros con el brazo.

—No, sólo éstas. No te preocupes, Pris, no voy a perderte. Dentro de cinco minutos, más o menos, empezará a clarear.

—Ya estoy mejor —dijo ella, y era cierto, siempre y cuando pudiera tocarlo y saber que no estaba sola. Ése era su verdadero terror: quedarse sola en la oscuridad. Durante años había librado una batalla contra la pesadilla que comenzara cuando tenía nueve años, pero al fin había llegado a aceptarla, y en la aceptación había encontrado la paz. Sabía que estaba ahí, sabía cuándo esperarla y qué hacer para ahuyentarla, y ese conocimiento le permitía disfrutar de la vida de nuevo. No había permitido que la pesadilla la dejara tullida. Tal vez sus métodos para combatirla no fueran muy ortodoxos, pero había encontrado el equilibrio interior y era feliz así.

Sintiéndose segura con aquel brazo de acero rodeándole los brazos, aguardó a su lado y al poco rato descubrió que, en efecto, empezaba a ver un poco mejor. En lo profundo de la selva no había un amanecer radiante que anunciara el día: el alba no se veía bajo el dosel de la vegetación. Incluso en el mediodía más tórrido la luz que alcanzaba el suelo de la jungla, filtrada por capas y capas de follaje, era muy débil. Esperó mientras la luz tenue y grisácea se hacía lentamente más fuerte, hasta que pudo distinguir más detalles del frondoso follaje que la rodeaba. Se sentía casi asfixiada por la vida vegetal. Nunca antes había estado en la selva; su único conocimiento de ella procedía de las películas y de lo poco que había podido ver durante el viaje río arriba hasta la plantación. Durante sus días de cautiverio, había empezado a pensar que la selva era un ser vivo, enorme y verde, que la rodeaba, esperando. Había sabido desde el principio que para escapar tendría que adentrarse en aquella barrera aparentemente impenetrable, y se había pasado horas y horas contemplándola.

Ahora se hallaba en sus profundidades, y no era lo que esperaba. No era una densa maraña en la que había que abrirse paso con un machete. El suelo estaba cubierto de vegetación putrefacta y sobre él se entrelazaban como una red las enredaderas y las raíces, pero a pesar de todo le parecía que reinaba una extraña claridad. La vida vegetal que permanecía junto al suelo estaba condenada. Para competir por la preciosa luz, debía elevarse y extender sus grandes hojas, para recoger cuanta luz fuera posible. Jane miró un helecho que no era propiamente un helecho; era un árbol apuntalado por un sistema de raíces que se elevaba hasta una altura de al menos dos metros y medio, y que sólo en la copa se abría como un helecho.

—Ya puedes ver —masculló él de repente, apartando el brazo de sus hombros y quitándose las gafas de visión nocturna. Las guardó cuidadosamente en un bolsillo con cremallera de su mochila de campo.

Jane se quedó mirándolo con abierta curiosidad, y deseó que la luz fuera más intensa para verlo mejor. Lo que veía dio alas a cientos de diminutas mariposas dentro de su estómago. Hacía falta un hombre valiente para enfrentarse a aquel tipo en un callejón oscuro, pensó con un estremecimiento de temor. No distinguía el color de sus ojos, pero centelleaban por debajo de unas cejas oscuras, rectas y de fiero aspecto. Su rostro estaba en sombras, lo cual hacía que sus ojos brillaran aún más. Su pelo, de color claro, era muy largo, y se habían atado un trozo de tela alrededor de la cabeza para apartárselo de los ojos. Iba vestido con ropa militar de camuflaje y lucía la parafernalia de un guerrero. Llevaba un cuchillo de aspecto temible colgado del cinturón, y una pistola junto a la cadera izquierda; colgada del hombro derecho llevaba también una carabina. Jane volvió a mirar sobresaltada su cara, una cara de facciones recias que no traslucían emoción alguna, a pesar de que era consciente de que lo estaba observando.

—¿Armado hasta los dientes, eh? —dijo ella, mirando de nuevo el cuchillo. Por alguna razón parecía más peligroso que cualquiera de las armas de fuego.

—Yo siempre voy preparado —dijo él con rotundidad.

Parecía, ciertamente, preparado para cualquier cosa. Jane lo miró de nuevo, con más recelo esta vez; medía cerca de un metro noventa, y parecía... parecía... Su mente buscó a tientas y encontró la expresión.

Era una frase trillada que había llegado a convertirse casi en una broma, pero, en el caso de aquel hombre, no tenía nada de graciosa. Parecía —cada palmo de su cuerpo recio y musculoso— una máquina de matar, mortífera, precisa. Sus hombros parecían medir un metro de ancho, y había acarreado su peso muerto a través de la selva sin un solo indicio de cansancio. La había reducido dos veces, y Jane sabía que, si no estaba malherida, era únicamente porque en ambas ocasiones había refrenado su fuerza.

Él dejó de mirarla de pronto y levantó la cabeza con un gesto rápido, poniéndose alerta como un águila. Entornó los ojos mientras escuchaba.

—Viene el helicóptero —le dijo—. Vamos.

Jane aguzó el oído, pero no oyó nada.

—¿Estás seguro? —preguntó, indecisa.

—He dicho que vamos —repitió él con impaciencia, y se apartó de ella. Jane tardó sólo unos segundos en darse cuenta de que se estaba alejando, y en la selva se perdería completamente de vista antes de que hubiera recorrido diez metros. Corrió para alcanzarlo.

—¡Eh, espera un poco! —susurró, frenética, agarrándose a su cinturón.

—Muévete —dijo él con una total falta de simpatía—. El helicóptero no esperará eternamente. Además, Pablo es muy rápido.

—¿Quién es Pablo?

—El piloto.

Justo en ese momento, una leve vibración alcanzó sus oídos. Un momento después se había intensificado hasta hacer reconocible el rugido de un helicóptero. ¿Cómo era posible que él lo hubiera oído antes? Jane sabía que tenía buen oído, pero los sentidos de aquel tipo tenían que ser casi dolorosamente agudos.

Él se movía velozmente, sin vacilar, como si supiera exactamente adónde iba. Concentrada en mantenerse a su paso y en esquivar las raíces que intentaban agarrarle los pies, Jane prestaba escasa atención a lo que la rodeaba. Cuando él trepaba, ella trepaba; era así de sencillo. Se sorprendió levemente cuando él se detuvo de pronto, y levantó la cabeza para echar un vistazo a su alrededor. La selva costarricense era montañosa, y habían trepado hasta el borde de un pequeño barranco que se asomaba a un valle estrecho y escondido en el que había un claro natural. El helicóptero se había posado en el claro. Sus aspas giraban indolentes.

—Mejor que un taxi —murmuró Jane, aliviada, y se dispuso a pasar junto a él.

Él la agarró del hombro y tiró de ella hacia atrás.

—No hagas ruido —ordenó mientras su mirada entornada se movía sin descanso, escudriñando la zona.

—¿Ocurre algo?

—¡Cállate!

Jane lo miró enojada, ofendida por su innecesaria rudeza. Su mano seguía agarrándole el hombro con tanta fuerza que casi le hacía daño. Era una advertencia: si intentaba abandonar el cobijo de la jungla antes de que él estuviera seguro de que no había peligro, la detendría con verdadero dolor. Jane se quedó quieta, mirando el claro, pero no vio nada sospechoso. Todo estaba en calma. El piloto se había apoyado contra el lateral del helicóptero y estaba limpiándose las uñas; no parecía preocupado en lo más mínimo.

Pasaron largos minutos. El piloto comenzó a removerse; rascaba el cuello y escrutaba la vegetación, aunque cualquiera que hubiera estado a unos pocos pasos, detrás de los árboles, habría quedado completamente oculto a su vista. Miró su reloj y escudriñó de nuevo la selva, moviendo con nerviosismo los ojos de derecha a izquierda.

Jane notaba la tensión del hombre parado a su lado, una tensión que se reflejaba en la mano que le sujetaba el hombro. ¿Qué ocurría? ¿Qué estaba mirando, y por qué aguardaba? Estaba inmóvil como un jaguar agazapado en la rama de un árbol, a la espera de que pasara su presa.

–Esto apesta –masculló bruscamente y, tirando de ella, se adentró de nuevo entre la maleza.

–¿Sí? ¿Por qué? ¿Qué ocurre? –balbució Jane.

–Quédate aquí –la empujó hacia el suelo, entre la sombra verdinegra de las gruesas raíces de un árbol gigantesco.

Sobresaltada, Jane tardó un momento en darse cuenta de que la había dejado sola. Se había fundido con la selva, tan veloz y sigilosamente que no estaba segura de por qué lado se había ido. Se giró, pero no vio nada que indicara la dirección que había seguido. Ni las ramas de los árboles ni las lianas se movían.

Jane se abrazó las piernas flexionadas, apoyó la barbilla sobre las rodillas y se quedó mirando pensativamente el suelo. Un palo verde con patas arrastraba una gran araña para devorarla. ¿Y si él no volvía..., fuera quien fuese? ¿Por qué no le había preguntado su nombre? Le habría gustado saberlo, si algo le ocurría, para decírselo a alguien..., suponiendo que lograra salir de la jungla ella sola. Bien, al menos no estaba peor que antes. Estaba lejos de Turego y eso era lo que contaba.

«Espera aquí», había dicho. ¿Cuánto tiempo? ¿Hasta la hora de comer? ¿Hasta el atardecer? ¿Hasta su siguiente cumpleaños? Los hombres daban unas instrucciones tan inexactas... Naturalmente, aquél en particular parecía un poco limitado en lo tocante a la conversación. «Cállate», «quédate aquí» y «estate quieta» parecían los hitos de su repertorio.

La había dejado aparcada junto a un árbol impresionante. La parte baja del tronco se abría en raíces semejantes a contrafuertes, formando enormes alas que la envolvían como brazos. Si se recostaba contra él, aquellas alas la ocultarían completamente a la vista de cualquiera que se aproximara desde cualquier ángulo, salvo de frente.

Las correas de la mochila le estaban irritando los hombros, de modo que se la quitó y al estirarse se sintió mucho mejor. Le dio la vuelta a la mochila y la abrió; luego empezó a hurgar en ella, buscando un cepillo. Encontrar la mochila había sido un golpe de suerte, pensó, aunque los soldados de Turego deberían tener más cuidado con sus pertenencias. Sin ella, tendría que haber envuelto las cosas en una manta, lo cual habría sido más incómodo.

Encontró por fin el cepillo y empezó a peinarse con diligencia los nudos que había acumulado su pelo durante la noche. Un pequeño mono con expresión indignada colgaba de una rama por encima de su cabeza. La estuvo observando mientras se peinaba, visiblemente enfadado porque hubiera penetrado en su territorio. Jane lo saludó con la mano.

Felicitándose por ser tan precavida, se recogió el pelo y sacó una gorra de béisbol negra de la mochila. Se la puso y se bajó la visera sobre los ojos; luego volvió a subirla. Allí no había sol. Al mirar hacia arriba vio brillantes motas de sol en lo alto de los árboles, pero sólo una luz verdosa y apagada se filtraba hasta el suelo. Habría estado mucho mejor con unas gafas de aquéllas, como se llamaran.

¿Cuánto tiempo llevaba allí sentada? ¿Estaba en apuros?

Iban a dormírsele las piernas, así que se levantó y dio unos pasos alrededor para que volviera a fluirle la sangre. Cuanto más esperaba, más se intranquilizaba, y tenía la impresión de que llegaría un momento en que tendría que moverse deprisa. Jane era una criatura instintiva, tan sensible a la atmósfera como un barómetro perfectamente engrasado. Aquel rasgo de carácter le había permitido mantener a raya a Turego durante lo que le había parecido una sucesión interminable de días y noches, adivinando sus intenciones, esquivándolo, manteniéndolo constantemente desarmado, incluso embelesado. Ahora, ese mismo instinto la advertía del peligro. Percibía un ligero cambio en el aire que rozaba sus piernas desnudas. Llena de recelo, se agachó para recoger su mochila, deslizó los brazos a través de las correas y se la sujetó abrochándose la tercera correa alrededor de la cintura.

El súbito estruendo de un arma automática la hizo girarse con el corazón en la garganta. Al escuchar el ruido seco de las detonaciones comprendió que se estaban disparando varias armas, pero ¿quién las disparaba? ¿Habían detectado a su amigo, o se trataba de otra cosa? ¿Era aquél el peligro que él había intuido y que lo había hecho alejarse del claro? Jane quería pensar que estaba a salvo, observándolo todo desde un otero invisible, en medio de la maleza, pero se dio cuenta con un escalofrío de que no podía darlo por sentado.

Sentía las manos frías, y con una sorpresa lejana comprendió que estaba temblando. ¿Qué debía hacer? ¿Esperar o huir? ¿Y si él necesitaba ayuda? Era consciente de que había poco que ella pudiera hacer, ya que estaba desarmada, pero no podía huir sin más si él necesitaba ayuda. No era el hombre más agradable que había conocido, y aún no se fiaba de él, pero era lo más cercano a un amigo que tenía allí.

Ignorando la reticencia de sus pies y el gélido nudo de miedo que notaba en el estómago, Jane abandonó el cobijo del árbol gigantesco y comenzó a avanzar con cautela por el bosque, camino del claro. Sólo se oía ya el estallido esporádico de un arma, procedente aún de la misma dirección.

De pronto oyó un leve sonido de voces a través de la maleza y se quedó paralizada. Presa de un pánico helador, se abalanzó hacia otro árbol de grandes dimensiones buscando refugio. ¿Qué haría, si iban hacia allá? La áspera corteza le raspó las manos cuando movió precavidamente la cabeza lo justo para mirar más allá del tronco.

Una mano de hierro le tapó la boca. Al tiempo que un grito afloraba a su garganta, una voz furiosa y profunda le gruñó al oído:

—¡Maldita sea, te dije que te estuvieras quieta!

Jane lo miró enfadada por encima de la mano con que aún le tapaba la boca. Su miedo se había convertido en alivio mezclado con furia. No le gustaba aquel tipo. No le gustaba en absoluto, y en cuanto salieran de aquel atolladero iba a decírselo.

Él apartó la mano y la empujó hacia el suelo, de rodillas.

—¡Gatea! —le ordenó con un susurro áspero, y señaló hacia su izquierda.

Jane obedeció, ignorando los arañazos que se hacía al arrastrarse entre la maleza e incluso la desagradable viscosidad que notó al aplastar accidentalmente algo con la mano. Era extraño, pero ahora que estaba de nuevo con él su pánico se había disipado; no había desaparecido por completo, pero ya no le desbocaba el corazón, ni le provocaba náuseas. Fueran cuales fuesen los defectos de aquel hombre, estaba claro que conocía el terreno.

Él iba literalmente pisándole los talones. Su recio hombro le rozaba la parte de atrás de los muslos, empujándola hacia delante cada vez que creía que no se movía lo bastante deprisa. En una ocasión la detuvo por el sencillo método de agarrarla del tobillo y tirarla al suelo; su modo apremiante de agarrarla la advertía de que no hiciera ruido. Jane contuvo el aliento y escuchó el murmullo leve que traicionaba la presencia de alguien, o de algo, muy cerca. No se atrevió a girar la cabeza, pero advirtió un movimiento por el rabillo del ojo. Un momento después, el hombre estuvo tan cerca que pudo verlo claramente. Era, saltaba a la vista, de origen latino, e iba vestido con ropa de camuflaje. Una gorra le cubría la cabeza. Sostenía un rifle automático ante sí, listo para ser usado.

Un segundo después dejó de verlo y de oírlo, pero durante largos y angustiosos minutos permanecieron inmóviles entre la densa maraña de helechos. Luego su tobillo quedó libre y una mano en la cadera la instó a seguir adelante.

Se estaban alejando del soldado en ángulo recto. Quizás estuvieran intentando colocarse detrás de sus perseguidores y largarse en el helicóptero mientras los soldados estaban aún en la jungla. Jane quería saber adónde iban, qué iban a hacer, quiénes eran aquellos soldados y qué querían, pero aquellos interrogantes tuvieron que permanecer sellados en su interior. Aquél no era momento para hablar, mientras aquel hombre –¿cómo se llamaba?– prácticamente la hacía avanzar a empujones por entre la fronda.

La maleza se aclaró de pronto, dejando que pequeños retazos de sol se filtraran a través de ella. Él la agarró del brazo y la hizo ponerse en pie.

—Corre, pero intenta no hacer ruido —le siseó al oído.

Genial. Correr, pero en silencio. Jane lo miró con enfado y luego echó a correr, lanzándose hacia delante como un cervatillo asustado. Lo peor de todo era que él iba justo detrás de ella, y Jane no le oía hacer ningún ruido, mientras que sus pies parecían aporrear la tierra como un tambor. Su cuerpo, sin embargo, parecía haberse revitalizado con la luz del sol, y sentía crecer su nivel de energía a pesar de haber pasado la noche en vela. La mochila que acarreaba a la espalda le parecía más ligera, y sus pasos se hicieron rápidos y leves a medida que la adrenalina iba circulando por sus venas.

Los matorrales se espesaron, y tuvieron que aflojar el paso. Tras cerca de quince minutos, él la hizo detenerse poniéndole una mano en el hombro y tiró de ella hacia un árbol.

—Descansa un minuto —susurró—. La humedad te dejará sin fuerzas, si no estás acostumbrada a ella.

Jane no había notado hasta ese momento que estaba bañada en sudor. Había estado demasiado concentrada en salvar el pellejo para preocuparse de su sudor. De pronto se dio cuenta de que la intensa humedad del bosque la asfixiaba y hacía que cada bocanada de aire que tomaba se demorara pesadamente en sus pulmones. Se limpió la humedad de la frente, y notó el escozor salobre del sudor en los pequeños arañazos de las mejillas.

Él sacó una cantimplora de su mochila.

—Echa un trago. Tienes cara de necesitarlo.

Jane tenía una idea muy precisa del aspecto que presentaba, y sonrió irónicamente. Aceptó la cantimplora y bebió un poco de agua; luego la cerró y se la devolvió.

—Gracias.

Él la miró con aire inquisitivo.

—Puedes beber más, si quieres.

—No, está bien así —Jane lo miró y notó que sus ojos eran de un peculiar tono castaño dorado, parecido al ámbar. Sus pupilas parecían de un negro penetrante en contraste con aquel fondo leonino. Él también estaba empapado de sudor, pero no respiraba con tanta dificultad. Fuera quien fuese, y lo que fuese, aquello se le daba endiabladamente bien.

—¿Cómo te llamas? —preguntó ella, sintiendo el deseo desesperado de llamarlo por algún nombre, como si eso le diera mayor sustancia, le hiciera más reconocible.

Él pareció un poco receloso, y Jane notó que le desagradaba darle siquiera aquella información sobre sí mismo. Un nombre era poca cosa, pero era un resquicio en su armadura, un vínculo indeseado con otra persona.

—Sullivan —dijo por fin a regañadientes.

—¿De nombre o de apellido?

—De apellido.

—¿Cuál es tu nombre de pila?

—Grant.

Grant Sullivan. Le gustaba el nombre. No era muy

elegante; pero él tampoco lo era. Estaba muy lejos de los hombres sofisticados y pulidos con los que ella solía relacionarse, pero la diferencia resultaba emocionante. Grant Sullivan era duro y peligroso, implacable cuando tenía que serlo, pero no cruel. El contraste entre él y Turego, que era un hombre verdaderamente cruel, no podía ser más claro.

–Vámonos –dijo él–. Hay que poner mucha más distancia entre las zorras y los sabuesos.

Ella siguió obedientemente sus órdenes, pero descubrió que su efusión de adrenalina ya se había disipado. Se sentía más cansada que antes del corto descanso. Se tropezó una vez al engancharse el pie con una liana, pero él impidió que se cayera agarrándola rápidamente. Jane le lanzó una sonrisa cansina para darle las gracias, pero, cuando intentó apartarse, él la sujetó. Se quedó rígido, y aquello la asustó. Se giró bruscamente para mirarlo, pero su cara era una máscara fría e inexpresiva. Sullivan miraba detrás de ella. Jane se giró de nuevo y se encontró con el cañón de un rifle.

El sudor se heló sobre su cuerpo. Por un instante de gélido terror, creyó que iban a dispararle. Luego el instante pasó y ella seguía viva. Pudo mirar entonces más allá del cañón, hacia la cara dura y morena del soldado que sostenía el rifle. Tenía los ojos negros entornados y fijos en Sullivan. Dijo algo en español, pero Jane estaba tan angustiada que no logró entenderlo.

Sullivan soltó lenta y deliberadamente a Jane y levantó los brazos, juntando las manos por encima de la cabeza.

—Apártate de mí —dijo en voz baja.

El soldado le ladró una orden. Los ojos de Jane se agrandaron. Si se movía un ápice, seguramente aquel loco le pegaría un tiro. Pero Sullivan le había dicho que se moviera, así que ella se movió. Tenía la cara tan blanca que las pequeñas pecas de su nariz sobresalían como brillantes salpicaduras de color. El cañón del rifle se movió hacia ella y el soldado dijo algo más. Jane comprendió de pronto que estaba nervioso. La tensión resultaba evidente en su voz, en sus ademanes bruscos. Dios, si movía el dedo del gatillo... Luego, con la misma brusquedad, volvió a apuntar a Sullivan.

Sullivan iba a hacer algo. Jane lo presentía. ¡El muy tonto! Se haría matar si intentaba abalanzarse sobre aquel tipo. Jane se quedó mirando las manos temblorosas del soldado sobre el rifle, y algo asaltó repentinamente su conciencia. El soldado no tenía puesto el rifle en automático. Tardó un segundo más en comprender las consecuencias de aquel hecho; luego reaccionó sin pensar. Su cuerpo, ejercitado para la danza, educado en los movimientos fluidos de la defensa propia, se puso en marcha con ligereza. El soldado comenzó a moverse una fracción de segundo después, girando el arma, pero para entonces ella estaba ya lo bastante cerca como para que su pie izquierdo se elevara hacia el cañón del arma, y el disparo atravesara el dosel de vegetación que pendía sobre sus cabezas. El soldado no tuvo ocasión de volver a disparar.

Grant se abalanzó sobre él, asió el arma con una

mano y con el canto de la otra le asestó un golpe certero en el cuello. Los ojos del soldado se empañaron, y cayó inerme al suelo. Su respiración era rasposa, pero firme.

Grant agarró del brazo a Jane.

—¡Corre! ¡El disparo traerá a los demás como un enjambre detrás de nosotros!

La premura de su tono hizo posible a Jane obedecer, a pesar de que sus reservas de energía se iban agotando rápidamente. Sentía las piernas cargadas, y las botas le pesaban veinte kilos cada una. Un dolor ardiente le laceraba los muslos, pero se obligó a ignorarlo; las agujetas no eran tan definitivas como la muerte. Urgida por la mano que Grant apoyaba en su espalda, avanzó a trompicones por encima de raíces y a través de matorrales, acrecentando su colección de arañazos. Era un simple mecanismo natural de defensa, pero su mente se había cerrado y su cuerpo funcionaba automáticamente; sus pies se movían y sus pulmones inhalaban desesperadamente el aire cargado y húmedo. Estaba tan cansada que ya no sentía dolor.

El terreno desapareció bruscamente bajo sus pies. Con los sentidos embotados por el miedo y el cansancio, fue incapaz de recuperar el equilibrio. Grant la agarró, pero el impulso de su cuerpo los lanzó a ambos por encima del borde del cerro. Los brazos de Grant la envolvieron, y rodaron los dos por la abrupta ladera. La tierra y los árboles giraban salvajemente pero Jane vio un riachuelo rocoso y poco profundo al pie de la pendiente y un grito leve y áspero escapó de su garganta. Algunas de aquellas rocas eran tan grandes que bastarían para que se mataran, y las más pequeñas podían hacerles pedazos.

Grant lanzó un juramento y la agarró con más fuerza, hasta que Jane creyó que iban a estallarle las costillas bajo su presión. Sintió que los músculos de Grant se tensaban, notó su giro desesperado y de algún modo él logró poner por delante los pies y las piernas. Luego siguieron deslizándose en posición casi erguida, en lugar de rodar. Él clavó los pies en la tierra y su descenso se fue haciendo más lento, hasta que se detuvieron por completo.

—¿Pris? —dijo él ásperamente y, agarrándole la barbilla, le hizo volver la cabeza para verle la cara—. ¿Estás herida?

—No, no —se apresuró a asegurarle ella, ignorando los nuevos dolores que notaba en el cuerpo. No tenía el brazo derecho roto, pero sí muy magullado. Hizo una mueca de dolor al intentar moverlo. Una de las correas de la mochila se había roto, y la bolsa colgaba de lado de su hombro izquierdo. La gorra la había perdido.

Él se ajustó el rifle al hombro, y Jane se preguntó cómo había logrado no perderlo. ¿Acaso nunca se le caía nada, ni se perdía, ni se cansaba, ni tenía hambre? ¡Ni siquiera le había visto beber un sorbo de agua!

—Se me ha caído la gorra —dijo ella, y se volvió a mirar la ladera. La cumbre estaba casi a treinta metros por encima de ellos y la pendiente era tan empinada que era un milagro que no se hubieran estrellado contra las peñas del lecho del río.

—Ya la veo —él trepó por la ladera, ligero y seguro. Arrancó la gorra de una rama rota y un momento después estaba de nuevo a su lado. Le puso la gorra en la cabeza y dijo—: ¿Podrás subir por el otro lado?

Ni hablar, pensó ella. Su cuerpo se negaba a funcionar. Pero lo miró y levantó la barbilla.

—Por supuesto.

Él no sonrió, pero su expresión se suavizó ligeramente, como si supiera lo terriblemente cansada que estaba.

—Tenemos que seguir moviéndonos —dijo y, agarrándola del brazo, la urgió a cruzar el riachuelo. A ella no le importó que se le mojaran las botas; vadeó el agua chapoteando, avanzando corriente abajo mientras él escudriñaba las orillas buscando un lugar por donde fuera más fácil trepar. En aquel lado del río, la ribera no era abrupta: era casi vertical, y estaba cubierta con lo que parecía una impenetrable maraña de zarzas y enredaderas. El río abría una brecha en la espesura que dejaba entrar el sol, y las plantas crecían allí mucho más densas.

—Está bien, subiremos por aquí —dijo él por fin, señalando con el dedo. Jane levantó la cabeza y se quedó mirando la ribera, pero no vio ningún resquicio entre la maleza.

—Vamos a discutirlo —dijo para ganar tiempo.

Él exhaló un suspiro exasperado.

—Mira, Pris, sé que estás cansada, pero...

Algo saltó dentro de Jane. Se giró hacia él, lo agarró de la pechera y lo amenazó con el puño.

—Si vuelves a llamarme Pris una sola vez más, te

parto la cara —bramó, enfurecida porque se empeñara en llamarla por aquel odioso nombre. Nadie, absolutamente nadie, había podido llamarla Priscilla, Pris o incluso Cilla más de una vez. Aquel maldito soldado se lo había estado restregando por la cara desde el principio. Ella se había callado, imaginando que se lo debía por haberle dado una patada en la entrepierna, pero estaba cansada, hambrienta y asustada, ¡y ya estaba bien!

Él se movió tan rápidamente que Jane ni siquiera tuvo tiempo de parpadear. Lanzó la mano y le agarró el puño mientras los dedos de su otra mano ceñían su muñeca y le apartaban la mano de su camisa.

—Maldita sea, ¿es que no puedes callarte? Yo no te puse Priscilla, fueron tus padres, así que, si no te gusta el nombre, díselo a ellos. Pero, hasta entonces, ¡trepa!

Jane empezó a trepar, a pesar de que estaba segura de que en cualquier momento se caería de bruces. Utilizando las enredaderas como asidero, apoyándose en raíces, rocas, arbustos y arbolillos, logró abrirse paso a través del follaje. Este era tan denso que podía haber estado infestado de jaguares y no lo habría notado hasta meterle a uno la mano en la boca. Recordó que a los jaguares les gustaba el agua, que se pasaban la mayor parte del tiempo descansando cómodamente cerca de un río o un arroyo, y juró vengarse de Grant Sullivan por obligarla a hacer aquello.

Finalmente llegó a la cumbre, y tras avanzar a duras penas varios metros descubrió que el follaje volvía a aclararse de nuevo y que caminar resultaba más fácil. Se ajustó la mochila a la espalda y arrugó el ceño al descubrirse nuevos moratones.

—¿Vamos en dirección al helicóptero?

—No —contestó él en tono cortante—. El helicóptero está vigilado.

—¿Quiénes son esos hombres?

Él se encogió de hombros.

—¿Quién sabe? Sandinistas, quizá. Estamos a tiro de piedra de la frontera nicaragüense. Podrían ser de cualquier facción guerrillera. Ese canalla de Pablo nos ha vendido.

Jane no perdió el tiempo preguntándose por la duplicidad de Pablo; estaba tan cansada que no le importaba.

—¿Adónde vamos?

—Al sur.

Ella apretó los dientes. Obtener información de aquel tipo era como sacarle un diente.

—¿Al sur, adónde?

—A Limón, al final. Pero de momento vamos hacia el este.

Jane conocía lo suficiente Costa Rica como para saber qué quedaba al este, y no le gustaba la idea. Al este estaba la costa del Caribe, donde la selva se convertía en terreno pantanoso. Si sólo estaban a unos kilómetros de la frontera nicaragüense, Limón tenía que quedar poco más o menos a doscientos kilómetros. Estaba tan cansada que podría haber estado a mil. ¿Cuánto tiempo tardarían en recorrer doscientos kilómetros? ¿Cuatro o cinco días? No sabía si podría soportar cuatro o cinco días con aquel tipo tan simpático. Hacía menos de doce horas que lo conocía, y ya estaba medio muerta.

—¿Por qué no vamos hacia el sur y nos olvidamos del este?

Él ladeó la cabeza hacia la dirección de la que procedían.

—Por ellos. No eran hombres de Turego, pero Turego sabrá muy pronto que has venido por aquí y vendrá a por nosotros. No puede permitirse que el gobierno descubra sus operaciones clandestinas. Así que... vamos hacia donde no pueda seguirnos fácilmente.

Era lógico. A Jane no le gustaba, pero era lógico. Nunca había estado en la costa del Caribe de Costa Rica, así que no sabía qué podía esperar, pero sin duda sería mejor que hallarse prisionera de Turego. Serpientes venenosas, caimanes, arenas movedizas, lo que fuera... Cualquier cosa era preferible a Turego. Se preocuparía por los pantanos cuando estuvieran allí. Una vez decidido esto, se concentró en su problema más acuciante.

—¿Cuándo vamos a descansar? ¿Y a comer? Y, francamente, Atila, puede que tú tengas una vejiga del tamaño de Nueva Jersey, pero yo necesito hacer pis.

Sorprendió de nuevo aquella involuntaria tensión en sus labios, como si estuviera a punto de sonreír.

—No podemos parar aún, pero puedes comer mientras caminamos. En cuanto a lo otro, ve detrás de ese árbol —señaló con el dedo, y al volverse Jane vio otro de aquellos árboles enormes y de aspecto curioso, con inmensas raíces parecidas a contrafuertes. A falta de un váter, tendría que servir. Corrió a refugiarse en él.

Cuando se pusieron en marcha de nuevo, Grant le dio algo duro y oscuro para que lo masticara; sabía ligeramente a carne, pero tras examinarlo con cierto recelo Jane resolvió no preguntarle qué era. Aquello alivió su dolor de estómago, y tras tragar unos pedazos con cautelosos sorbos de agua, comenzó a sentirse mejor y dejaron de flaquearle las piernas. Grant masticó también un pedazo, cosa que tranquilizó los temores de Jane respecto a su humanidad.

Aun así, tras caminar sin pausa durante varias horas, Jane comenzó a perder fuerzas de nuevo. Sus piernas se movían con torpeza, y se sentía como si estuviera caminando con el agua hasta las rodillas. La temperatura había ido subiendo progresivamente; hacía más de treinta grados incluso bajo el denso cobijo de la vegetación. La humedad la iba agotando a medida que sudaba, perdiendo líquidos que no reemplazaba. Justo cuando estaba a punto de decirle que no podía dar un paso más, él se giró y la observó con objetividad profesional.

—Quédate aquí mientras busco algún lugar donde refugiarnos. Dentro de un rato empezará a llover, así que será mejor que nos pongamos a resguardo. Además, pareces hecha polvo.

Jane se quitó la gorra y se limpió con el antebrazo el sudor de la cara, demasiado cansada para hacer algún comentario mientras él se perdía de vista. ¿Cómo sabía que iba empezar a llover? Llovía casi cada día, desde luego, así que no hacía falta ser adivino para predecir la lluvia, pero ella no había oído los truenos que solían preceder a la tormenta.

Él volvió al cabo de un rato, la agarró del brazo y la condujo hasta un pequeño promontorio donde algunas peñas diseminadas atestiguaban el origen volcánico de Costa Rica. Tras sacar el cuchillo de su cinturón, cortó unas ramas, las anudó con lianas y apuntaló un extremo de su invento colocando a presión bajo las esquinas ramas más robustas. Sacó de su mochila una lona enrollada, como si fuera un mago y la ató sobre el tosco refugio para preservarlo de la lluvia.

—Bueno, métete dentro y ponte cómoda —gruñó al ver que se quedaba allí parada, mirando con perplejidad el refugio que había construido en cuestión de minutos.

Ella se metió dentro obedientemente, gruñendo de alivio al quitarse la mochila y relajar los músculos agarrotados. Oyó el primer rugido distante del trueno; aquel hombre, fuera cual fuese su oficio, sabía moverse por la jungla.

Grant se agachó bajo el refugio y alivió sus hombros del peso de su mochila. Al parecer, había decidido que, mientras esperaban a que escampara la lluvia, podían comer, porque sacó un par de latas de comida.

Jane se sentó muy derecha y se inclinó hacia él, mirando las latas.

—¿Qué es eso?

—Comida.

—¿Qué clase de comida?

Él se encogió de hombros.

—Nunca lo he mirado tan de cerca como para identificarlo. Sigue mi consejo: no lo pienses. Sólo cómetelo.

Ella puso una mano sobre la suya cuando se disponía a abrir las latas.

—Espera. ¿Por qué no las reservamos para cuando sea necesario?

—Porque ahora es necesario —rezongó él—. Tenemos que comer.

—Sí, pero no tenemos que comernos eso.

El mal humor crispó sus facciones duras.

—Cariño, o nos comemos esto o nos comemos otras dos latas igual que éstas.

—Ay, hombre de poca fe —respondió ella mientras acercaba su mochila. Comenzó a rebuscar en ella y en un momento sacó un pequeño paquete envuelto en una toalla robada. Con aire de triunfo, lo desenvolvió y dejó al descubierto dos sándwiches muy estrujados, pero todavía comestibles. Luego volvió a hurgar en la mochila. Su cara se sonrojó, llena de euforia, cuando extrajo dos latas de zumo de naranja—. ¡Ya está! —dijo alegremente, dándole una—. Un sándwich de mantequilla de cacahuete y gelatina y una lata de zumo de naranja. Proteínas, hidratos de carbonos y vitamina c. ¿Qué más se puede pedir?

Grant tomó el sándwich y la lata que le ofrecía, y se los quedó mirando con aire escéptico. Parpadeó una vez, y luego sucedió algo asombroso: se echó a reír. No fue propiamente una risa, sino un sonido oxidado, pero reveló sus dientes blancos y rectos y arrugó las comisuras de sus ojos color ámbar. La textura áspera de aquella risa produjo una sensación extraña y leve en el pecho de Jane. Era obvio que Grant Sullivan se reía rara vez, que la vida no tenía para él mucha gracia, y se sintió al mismo tiempo contenta por haberle hecho reír y triste porque tuviera tan poco de que reírse. Sin el buen humor, ella no habría sido capaz de conservar la cordura, de modo que sabía lo valioso que era.

Mientras masticaba su sándwich, Grant disfrutó de la densidad de la mantequilla de cacahuete y la dulzura de la gelatina. ¿Qué importaba que el pan estuviera un poco rancio? Aquella golosina inesperada restaba importancia a aquel detalle. Se echó hacia atrás y se apoyó contra su mochila, estirando las largas piernas ante él. Las primeras gotas de lluvia empezaron a tamborilear sobre la capota. Era imposible que les siguieran la pista con el chaparrón que se avecinaba, a menos que aquellos guerrilleros llevaran consigo a un explorador indígena, cosa que dudaba. Por primera vez desde que viera el helicóptero esa mañana, se relajó y su sentido del peligro, altamente desarrollado, dejó de molestarle.

Acabó el sándwich y se bebió el resto del zumo de naranja. Luego miró a Jane y la vio lamiendo cuidadosamente los restos de gelatina que tenía en los dedos. Ella levantó la vista, sorprendió su mirada y le lanzó una sonrisa alegre que hizo aparecer sus hoyuelos; después volvió a la tarea de limpiarse los dedos.

Grant sintió que su cuerpo se tensaba contra su

voluntad en un arrebato de deseo cuya fuerza lo sorprendió. Aquella mujer era una seductora, sí, pero no como él esperaba. Había imaginado una niña mimada, inútil y petulante, y, por el contrario, ella había tenido el valor, las agallas, de lanzarse a la jungla con dos sándwiches de mantequilla de cacahuete y unos zumos de naranja como provisiones. Se había vestido, además, con ropa sensata: unas botas recias y de buena calidad, unos chinos verdes y una blusa negra de manga corta. No parecía salida de las páginas de moda de una revista, pero Grant había sufrido varios momentos de distracción mientras gateaba tras ella, viendo cómo aquellos pantalones se le ceñían al hermoso trasero. No había podido evitar sentir una admiración muy masculina por la suave redondez de sus nalgas.

Aquella mujer era un amasijo de contradicciones. Se movía en los círculos de la alta sociedad, era tan alocada que su padre la había desheredado, y había sido la amante de George Persall. Y, sin embargo, Grant no lograba detectar ningún signo de dureza en su cara. En todo caso, su expresión era tan franca e inocente como la de una niña, y un entusiasmo infantil por la vida emanaba como un destello de sus ojos castaños. Tenía en la cara una perpetua expresión juguetona, y pese a todo su rostro poseía una franca sensualidad. Su cabello largo era de un castaño tan oscuro que era casi negro, y colgaba enredado alrededor de sus hombros. Se lo había retirado de la cara con total despreocupación. Sus ojos, de color castaño oscuro, eran alargados y un poco estrechos, y parecían colocados al sesgo en su cara de altos pómulos de un modo que le hizo pensar que quizá tuviera un poco de sangre india. Unas cuantas pecas danzaban sobre sus pómulos elegantes y sobre el delicado puente de su nariz. Su boca era suave y llena, y tenía el labio superior más carnoso que el inferior, lo que le daba un aspecto asombrosamente sensual. Estaba, en definitiva, lejos de ser bella, pero poseía una energía y un ímpetu que hacían que las mujeres que Grant había conocido le parecieran de pronto insulsas.

Ciertamente, nunca había tenido un contacto tan íntimo con la rodilla de otra mujer.

Pensar en aquello seguía poniéndolo furioso. En parte sentía vergüenza por haberse dejado sorprender por el golpe; ¡lo había vencido un peso pluma! Pero en parte era también un enfado instintivo y puramente masculino que tenía su origen en el sexo. A partir de ese momento, vigilaría sus rodillas cuando estuviera a distancia suficiente para darle una patada. Aun así, el hecho de que se hubiera defendido, y los movimientos que había hecho, lo convencieron de que había recibido entrenamiento profesional, lo cual era otra contradicción. No era una experta, pero sabía qué hacer. ¿Por qué iba a saber algo de defensa propia una niña de papá, alocada y consentida? Algunas piezas no encajaban, y Grant siempre se sentía inquieto cuando advertía detalles que no cuadraban.

Toda aquella operación le había dejado desalentado. Su situación era poco menos que desesperada, con independencia del hecho de que, de momento, se hallaban hasta cierto punto a salvo. Seguramente habían conseguido desembarazarse de los soldados, trabajaran para quien trabajaran, pero Turego era harina de otro costal. El microfilm no era ya lo único importante. Turego había estado operando sin permiso del gobierno y, si Jane regresaba a casa y presentaba una denuncia contra él, las repercusiones le costarían el puesto y posiblemente la libertad.

Era responsabilidad suya sacarla de allí, pero la situación ya no era tan sencilla como había planeado. Desde el momento en que había visto a Pablo recostado tranquilamente contra el helicóptero, esperándolos, había comprendido que había gato encerrado. Pablo no era un tipo capaz de esperarlos con tanta tranquilidad; desde que Grant lo conocía, siempre lo había visto tenso, listo para moverse, montado siempre en el helicóptero con la hélice en marcha. Su estudiada tranquilidad había alarmado a Grant con la misma eficacia que si se hubiera colgado un cartel alrededor del cuello. Tal vez Pablo hubiera intentado advertirle. Ya nunca podría saberlo con toda certeza.

Ahora tenía que llevar a la chica a través de la selva, fuera de las montañas y hacia el sur, a través de las ciénagas, mientras Turego les pisaba los talones. Con un poco de suerte, pasado un día o dos encontrarían una aldea y podrían conseguir un medio de transporte, pero hasta eso dependía de lo cerca que estuviera Turego.

Y, además, no podía fiarse de ella. Había desarmado a aquel soldado con excesiva facilidad, y no parecía haberse escandalizado por nada de lo ocurrido. Demostraba demasiada flema frente a aquella situación. No era lo que parecía, y eso la hacía peligrosa.

Grant desconfiaba de ella, pero al mismo tiempo era consciente de que no podía dejar de mirarla. Era demasiado sexy, tan exótica y sensual como una orquídea salvaje. ¿Cómo sería acostarse con ella? ¿Usaba las hermosas curvas de su cuerpo para hacer que uno se olvidara hasta de su nombre? ¿Cuántos hombres habían caído bajo el hechizo de su expresión fresca y abierta? ¿Se había sentido Turego desconcertado ante ella, la había deseado sabiendo que podía forzarla en cualquier momento mientras el reto de intentar conquistarla, de que se entregara a él libremente, lo reconcomía por dentro? ¿Cómo, si no, había logrado controlarlo ella? Ninguna de aquellas cosas casaba con lo que debería haber sido, a menos que jugara con los hombres para satisfacer su ego y, cuanto más peligroso el hombre, mayor el placer de dominarlo.

Grant no quería que tuviera tanta influencia sobre él; no se lo merecía. Por muy cautivadora que fuera la expresión de sus ojos rasgados y oscuros, no se lo merecía, sencillamente. A él no le hacían falta las complicaciones que ofrecía; sólo quería sacarla de allí, recoger el dinero que le debía su padre y volver a la soledad de su granja. Había sentido ya la atracción de la selva, la excitación, ardiente y casi sexual, del peligro. El rifle le parecía una prolongación de su cuerpo, y el cuchillo se amoldaba a su mano como si no lo soltara nunca. Los viejos ademanes, los instintos de antaño, seguían allí, y una especie de negrura se alzó dentro de él al preguntarse amargamente si alguna vez sería capaz de dejar atrás aquella vida. La sed de sangre estaba dentro de él, y quizás hubiera matado a aquel soldado si ella no le hubiera dado una patada al rifle cuando lo había hecho.

¿Se debía a la embriaguez de la batalla aquel deseo de sentirla bajo él y hundirse en ella hasta que un placer intolerable lo despojara de la razón? En parte sí, pero, por otro lado, aquel deseo había surgido horas antes, en el suelo de su habitación, cuando había tocado la suave y aterciopelada redondez de sus pechos. Al recordarlo, deseó saber cómo eran sus pechos, si se proyectaban hacia fuera en forma cónica o si tenían una caída más redondeada y baja; si sus pezones eran pequeños o grandes, rosados o marrones. El deseo le hizo excitarse, y se recordó cáusticamente que hacía mucho tiempo que no estaba con una mujer, así que era natural que estuviera excitado. Al menos debía alegrarse de saber que todavía funcionaba.

Ella bostezó y lo miró parpadeando con sus ojos oscuros como un gato soñoliento.

–Voy a dormir un rato –anunció, y se acurrucó en el suelo. Apoyó la cabeza sobre un brazo, cerró los ojos y bostezó de nuevo. Grant la observó con los ojos entornados. La capacidad de adaptación que demostraba era otra pieza del rompecabezas que no encajaba. Debería haber protestado y gimoteado por lo incómoda que estaba, en lugar de acurrucarse tranquilamente en el suelo para descabezar un sueñecito.

Pero en ese momento una siesta resultaba muy tentadora, pensó él.

Miró a su alrededor. La lluvia, que se había convertido en un aguacero en toda regla, se colaba con fuerza por entre el dosel de la vegetación y convertía el suelo en un río. Las lluvias constantes y torrenciales arrastraban los nutrientes del suelo, convirtiendo la jungla en un contrasentido en el que la mayor diversidad animal y vegetal del planeta subsistía con uno de los suelos más pobres. En aquel momento, la lluvia hacía casi imposible que les encontraran. Estaban a salvo, de momento, y por primera vez Grant se permitió sentir el cansancio de sus músculos. Podía él también echar una cabezadita. Se despertaría cuando cesara la lluvia, alertado por la ausencia total de ruido.

Estiró la mano y sacudió a la chica por el hombro. Ella se incorporó y lo miró, soñolienta.

—Ponte contra el fondo del refugio —ordenó él—. Déjame un poco de sitio para estirarme.

Ella se desplazó hasta el fondo, como le había ordenado, y se estiró por completo, exhalando un suspiro de placer. Grant empujó las mochilas hacia un lado y se tumbó junto a ella, interponiendo su corpachón entre la lluvia y ella. Se tendió de espaldas, con un brazo detrás de la cabeza. No podía darse la vuelta, ni bostezar, ni suspirar. Permaneció sencillamente allí tumbado, con los ojos cerrados, y se quedó dormido. Jane lo observaba, soñolienta, posando la mirada sobre la línea aguileña de su perfil. Reparó en la cicatriz que le cruzaba el pómulo izquierdo.

¿Cómo se la habría hecho? Una barba de varios días oscurecía su mandíbula, y Jane notó que su barba era mucho más oscura que su cabello. Sus cejas y pestañas eran también oscuras, y ello hacía que sus ojos color ámbar parecieran aún más brillantes, casi tan amarillos como los de un águila.

La lluvia la había enfriado un poco tras el intenso calor del día; se arrimó instintivamente al calor que sentía emanar de su cuerpo. Era tan cálido... y ella se sentía tan a salvo... No se había sentido tan segura desde los nueve años. Con otro leve suspiro, se quedó dormida.

Algún tiempo después, la lluvia cesó bruscamente y Grant se despertó de inmediato, como un interruptor de la luz que alguien hubiera pulsado. Sus sentidos se pusieron al instante alerta, en tensión. Se disponía a levantarse cuando se dio cuenta de que la chica estaba acurrucada junto a su costado, con la cabeza apoyada en su brazo y la mano sobre su pecho. La sorpresa le puso el cuerpo rígido. ¿Cómo era posible que se hubiera acercado tanto a él sin despertarlo? Él siempre dormía como un gato, pendiente del más leve ruido o movimiento, pero aquella condenada mujer prácticamente se había echado sobre él, y no se había enterado. La chica debía de haberse llevado una desilusión, pensó, furioso. Pero su furia iba dirigida tanto contra sí mismo como contra ella, porque aquel incidente evidenciaba hasta qué punto se había relajado durante el año anterior. Y aquella negligencia podía costarles la vida.

Se quedó quieto, consciente del peso de sus pechos sobre su costado. Ella era suave y voluptuosa, y una de sus piernas reposaba sobre su muslo. Lo único que tenía que hacer era darse la vuelta y estaría entre sus piernas. Aquella imagen hizo que empezara a sudarle la frente. ¡Dios! Ella estaría caliente y tensa. Grant apretó los dientes al sentir el poderoso pálpito de su sexo. La chica no era precisamente una dama, pero era toda una mujer, y él la deseaba desnuda y retorciéndose bajo él con una intensidad que le formaba un nudo en las tripas.

Tenía que moverse, o la tomaría allí mismo, sobre el suelo rocoso. Enfadado consigo mismo por permitir que la chica lo afectara hasta ese punto, apartó el brazo de debajo de su cabeza y le zarandeó el hombro.

—Hay que ponerse en marcha —dijo con voz cortante.

Ella masculló algo y frunció la frente, pero no abrió los ojos y un instante después cayó en un profundo sueño y su frente volvió a alisarse. Grant la zarandeó de nuevo con impaciencia.

—Eh, despierta.

Ella se tumbó boca abajo y suspiró profundamente, frotando la frente contra su brazo doblado mientras buscaba una postura más cómoda.

—Vamos, tenemos que irnos —dijo Grant mientras la zarandeaba con más energía—. ¡Despierta!

Ella le lanzó un manotazo soñoliento para apartarle la mano, como si espantara una mosca. Exasperado, Grant la agarró de los hombros y la incorporó, zarandeándola de nuevo.

—Maldita sea, ¿quieres levantarte de una vez? Arriba, cariño. Tenemos mucho que andar.

Ella abrió por fin los ojos y parpadeó, aturdida, pero no hizo intento de levantarse.

Grant comenzó a rezongar en voz baja y tiró de ella hasta ponerla en pie.

—Quédate ahí y no estorbes —le dijo y, girándola, le dio una palmada en el trasero para que se moviera antes de fijar su atención en el refugio que debía desmontar.

Jane se paró, llevándose la mano al trasero. Estaba ya despierta, y aquella ligera palmada, hecha como al descuido, la irritó. Se dio la vuelta.

—¡No tenías por qué hacer eso!

—¿El qué? —preguntó él con total desinterés. Había quitado ya la capota del refugio y estaba enrollándola para guardarla en su mochila.

—¡Darme un azote! Con un simple «despierta» habría bastado.

Grant la miró con incredulidad.

—Mil perdones —dijo en un tono sarcástico que a Jane le dio ganas de estrangularlo—. Permíteme empezar otra vez. Dispensa, Priscilla, pero la hora de la siesta se ha acabado y es necesario que... ¡Eh! ¡Maldita sea! —agachó la cabeza a tiempo, levantando el brazo para detener la fuerza de su golpe. Giró rápidamente el brazo para agarrarla de la muñeca y se apoderó de su otro brazo antes de que ella pudiera lanzarle otro golpe. Había tenido un estallido de furia y se había abalanzado hacia él como un gato rabioso. Le había dado un puñetazo en el brazo con tanta fuerza que podría haberle roto la nariz si hubiera dado en la diana–. ¿Se puede saber qué diablos te pasa, mujer?

–¡Te dije que no me llamaras así! –le gritó Jane, escupiendo las palabras con furia. Comenzó a forcejear salvajemente, intentando liberar el brazo para poder golpearlo de nuevo.

Grant la tumbó en el suelo, jadeante, y se sentó a horcajadas sobre ella. Le sujetó los brazos por encima de la cabeza y se aseguró de que su rodilla no se le acercara. Ella siguió retorciéndose y jadeando, y Grant se sintió como si intentara sujetar a un pulpo, pero por fin logró someterla.

Mirándola con enfado, dijo:

–Me dijiste que no te llamara Pris.

–¡Pues no me llames Priscilla tampoco! –bufó ella, devolviéndole la mirada.

–Mira, yo no leo el pensamiento. ¿Cómo se supone que debo llamarte?

–¡Jane! –le gritó ella–. ¡Me llamo Jane! ¡Nadie me ha llamado nunca Priscilla!

–¡Muy bien! ¡Sólo tenías que decírmelo! Estoy empezando a cansarme de que te abalances sobre mí, ¿entendido? Podría hacerte daño sin proponérmelo, así que será mejor que te lo pienses dos veces antes de volver a atacarme. Ahora, si dejo que te levantes, ¿vas a comportarte?

Jane siguió mirándolo con furia, pero el peso de las rodillas de Grant sobre sus brazos magullados resultaba insoportable.

–Está bien –dijo a regañadientes, y él se levantó

despacio y a continuación la sorprendió ofreciéndole la mano para levantarse. Ella, por su parte, se sorprendió a sí misma al aceptarla.

Un súbito destello iluminó los ojos dorados de Grant.

—Conque Jane, ¿eh? —preguntó pensativamente mientras miraba la jungla que los rodeaba.

Ella le lanzó una mirada amenazante.

—No me vengas con ese rollo de «Yo Tarzán, tú Jane» —lo advirtió—. Lo llevo oyendo desde que iba al colegio —se detuvo, y luego dijo de mala gana—: Pero sigue siendo mejor que Priscilla.

Él dijo refunfuñando que estaba de acuerdo y se dio la vuelta para acabar de desmontar el refugio. Pasado un momento, Jane comenzó a ayudarlo. Él la miró, pero no dijo nada. No era muy hablador, pensó ella, y no mejoraba mucho conociéndolo mejor. Pero había arriesgado su vida para ayudarla, y no la había abandonado, a pesar de que Jane sabía que podría haber avanzando mucho más deprisa, y con mucho menos riesgo para sí mismo, sin ella. Había además algo en sus ojos, una expresión cansada y cínica y un poco vacía, como si hubiera visto demasiadas cosas y ya no le quedara fe ni confianza. Aquello le daba ganas de abrazarlo y protegerlo. Bajó la cabeza para que él no viera su expresión y se reprendió por ponerse protectora con un hombre que era tan evidentemente capaz de arreglárselas solo. En cierto momento de su vida ella también había tenido miedo de confiar en los demás, excepto en sus padres, y había sido una época terrible y solitaria. Sabía lo que era el miedo y la soledad, y se compadecía de él.

Una vez borrados todos los rastros de su refugio, Grant se colocó la mochila, se la abrochó y se colgó el rifle del hombro. Entre tanto, Jane se metía el pelo bajo la gorra. Él se inclinó para ayudarla a ponerse la mochila, y una expresión de sorpresa cruzó su semblante. Luego sus cejas oscuras se juntaron.

—¿Qué demonios...? —masculló—. ¿Se puede saber qué llevas aquí? Pesa por lo menos diez kilos más que mi mochila.

—Todo lo que pensé que podía necesitar —contestó Jane y, quitándole la mochila, pasó un brazo por la única hombrera que quedaba. Luego se abrochó la correa de la cintura para asegurarla lo mejor que pudo.

—¿Como qué?

—Cosas —dijo ella tercamente. Quizá sus provisiones no fueran muy adecuadas según los estándares militares, pero prefería mil veces sus sándwiches de mantequilla de cacahuete a las latas de Grant. Creyó que él iba a ordenarle que dejara la mochila en el suelo para inspeccionar su contenido y decidir qué podía llevarse, y resolvió no permitirlo. Apretó la mandíbula y lo miró.

Él puso los brazos en jarras y observó su cara exótica y divertida, su labio inferior, que sobresalía en un mohín rebelde, y la delicada forma de su mandíbula. Parecía dispuesta a abalanzarse otra vez sobre él, y Grant suspiró, resignado. Aquella era seguramente la mujer más tozuda y atolondrada que había conocido en su vida.

—Quítatela —gruñó, desabrochándose su mochila—. Yo llevaré la tuya y tú la mía.

Ella levantó aún más el mentón.

—Yo voy bien con la mía.

—Deja de perder el tiempo discutiendo. El peso te retrasará, y ya estás cansada. Dámela y arreglaré esa correa antes de irnos.

Ella se quitó de mala gana las correas y le dio la mochila, lista para saltar sobre él si hacía intento de arrojarla al suelo. Pero él extrajo un estuchito de su mochila, lo abrió, sacó hilo y aguja y comenzó a coser hábilmente los dos extremos de la correa rota.

Jane miraba con asombro sus manos fibrosas y encallecidas, que sostenían la pequeña aguja con una destreza que no pudo menos que envidiar. Coser un botón era lo más que sabía hacer ella en materia de costura, y solía pincharse el dedo al hacerlo.

—¿Ahora enseñan costura en el ejército? —preguntó, acercándose para echar un vistazo desde más cerca.

Él le lanzó otra de sus miradas de desaliento.

—Yo no soy militar.

—Puede que ahora no —concedió ella—, pero lo fuiste, ¿verdad?

—Hace mucho tiempo.

—¿Dónde aprendiste a coser?

—Me puse a hacerlo, simplemente. Es muy útil —cortó el hilo con los dientes y volvió a guardar la aguja en el estuche—. Vámonos. Ya hemos perdido demasiado tiempo.

Jane agarró su mochila y echó a andar tras él. Lo único que tenía que hacer era seguirlo. Su mirada vagó sobre la anchura de sus hombros y luego descendió suavemente. ¿Había conocido alguna vez a alguien tan fuerte como aquel hombre? No lo creía. Grant Sullivan parecía inmune al cansancio y hacía caso omiso de la vaporosa humedad que agotaba las fuerzas de Jane y empapaba sus ropas en sudor. Sus piernas, largas y poderosas, se movían sin aparente esfuerzo en grandes zancadas, y la flexión de los músculos de sus muslos tensaba la tela de sus pantalones. Jane se descubrió mirando sus piernas al tiempo que intentaba imitar su paso. Él daba un paso, y ella daba otro automáticamente. Era más fácil así. Podía separar su mente de su cuerpo, y al hacerlo ignorar el dolor de sus músculos.

Él se detuvo una vez y bebió un largo trago de agua de una cantimplora que luego le pasó a Jane sin decir nada. Ella la levantó sin hacer comentario alguno y, sin limpiar el gollete, bebió con ansia. ¿Por qué iba a preocuparle beber después que él? Pillar un resfriado era lo que menos le preocupaba. Tras cerrar la cantimplora, se la devolvió a Grant y emprendieron de nuevo la marcha.

El método de Sullivan era una locura o, al menos, así se lo parecía a Jane. Si había que elegir entre dos caminos, elegía invariablemente el más difícil. La ruta que seguía atravesaba los terrenos más escarpados, la vegetación más densa, las laderas más abruptas y elevadas. Jane se rasgó los pantalones deslizándose por un farallón que desde lo alto parecía conducirles a una muerte segura. La cosa no mejoraba mucho desde abajo, pero Jane continuó adelante sin rechistar, y no porque no se le ocurrieran mil cosas por las que protestar, sino porque estaba demasiado cansada para expresarlas en voz alta. Los beneficios de su breve siesta se habían disipado hacía mucho. Le dolían las piernas, le dolía la espalda, tenía los brazos tan magullados y doloridos que apenas podía moverlos, y notaba un ardor tan intenso en los ojos que tenía la impresión de que iban a salírsele de las órbitas. Pero no le pidió que pararan. Aunque aquel ritmo la matara, no iba a retrasar a Grant más de lo que ya lo había hecho, porque no dudaba de que él podía viajar mucho más aprisa sin ella. Los movimientos ágiles y ligeros de sus largas piernas le hablaban de una energía muy superior a la suya; probablemente, Grant Sullivan podía caminar toda la noche sin aflojar visiblemente el paso. Jane sentía una queda admiración por aquella fortaleza física, algo que había escapado a su experiencia antes de conocerlo. Grant Sullivan no era como los demás hombres; ello era evidente en su magnífico cuerpo, en la asombrosa competencia con que se encargaba de todo, en la mirada penetrante de sus ojos dorados.

Como alertado por sus pensamientos, Grant se detuvo y la miró, evaluando su estado con aquella mirada aguda que no pasaba nada por alto.

—¿Puedes aguantar un par de kilómetros más?

Sola no habría podido, pero al mirar sus ojos comprendió que no podía admitirlo. Levantó la barbilla y procuró ignorar el dolor, cada vez más intenso, de sus piernas.

—Sí —dijo.

Una expresión cruzó el rostro de Grant tan fugazmente que Jane no pudo interpretarla.

—Dame la mochila —gruñó y, acercándose a su espalda, desabrochó de un tirón las hebillas y le quitó la mochila de los hombros.

—Voy bien —protestó ella con vehemencia, abrazándose a la mochila—. No me he quejado, ¿no?

Sus cejas rectas y oscuras se juntaron en un ceño, y le quitó por la fuerza la mochila de entre los brazos.

—Usa la cabeza —le espetó—. Si te derrumbas por el cansancio, tendré que llevarte a cuestas a ti también.

La lógica de aquel razonamiento silenció a Jane. Sin decir otra palabra, él se dio la vuelta y echó a andar. A ella le costó menos mantener su ritmo sin el peso de la mochila, pero se sentía irritada consigo misma por no estar en mejor forma, por ser una carga para él. Había luchado por su independencia con uñas y dientes, consciente de que su vida dependía de ello. Nunca se había quedado de brazos cruzados, esperando a que alguien hiciera las cosas por ella. Se había lanzado a la vida de cabeza y había disfrutado de los desafíos que le salían al paso porque reafirmaban su aguda sensación de asombro ante las maravillas de la vida. Había compartido sus alegrías, pero se había enfrentado a los sinsabores ella sola, y ahora la inquietaba tener que apoyarse en otra persona.

Llegaron a otro riachuelo, no más ancho que el primero que habían cruzado, pero sí más profundo. En algunas zonas podía llegarle a las rodillas. El agua que corría sobre las peñas sonaba fresca, y Jane pensó en lo delicioso que sería refrescar su cuerpo sudoroso en la corriente. Mientras miraba el agua con anhelo, tropezó con una raíz y estiró el brazo para recobrar el equilibrio. Su mano chocó contra el tronco de un árbol, y algo se aplastó bajo sus dedos.

—¡Puaj! —gimió, intentando quitarse el insecto muerto con una hoja.

Grant se detuvo.

—¿Qué ocurre?

—He aplastado un bicho con la mano —la hoja no le sirvió de gran cosa; todavía tenía una mancha en la mano. Miró a Grant con evidente fastidio—. ¿Puedo lavarme la mano en el río?

Él miró a su alrededor; sus ojos ambarinos examinaron ambos lados de la corriente.

—Está bien. Ven por aquí.

—Puedo bajar por aquí —dijo ella. La ribera tenía apenas un metro de altura, y la vegetación no era allí muy densa. Sorteó cuidadosamente las raíces de un árbol enorme, apoyándose en el tronco para equilibrarse mientras comenzaba a descender hacia la corriente.

—¡Cuidado! —dijo Grant bruscamente, y Jane se quedó paralizada y volvió la cabeza para mirarlo de reojo.

De pronto, algo increíblemente pesado cayó sobre sus hombros, algo largo, grueso y vivo. Jane sofocó un grito al sentir que aquella cosa comenzaba a enroscarse alrededor de su cuerpo. Estaba más sorprendida que asustada, creyendo que una enorme liana se había caído. Luego detectó el movimiento de una cabeza triangular de buen tamaño y ahogó otro grito.

—¡Grant! ¡Grant, ayúdame!

El terror le atenazó la garganta, ahogándola. Clavó los dedos en la serpiente, intentando quitársela de encima. Aquel monstruo parsimonioso iba envolviéndola con su cuerpo al tiempo que tensaba lentamente unos músculos mortíferos que podían aplastarle los huesos. Se enroscó alrededor de sus piernas y Jane cayó y rodó por el suelo. Oyó vagamente rezongar a Grant y sintió sus propios gritos de pánico, a pesar de que sonaban muy distantes. Todo se mezclaba en un loco calidoscopio de tierra parda y verdes árboles entre los que aparecía la cara tensa y furiosa de Grant. Él le gritaba algo, pero Jane no lo entendía; lo único que podía hacer era luchar contra los lazos vivientes que se enroscaban a su alrededor. Tenía libre un brazo y un hombro, pero la boca se iba tensando alrededor de sus costillas, y su cabezota se aproximaba a su cara con la boca abierta. Gritó, intentando sujetar la cabeza de la boca con la mano libre, pero la serpiente la había dejado sin respiración, y su grito apenas se oyó. Una mano grande que no era la suya asió la cabeza de la boa, y Jane vio apenas un destello plateado.

El cuerpo de la serpiente se aflojó a su alrededor como si se hubiera revuelto para atacar a su nueva presa e intentara atraer a Grant a su abrazo mortal. Jane vio de nuevo aquel destello plateado, y algo húmedo le salpicó la cara. Comprendió vagamente que lo que había visto era un cuchillo. Grant blasfemaba, furioso, mientras luchaba con la boa, montado a horcajadas sobre Jane mientras ésta se retorcía sobre el suelo, intentando desasirse.

—¡Maldita sea, estate quieta! —bramó él—. ¡Vas a hacer que te corte!

Era imposible estarse quieta; estaba envuelta en la serpiente, que se retorcía con ella. El miedo la había enloquecido hasta tal punto que no comprendió que la serpiente estaba sufriendo los estertores de la muerte, ni siquiera cuando vio que Grant arrojaba algo a un lado y comenzaba a apartar de su cuerpo con esfuerzo los gruesos anillos del animal. Hasta que se sintió libre del espantoso abrazo de la constrictor, no comprendió que todo había acabado, que Grant había matado a la serpiente. Dejó de forcejear y se quedó tendida, inerme, en el suelo. Tenía la cara completamente blanca, excepto por las pocas pecas de su nariz y sus pómulos. Sus ojos estaban fijos en la cara de Grant.

—Se acabó —dijo él con aspereza, frotándole los brazos y las costillas—. ¿Cómo te sientes? ¿Algo roto?

Jane no pudo decir nada; tenía la garganta paralizada, había perdido por completo la voz. Lo único que podía hacer era quedarse allí tendida y mirarlo con los posos del terror en sus ojos oscuros. Sus labios temblaban como los de una niña y su mirada tenía un algo de implorante. Grant se dispuso automáticamente a levantarla en brazos, como habría hecho con una chiquilla atemorizada, pero, antes de que pudiera levantar una mano, ella apartó la mirada de él con visible esfuerzo. Grant notó que le costaba un gran esfuerzo de voluntad, pero de alguna forma Jane encontró fuerzas para aquietar sus labios temblorosos. Luego levantó el mentón en aquel gesto tan suyo.

—Estoy bien —logró decir. Su voz sonaba tirante, pero habló como si, al decir aquellas palabras, pudiera llegar a creérselas. Se sentó despacio y se apartó el pelo de la cara—. Me siento un poco dolorida, pero no tengo nada ro... —de pronto se detuvo y se miró la mano y el brazo ensangrentados—. Estoy llena de sangre —dijo con estupor, y le tembló la voz. Miró a Grant como si buscara confirmación—. Estoy llena de sangre —repitió, y extendió la mano temblorosa para que él la viera—. ¡Grant, estoy llena de sangre!

—Es de la serpiente —dijo él, creyendo que de ese modo la tranquilizaría, pero ella lo miró con una repulsión incontrolable.

—Dios —dijo con voz fina y aguda, poniéndose en pie a duras penas y mirándose el cuerpo. Su blusa negra estaba manchada y pegajosa, y grandes manchas rojas ensuciaban sus chinos. Tenía ambos brazos embadurnados de sangre. Se le llenó la garganta de bilis al recordar la humedad que le había salpicado la cara. Levantó los dedos, indecisa, y notó una espantosa viscosidad en sus mejillas y su pelo.

Comenzó a temblar aún más fuerte, y las lágrimas corrieron por sus mejillas.

—Quítamela —dijo con aquella voz histérica, aguda y trémula—. Tengo que quitármela. Estoy toda llena de sangre, y no es mía. Toda llena... Hasta en el pelo. ¡Tengo sangre en el pelo! —sollozó, lanzándose hacia el río.

Grant masculló un improperio y la agarró, pero, en su ansia por quitarse la sangre, Jane se desasió de él, tropezó con el cadáver de la serpiente y cayó al suelo. Antes de que pudiera levantarse, Grant se abalanzó sobre ella y la sujetó con fuerza casi dolorosa mientras ella luchaba y sollozaba, implorándole y maldiciéndolo al mismo tiempo.

—¡Basta, Jane! —dijo él con voz cortante—. Yo te quitaré la sangre. Estate quieta y deja que te quite las botas, ¿de acuerdo?

Tuvo que sujetarla con un brazo y quitarle las botas con la mano libre, pero para cuando empezó a quitarse las botas ella lloraba con tanta fuerza que permanecía inerte en el suelo. Grant la miró con expresión severa. Jane había soportado tantas cosas sin inmutarse que no esperaba que se derrumbara así. Se había mantenido de una pieza hasta verse cubierta de sangre, y eso, evidentemente, la había superado. Grant se quitó las botas, se volvió hacia ella, le desabrochó bruscamente los pantalones y se los quitó. La levantó en brazos tan fácilmente como hubiera levantado a una niña, bajó el talud de la orilla y se internó en la corriente, sin tener en cuenta que se estaba empapando los pantalones.

Cuando el agua le llegó hasta la mitad de las pantorrillas, se detuvo y se inclinó para echar agua sobre sus piernas. Luego comenzó a frotarle la piel para quitarle las manchas. A continuación tomó agua en el hueco de las manos y le lavó los brazos y las manos, echándole por encima el agua fresca, que le empapó la blusa. Mientras la lavaba, Jane permanecía quieta, pero las lágrimas silenciosas seguían corriéndole por la cara y dejando huellas sobre sus mejillas manchadas de sangre.

—Todo va bien, cariño —dijo él suavemente, y la animó a sentarse en la corriente para poder lavarle el pelo. Ella dejó que le echara agua sobre la cabeza y la cara. Parpadeaba para protegerse los ojos del agua, pero mantenía la mirada fija en las facciones duras e intensas de Grant. Él se sacó un pañuelo del bolsillo de atrás, lo mojó y le limpió la cara con delicadeza. Jane estaba ya más calmada, había dejado de llorar en silencio y él la ayudó a ponerse en pie.

—Bueno, ya estás limpia —comenzó a decir, y luego reparó en los remolinos de agua rosada que le corrían por las piernas. Tenía la blusa tan llena de sangre que tendría que quitársela para limpiarla. Sin vacilar, Grant comenzó a desabrocharla—. Vamos a quitarte esto para poder lavarte —dijo con voz serena y tranquilizadora. Ella ni siquiera bajó la mirada mientras le desabotonaba la blusa y se la quitaba de los hombros para arrojarla a la orilla. Mantuvo los ojos fijos en su cara, como si fuera el único medio de conservar la cordura y desviar la vista significara regresar a la locura.

Grant bajó la mirada y se le quedó la boca seca al ver sus pechos desnudos. Se había preguntado qué aspecto tendría y ahora lo sabía, y era como recibir un puñetazo en el estómago. Sus pechos eran redondos y un poco más grandes de lo que esperaba, coronados por pequeños pezones tostados. Deseó inclinarse y poner la boca sobre ellos, saborearlos. Jane estaba prácticamente desnuda; sólo llevaba encima unas bragas muy finas, que el agua había vuelto casi transparentes. Grant vio los rizos negros de su vello bajo la tela algodonosa y sintió que su sexo se tensaba y se henchía. Jane era muy bella, tenía las piernas largas, las caderas estrechas, la elegante musculatura de una bailarina. Sus hombros eran rectos, sus brazos delgados pero fuertes, sus pechos hermosos. Grant quería abrirle las piernas y tomarla allí mismo, hundiéndose profundamente en ella, hasta enloquecer de placer. No recordaba haber deseado nunca tanto a una mujer. Había deseado el sexo, pero únicamente como satisfacción física, y cualquier mujer le había servido. Ahora deseaba a Jane, deseaba su esencia. Era sus piernas las que deseaba sentir ciñéndolo, sus pechos los que ansiaba tocar, su boca la que quería notar bajo la suya, su cuerpo el que quería que ciñera su sexo.

Apartó la mirada de ella y se inclinó para mojar de nuevo el pañuelo. Eso fue aún peor; sus ojos quedaron al nivel de sus muslos, y se incorporó bruscamente. Le lavó los pechos con suavidad, pero cada momento fue para él una tortura. Sentía su piel sedosa bajo los dedos, veía cómo se crispaba sus pezones hasta convertirse en rojos botoncillos al rozarlos.

–Estás limpia –dijo con voz ronca, tirando el pañuelo a la orilla, junto a la blusa de Jane.

–Gracias –musitó ella, y las lágrimas brillaron de nuevo en sus ojos. Con un leve gemido, se abalanzó hacia él. Sus brazos lo rodearon y se aferraron a su espalda. Escondió la cara contra su pecho, sintiéndose reconfortada por el latido acompasado de su corazón y el calor de su cuerpo. Su sola presencia espantaba el miedo; con él, estaba a salvo. Deseó descansar en sus brazos y olvidarse de todo.

Las manos de Grant se deslizaron lentamente sobre su espalda desnuda. Sus palmas callosas acariciaron su piel como si gozaran de su textura. Ella entornó los ojos y se apretó contra él, inhalando el olor masculino de su cuerpo fornido. Se sentía extrañamente embriagada, desorientada; quería aferrarse a él como si fuera la única persona sobre la faz de la tierra. Extrañas sensaciones bañaban su cuerpo, desde el agua que giraba velozmente alrededor de sus pies hasta la leve brisa que acariciaba su piel desnuda y húmeda. Grant, en cambio, era duro y caliente. Un ardor desconocido recorría su carne, siguiendo el sendero dejado por las manos de Grant al moverse desde su espalda a sus hombros. Luego, una mano acarició su garganta y asió su mandíbula, con el pulgar bajo la barbilla y los demás dedos entre su pelo. Grant le hizo levantar la cara.

Se inclinó con calma y amoldó su boca a la de ella, ladeando ligeramente la cabeza para que el contacto fuera profundo y firme. Su lengua penetró lentamente en la boca de Jane; la acarició y exigió una respuesta, y ella se descubrió dándole, impotente, lo que quería. Nunca la habían besado así antes, con tan perfecta confianza y destreza, como si fuera suya y pudiera hacer con ella lo que quisiera, como si se hubieran retrotraído a tiempos más primitivos, en los que el macho dominante elegía a las hembras a su antojo. Vagamente alarmada, Jane hizo un débil esfuerzo por liberarse de su abrazo. Él la detuvo sin apenas hacer fuerza y volvió a besarla, sujetándole la cabeza para permitir la presión de su boca. Jane se halló de nuevo abriendo la boca para él. Había olvidado por qué había intentado resistirse. Desde su divorcio la habían besado muchos hombres; todos ellos habían intentado provocar en ella una respuesta, y todos la habían dejado fría. ¿Por qué aquel rudo... mercenario, o lo que fuera, hacía que escalofríos de placer le recorrieran el cuerpo, cuando algunos de los hombres más sofisticados del mundo sólo la habían aburrido con su pasión? Los labios de Grant eran cálidos y firmes, el sabor de su boca embriagador: su lengua, osada. Sus besos despertaban en ella un extraño anhelo que iba tensándose dentro de su cuerpo.

Un gemido de placer, leve e involuntario, escapó de su garganta, y aquel suave sonido hizo que los brazos de Grant se tensaran a su alrededor. Ella deslizó las manos hasta sus hombros y enlazó su cuello, colgándose de él como si necesitara apoyo. No podía acercarse lo bastante a él, a pesar de que Grant la aplastaba contra sí. Los botones de su camisa se clavaban en sus pechos desnudos, pero Jane no era consciente del dolor. La boca de Grant era salvaje y ansiosa, poseída por una necesidad elemental que escapaba a su control. El ímpetu de sus besos le lastimaba los labios, y a ella no le importaba. Por el contrario, gozaba de ello, se aferraba a él. Su cuerpo parecía de pronto repleto de sensaciones y deseos que no reconocía, que nunca antes había experimentado. Le dolía la piel cuando la tocaba, pero cada caricia de sus dedos ásperos intensificaba su frenesí.

Grant tomó uno de sus pechos en la palma de la mano sin vacilar y pasó su pulgar áspero sobre el pezón erizado y duro, y Jane estuvo a punto de gritar al notar que una oleada ardiente se apoderaba de ella. Nunca antes había sido así; el ansia de la sensualidad pura y desatada de su propio cuerpo la pilló por sorpresa. Había resuelto hacía mucho tiempo que no era, sencillamente, una persona muy sexual, y luego se había olvidado de ello. El sexo nunca la había interesado mucho. Pero las sensaciones que Grant despertaba en ella destruían por completo la noción que tenía de sí misma. En sus brazos era un animal hembra que se apretaba contra él, que sentía y gozaba de la respuesta de su cuerpo inflamado, y sufría por el vacío que sentía dentro de sí.

El tiempo desapareció mientras permanecían en el agua; el sol de la tarde moteaba sus cuerpos con la cambiante filigrana creada por las copas de los árboles. Sus manos recorrían libremente su cuerpo. Jane ni siquiera pensó en resistirse. Era como si Grant tuviera todo el derecho del mundo a apropiarse de su piel, como si fuera suya para que la acariciara y la saboreara. Él la inclinó hacia atrás sobre su brazo, haciendo que sus pechos sobresalieran tentadoramente, y sus labios se deslizaron, ardientes, sobre su garganta, hasta alcanzar sus pechos cálidos y temblorosos. Se metió un pezón en la boca y lo chupó con fuerza, y ella se arqueó hacia él como un animal salvaje, inflamada por el deseo, muriéndose de anhelo.

La mano de Grant descendió, sus dedos se deslizaron entre sus piernas para acariciarla por encima de las sedosas braguitas. La osadía de su caricia sorprendió a Jane, arrancándola de su frenesí sensual. Se tensó automáticamente entre sus brazos, bajó los brazos y lo empujó. Un sonido bajo y gutural resonó en la garganta de Grant, y, por un instante, Jane pensó, aterrorizada, que no iba a detenerse. Luego, mascullando una maldición, la apartó de él.

Jane se tambaleó un poco, y él alargó la mano para sujetarla y la hizo girarse para mirarlo.

—Maldita sea, ¿es así como te diviertes? —preguntó, enfurecido—. ¿Te gusta ver hasta dónde puedes empujar a un hombre?

Ella levantó la barbilla y tragó saliva.

—No, no es eso en absoluto. Sé que no debería haberme abalanzado sobre ti así...

—Tienes mucha razón, no deberías haberlo hecho —la atajó él salvajemente. Parecía un salvaje; tenía los ojos entornados y brillantes por la rabia, las aletas de la nariz hinchadas, y su boca era una línea fina y severa—. La próxima vez, será mejor que te asegures de que quieres lo que pides, porque te aseguro que te lo daré. ¿Está claro?

Dio media vuelta y comenzó a caminar hacia la orilla vadeando el agua, dejándola de pie en medio de la corriente. Jane cruzó los brazos sobre los pechos desnudos. De pronto se sentía agudamente consciente de su desnudez. No se había propuesto provocar a Grant, pero estaba tan asustada, y él se había mostrado tan fuerte y sereno, que le había parecido lo más natural del mundo aferrarse a él. Aquellas caricias y aquellos besos frenéticos la habían tomado por sorpresa, desequilibrándola. Aun así, no estaba dispuesta a acostarse con un hombre al que apenas conocía, sobre todo teniendo en cuenta que ni siquiera sabía si le agradaba lo poco que sabía de él.

Él alcanzó la orilla y se volvió para mirarla.

—¿Vienes o no? —le espetó, y Jane echó a andar hacia él, sin apartar los brazos de sus pechos—. No te molestes —la aconsejó él con voz cortante—. Ya los he visto, y los he tocado. ¿Para qué fingir pudor? —señaló su blusa, tirada en el suelo—. Querrás lavar la blusa para quitarle la sangre, si te da tanto asco.

Jane miró la blusa manchada de sangre y volvió a palidecer un poco, pero logró dominarse.

—Sí, voy a lavarla —dijo en voz baja—. ¿Podrías... podrías alcanzarme los pantalones y las botas, por favor?

Grant soltó un bufido, pero trepó por la ribera y le lanzó los pantalones y las botas. Jane se puso los pantalones de espaldas a él. La sangre que los manchaba la hizo estremecerse, pero al menos no estaban tan empapados como la blusa. Tenía las bragas mojadas, pero no podía hacer nada al respecto, así que ignoró el malestar que le causaban. Cuando estuvo parcialmente vestida otra vez, se agachó sobre la gravilla del borde del riachuelo y comenzó a lavar la blusa. De la tela salían nubes rojas que manchaban el agua antes de que se las llevara la corriente. Jane frotó y frotó hasta que se dio por satisfecha; luego retorció la blusa todo lo que puedo y la sacudió. Cuando se disponía a ponérsela, Gran dijo, irritado:

—Toma —y le tendió su camisa—, ponte esto hasta que se seque la tuya.

Ella quiso negarse, pero sabía que el falso orgullo no le serviría de nada. Aceptó la camisa en silencio y se la puso. Le quedaba muy grande, pero estaba seca y caliente y no muy sucia, y olía a sudor y al aroma almizcleño de la piel de Grant. Aquel olor era vagamente reconfortante. La camisa tenía algunas manchas de color ocre que le recordaron que le había salvado la vida. Se ató los faldones con un nudo a la cintura y se sentó sobre la grava a ponerse las botas.

Cuando se dio la vuelta, se encontró a Grant de pie tras ella, con una expresión todavía severa y contrariada. Él la ayudó a levantarse de la orilla y luego se echó las mochilas a la espalda.

—No vamos a ir mucho más lejos. Sígueme y, por el amor de Dios, no toques nada que yo no toque, ni pises en ningún lado, excepto sobre mis pisadas. Si otra boa quiere comerte, puede que deje que se salga con la suya, así que no tientes tu suerte.

Jane se puso el pelo mojado detrás de las orejas y lo siguió obedientemente, pisando por donde pisaba él. Durante un rato miró con nerviosismo las ramas de árboles por debajo de las cuales pasaban. Luego se obligó a dejar de pensar en la serpiente. Aquello había pasado; no tenía sentido darle más vueltas.

Fijó la mirada en la ancha espalda de Grant y se preguntó cómo habría encontrado su padre a un hombre como Sullivan. Vivían, obviamente, en mundos distintos, así que ¿cómo se habían conocido?

Luego algo pareció aclararse en su mente, y un escalofrío le recorrió la columna vertebral. ¿Se habían conocido? No lograba imaginarse a su padre trabando conocimiento con alguien como Sullivan. Sabía, además, cuál era su propia situación. Todo el mundo quería echarle el guante, y no tenía modo de saber de qué lado estaba Grant Sullivan. La había llamado Priscilla, que era su primer nombre. Si lo había enviado su padre, ¿no debía saber que nunca la llamaban Priscilla, que la llamaban Jane desde la cuna? ¡Grant Sullivan ignoraba su nombre!

Antes de morir, George le había advertido que no confiara en nadie. No quería pensar que estaba en medio de la selva con un hombre que podía degollarla con total indiferencia cuando ya no le fuera de utilidad. Aun así, seguía sin tener pruebas de que su padre hubiera enviado a Grant. Aquel hombre la había dejado inconsciente, se la había cargado al hombro y se la había llevado a la jungla.

Luego comprendió que tenía que confiar en él; no le quedaba otro remedio. Sullivan era todo lo que tenía. Fiarse de él era peligroso, pero no tanto como intentar salir sola de aquella jungla. Él había mostrado algún destello de bondad. Jane sintió una extraña opresión en el pecho al recordar cómo la había cuidado tras matar a la serpiente. No sólo la había cuidado; también la había besado. Aún seguía conmovida por su modo de besarla. Mercenario o no, enemigo o no, Sullivan había conseguido que lo deseara. Su razón no acababa de fiarse de él, pero su cuerpo sí lo hacía.

Aquello le habría hecho gracia, si no hubiera estado tan asustada.

Se alejaron enseguida del riachuelo siguiendo un ángulo de cuarenta y cinco grados. Grant no tardó en detenerse. Miró a su alrededor y se quitó las mochilas de los hombros.

—Acamparemos aquí.

Jane se quedó callada. Se sentía avergonzada e inútil mientras lo veía abrir su mochila y sacar un pequeño fardo enrollado. Bajo sus hábiles manos, el fardo se transformó rápidamente en una pequeña tienda de campaña, provista de suelo de polietileno y una cortina que podía cerrarse con cremallera. Cuando la tienda estuvo montada, comenzó a cortar lianas y ramas de los árboles cercanos para cubrirla hasta hacerla prácticamente invisible. Apenas miró a Jane, pero al cabo de un momento ella se acercó a ayudarlo. Grant la miró entonces y dejó que recogiera más ramas mientras él las iba colocando sobre la tienda.

Una vez completada la tarea, dijo:

—No podemos arriesgarnos a hacer fuego, así que

comeremos y nos meteremos en la tienda. Después del día que hemos tenido, estoy deseando dormir.

Jane también, pero temía pensar en la noche que se avecinaba. La luz se iba disipando rápidamente, y sabía que pronto sería completamente de noche. Recordó la oscuridad total de la noche anterior y sintió que el gélido dedo del miedo subía por su columna. Bien, no podía hacer nada al respecto; tendría que aguantarse.

Se agachó junto a su mochila y sacó dos latas más de zumo de naranja. Le lanzó una; Grant la tomó al vuelo y miró su mochila con creciente irritación.

—¿Cuántas latas más de esto llevas en ese supermercado andante? —preguntó con sarcasmo.

—Ninguna más. A partir de ahora tendremos que beber agua. ¿Te apetece una barrita de cereales? —le dio una, rehusándose a responder a la irritación que notaba en su voz. Estaba cansada, tenía agujetas, y debía encarar una larga noche en total oscuridad. En vista de todo aquello, el enfado de Grant no parecía muy importante. Ya se le pasaría.

Se comió su barrita de cereales, pero seguía teniendo hambre, así que buscó algo más que comer.

—¿Quieres galletas saladas y queso? —le ofreció mientras sacaba aquellas cosas del fondo de la mochila.

Al levantar la vista lo vio observándola con una expresión incrédula en la cara. Él alargó la mano y ella dividió el queso y las barritas entre los dos. Grant volvió a mirarla, meneó la cabeza y se comió en silencio su ración.

Jane guardó un poco de zumo de naranja, y cuando acabó de comer sacó de la mochila un frasquito. La abrió, se echó una píldora en la palma de la mano, miró a Grant y sacó otra.

—Toma —dijo.

Él miró la píldora, pero no hizo ademán de aceptarla.

—¿Qué demonios es eso?

—Una píldora de levadura.

—¿Y para qué quiero tomarme una píldora de levadura?

—Para que no te piquen los mosquitos y otros bichos.

—Sí, ya.

—¡Es verdad! Mírame. No tengo ni una picadura, y es porque tomo píldoras de levadura. Altera la química de la piel. Vamos, tómatela. No te hará daño.

Él tomó la píldora y la sostuvo con una expresión de fastidio en la cara mientras ella se tomaba la suya con un trago del zumo de naranja que había reservado. Jane le pasó la lata, y él masculló una obscenidad antes de meterse la píldora en la boca y tragársela con el resto del zumo.

—Está bien, a la cama —dijo, poniéndose en pie. Señaló con la cabeza un árbol—. Ahí está tu cuarto de baño, si quieres ir antes de que nos metamos en la tienda.

Jane se fue tras el árbol. Grant era rudo y desabrido, era incluso un poco cruel, pero le había salvado la vida. Ella ignoraba qué esperar de él. Por muy desagradable que se pusiera, siempre acababa desarmándola con un inesperado gesto de bondad. Por otro lado, cuando las cosas iban bien entre ellos, decía cosas hirientes, como si intentara provocar adrede una pelea.

La estaba esperando junto a la entrada de la tienda.

—Ya he extendido la manta. Métete dentro.

Ella se arrodilló y penetró en la pequeña tienda. Se sentó sobre la manta que Grant había extendido sobre el suelo. Él metió dentro las mochilas.

—Pon esto donde no estorbe —le ordenó—. Voy a echar un rápido vistazo alrededor.

Jane empujó las mochilas hasta el fondo de la tienda, se tumbó de espaldas y se quedó mirando las finas paredes en estado de tensión. La luz casi había desaparecido; por el tejido traslúcido de la tienda sólo se filtraba un suave resplandor. Fuera aún no era de noche, pero las ramas con que Grant había camuflado la tienda oscurecían el interior. La cortina se abrió y él entró y cerró la cremallera.

—Quítate las botas y ponlas en esa esquina, junto a tus pies.

Jane se incorporó, hizo lo que le había dicho y volvió a tumbarse. Se esforzaba tanto por mantener los ojos bien abiertos que le escocían. Con el cuerpo agarrotado por el miedo, lo oyó estirarse y bostezar mientras se ponía cómodo.

Unos instantes después el silencio se hizo casi tan insoportable como la oscuridad.

—Estas tiendas abatibles son muy útiles, ¿verdad? —balbució Jane, llena de nerviosismo—. ¿De qué está hecha?

—De nailon —contestó él, bostezando de nuevo—. Es casi indestructible.

—¿Cuánto pesa?

—Un kilo y medio.

—¿Es impermeable?

—Sí, es impermeable.

—¿Y a prueba de bichos?

—A prueba de bichos también —masculló él.

—¿Crees que un jaguar podría...?

—Mira, es a prueba de jaguares, a prueba de moho, a prueba de fuego y a prueba de serpientes. Te doy mi palabra de que es a prueba de todo, menos de elefantes, y no creo que vayamos a tropezarnos con uno aquí, en Costa Rica. ¿Hay algo más que te preocupe? —estalló él—. Si no, ¿por qué no te callas y me dejas dormir?

Jane permaneció envarada, y el silencio volvió a caer. Cerró los puños en un esfuerzo por controlar su nerviosismo mientras escuchaba la creciente algarabía nocturna de la selva. Los monos aullaban y parloteaban; los insectos chirriaban, llamándose; la vegetación susurraba. Estaba exhausta, pero no tenía esperanzas de dormirse, al menos hasta que amaneciera, y en cuanto se hiciera de día el demonio que yacía a su lado querría emprender otro maratón a marchas forzadas.

Grant estaba totalmente en silencio, de aquella manera suya tan crispante. Jane ni siquiera lo oía respirar. El viejo temor comenzó a alzarse en su pecho, dificultándole la respiración. Tenía la impresión de estar sola, y eso era lo único que no podía soportar.

—¿De dónde eres?

Él exhaló un suspiro.

—De Georgia.

Aquello explicaba su acento. Jane tragó saliva y procuró aliviar la opresión de su garganta reseca. Si conseguía que él siguiera hablando, no se sentiría tan sola. Sabría que él estaba allí.

—¿De qué parte de Georgia?

—Del sur. ¿Te suena Okefenokee?

—Sí. Es un pantano.

—Yo crecí en él. Mis padres tienen una granja justo en el borde —la suya había sido una infancia corriente, salvo por las habilidades que había aprendido de manera automática en las ciénagas, habilidades que, con el tiempo, habían cambiado el curso de su vida al convertirlo en un ser casi inhumano. Ahuyentó aquellos recuerdos corriendo sobre ellos un velo para aislarse. No tenía sentido pensar en el pasado.

—¿Eres hijo único?

—¿A qué vienen tantas preguntas? —le espetó él. Lo ponía nervioso revelar información sobre sí mismo.

—Sólo tengo curiosidad, nada más.

Él se quedó callado un momento, alarmado de pronto. Había algo en la voz de Jane, un tono que no lograba identificar. Estaban a oscuras, así que no podía verle la cara; tenía que guiarse por entero por lo que le revelaran sus oídos. Si la hacía hablar, tal vez lograra descubrirlo.

—Tengo una hermana —dijo por fin, de mala gana.

—Seguro que es más pequeña. Eres tan mandón, que tienes que ser el hermano mayor.

Él dejó pasar la pulla y se limitó a decir:

—Es cuatro años más joven que yo.
—Yo soy hija única —dijo ella.
—Lo sé.

Jane buscó frenéticamente algo más que decir, pero el pánico a la oscuridad empezaba a apoderarse de ella. Sintió que se movía hacia él para agarrarlo y entonces recordó lo que le había dicho sobre sobresaltarlo y acerca de hacer ofrecimientos que no quería cumplir. Apretó los dientes y detuvo sus manos, que ya se habían extendido hacia él. El esfuerzo fue tan intenso que se le llenaron los ojos de lágrimas. Parpadeó para disiparlas.

—Grant... —dijo con voz temblorosa.
—¿Qué? —gruñó él.
—No quiero que pienses que me estoy arrojando en tus brazos otra vez, porque no es cierto, pero ¿te importaría mucho que... que te agarre la mano? —musitó—. Lo siento, pero me da mucho miedo la oscuridad, y me ayuda saber que no estoy sola.

Él se quedó quieto un momento; luego Jane oyó un susurro de ropa cuando se puso de lado.

—¿Tanto miedo te da la oscuridad?

Jane intentó reírse, pero su risa sonó tan temblorosa que pareció casi un sollozo.

—Me aterroriza, y eso es poco decir. No puedo dormir a oscuras. Todo el tiempo que estuve en esa maldita plantación me pasé las noches en vela, no podía dormirme hasta que amanecía. Pero al menos podía usar ese tiempo para vigilar a los guardias y observar sus costumbres. Además, allí no estaba tan oscuro como aquí.

—Si tanto miedo te da la oscuridad, ¿cómo es que estabas dispuesta a echarte a la jungla tú sola?

Una cara morena, de hermosas facciones y expresión tremendamente cruel flotaba ante los ojos de Jane.

—Porque hasta morir en la jungla es preferible a Turego —dijo en voz baja.

Grant soltó un gruñido. Entendía perfectamente su elección, pero el hecho de que hubiera valorado con tanto acierto la situación ilustraba una vez más que era mucho más lista de lo que parecía. Claro, que quizá ya tuviera motivos para saber lo vil que podía ser Turego. ¿La habría violado Turego o no habría sido una violación? Con aquella mujer, ¿quién sabía?

—¿Te acostaste con él?

Aquella pregunta directa la hizo estremecerse.

—No. Le estuve dando largas, pero ayer, cuando nos fuimos... Fue ayer, ¿no? Parece que hace un año. En todo caso, sabía que, cuando volviera, no podría seguir deteniéndolo. Se me había agotado el tiempo.

—¿Por qué estás tan segura?

Jane hizo una pausa, preguntándose cuánto debía contarle y cuánto sabía ya. Si estaba involucrado en aquel asunto, conocería el nombre de Luis; si no, aquel nombre no significaría nada para él. Quería decírselo; no deseaba seguir sola en aquella pesadilla. Pero recordó que George le había dicho una vez que la discreción era sinónimo de seguridad, y sofocó el deseo de entregarse en brazos de Grant y contarle lo sola y asustada que había estado. Si él no estaba involucrado, correría menos peligro ignorándolo todo. Por otro lado, si lo estaba, quizás ella estuviera más segura si él no se daba cuenta de hasta qué punto formaba parte de aquel embrollo. Por fin, para contestar a su pregunta, dijo:

—No estaba segura. Pero me daba miedo quedarme. Me asustaba Turego.

Él soltó otro gruñido, y aquello pareció zanjar la conversación. Jane apretó la mandíbula para refrenar el repentino castañeteo de sus dientes. Hacía un bochorno húmedo dentro de la tienda a oscuras, pero ella tenía escalofríos. ¿Por qué no decía nada él, lo que fuera, con tal de no estar allí tumbado, tan silencioso? Podría haber estado sola. Era antinatural que alguien fuera tan sigiloso, tan perfectamente dueño de sí mismo.

—¿Cómo estaba mi padre?

—¿Por qué?

—Sólo me lo preguntaba —¿le estaba dando evasivas a propósito? ¿Por qué no quería hablar de su padre? Quizás no lo había contratado su padre en absoluto, y no quería verse arrastrado a una conversación acerca de alguien a quien supuestamente había conocido, sin conocerlo.

Tras un moderado silencio, como si hubiera sopesado cuidadosamente su respuesta, él dijo:

—Estaba loco de preocupación por ti. ¿Te sorprende?

—No, claro que no —dijo ella, sobresaltada—. Me sorprendería que no lo estuviera.

—¿No te sorprende que haya pagado una pequeña

fortuna para apartarte de las garras de Turego, a pesar de que no te llevas bien con él?

Grant la estaba confundiendo; se sentía ajena a la conversación, como si él estuviera hablando con otra persona.

—¿De qué estás hablando? Nos llevamos perfectamente, siempre ha sido así.

Ella no podía verlo, no podía oírlo, pero de pronto notó que algo en él había cambiado, como si el aire se hubiera cargado de electricidad. Una poderosa sensación de peligro irradiaba de él. Sin saber por qué, Jane se apartó de él todo lo que pudo en el estrecho reducto de la tienda, pero no había escapatoria. Con la velocidad de una serpiente que atacara, Grant se volvió y la agarró; la obligó a poner las manos por encima de la cabeza y la sujetó hasta que le hizo daño en las muñecas.

—Está bien, Jane, o Priscilla, o como te llames, vamos a hablar. Yo voy a hacer las preguntas y tú vas a contestar, y será mejor que contestes correctamente, o te meterás en un buen lío, preciosa. ¿Quién eres?

¿Se había vuelto loco? Jane luchó un momento por desasir las muñecas, pero no lo consiguió. El peso de Grant la aplastaba, la dominaba por completo. Sus piernas musculosas inmovilizaban las suyas, le impedían patalear.

—¿Qué... qué...? —balbució—. ¡Grant, me estás haciendo daño!

—¡Contéstame, maldita sea! ¿Quién eres?

—¡Jane Greer! —intentó desesperadamente insuflar algo de humor a su voz, pero no tuvo éxito del todo.

—No me gusta que me mientan, nena —su voz era suave y aterciopelada, y su sonido la heló hasta la médula de los huesos. Ni siquiera Turego le había causado aquel efecto; Turego era un hombre peligroso y cruel, pero el hombre que la sujetaba en ese momento era la persona más mortífera que había visto nunca. No necesitaba un arma para matarla; podía hacerlo con sus propias manos. Estaba completamente indefensa ante él.

—¡No te estoy mintiendo! —protestó, desesperada—. Soy Priscilla Jane Hamilton Greer.

—Si lo fueras, sabrías, que James Hamilton te desheredó hace varios años. Así que os lleváis perfectamente, ¿eh?

—¡Sí! —Jane se tensó contra él, y Grant se apoyó más aún contra su cuerpo para que notara su peso, hasta el punto de dificultarle la respiración—. ¡Lo hizo para protegerme!

Durante un momento largo y silencioso en el que Jane podía oír el rugido de su sangre en los oídos, aguardó su reacción. Su silencio le crispaba los nervios. ¿Por qué no decía nada? Su aliento cálido le rozaba la mejilla, convenciéndola de lo cerca que estaba de ella, pero no podía verlo en medio de aquella sofocante oscuridad.

—Esa sí que es buena —respondió él finalmente, y ella dio un respingo al notar el sarcasmo de su tono—. Lástima que no me lo trague. Inténtalo otra vez.

—¡Te estoy diciendo la verdad! Lo hizo para que nadie pensara en secuestrarme. ¡Fue idea mía, maldita sea!

—Sí, claro —ronroneó él, y aquel sonido bajo y sedoso la hizo estremecerse convulsivamente—. Vamos, puedes hacerlo mejor.

Jane cerró los ojos y buscó frenéticamente un modo de convencerlo de su identidad. No se le ocurrió nada, y no llevaba ningún documento que acreditara quién era. Turego le había quitado el pasaporte, así que ni siquiera tenía eso.

—Bueno, ¿qué me dices de ti? —balbució, repentinamente furiosa. Había soportado muchas cosas sin quejarse, y ahora Grant le daba un susto de muerte. Se había sentido acorralada otras veces, pero había aprendido a devolver el golpe—. ¿Quién eres tú? ¿Cómo sé que te contrató mi padre? Si fue él, ¿por qué no sabías que nadie me llama Priscilla? Hiciste mal tus deberes.

—Por si acaso no lo has notado, cariño, el que manda soy yo. Eres tú quien contesta a mis preguntas.

—Ya lo he hecho, y no me has creído —replicó ella—. Perdona, pero no llevo encima la American Express. Por el amor de Dios, ¿te parezco una terrorista? Estuviste a punto de romperme el brazo, luego me dejaste inconsciente de un golpe. Me has tirado al suelo como si fuera una pelota de goma, ¿y tienes la cara dura de actuar como si la peligrosa fuera yo? Dios mío, será mejor que me registres. Así podrás dormir tranquilo esta noche. ¿Quién sabe? Podría llevar un bazoka atado a la pierna, ya que soy tan peligrosa —había levantado la voz y él la interrumpió descargando su peso sobre su costado. Al notar que ella profería un gemido, volvió a levantarse un poco.

—No, estás desarmada. Ya te he quitado la ropa, ¿recuerdas? —a pesar de la oscuridad, Jane se sonrojó al recordar aquello, al pensar en el modo en que la había besado y acariciado, en cómo la habían hecho sentirse sus manos. Grant se frotó lentamente contra ella. La sugestiva intimidad de sus movimientos la dejó sin respiración. Su cálido aliento agitó el cabello de Jane cuando bajó la cabeza hacia ella—. Pero no quisiera desilusionar a una dama. Si quieres que te registre, te complaceré. No me importaría hacerlo.

Enfurecida, Jane intentó de nuevo desasir sus manos, pero finalmente se echó hacia atrás, exasperada por lo fútil de sus intentos. La ira aclaró finalmente su mente, dándole una idea, y dijo con aspereza:

—¿Fuiste a casa cuando mi padre te contrató?

Él se quedó callado, y Jane notó que su interés crecía súbitamente.

—Sí.

—¿Entraste en el despacho?

—Sí.

—Entonces, un lince como tú se fijaría en el retrato de encima de la chimenea. Estás entrenado para fijarte en todo, ¿no? El retrato es de mi abuela, la madre de mi padre. Está pintada sentada, con una rosa sobre el regazo. Ahora, dime de qué color es su vestido —dijo en tono desafiante.

—Negro —contestó él lentamente—. Y la rosa era roja sangre —un denso silencio cayó entre ellos; luego, Grant le soltó las manos y se apartó de ella—. Está bien —dijo por fin—. Te concederé el beneficio de la duda...

—¡Vaya, gracias! —Jane se frotó las muñecas, malhumorada, mientras intentaba mantener viva su ira a pesar del inmenso alivio que sentía. Evidentemente su padre lo había contratado, porque, si no, ¿de qué otro modo podía haber visto el retrato del despacho? Quería seguir enfadada con él, pero sabía que lo perdonaría porque seguían estando a oscuras. A pesar de todo, se alegraba terriblemente de que estuviera allí. Además, se dijo con cautela, era decididamente mejor tener a aquel hombre de su lado.

—No me des las gracias —dijo él con voz cansina—. No abras la boca y duérmete.

¡Dormir! ¡Ojalá pudiera! Sabía conscientemente que no estaba sola, pero su subconsciente requería la confirmación de sus sentidos. Necesitaba verlo, oírlo, o tocarlo. Verlo estaba descartado; dudaba que él consintiera en tener toda la noche una linterna encendida, suponiendo que tuviera una. Tampoco querría quedarse despierto toda la noche, hablando con ella. Quizá, si apenas lo rozaba, él creería que había sido un accidente y no le daría importancia. Jane movió furtivamente la mano derecha hasta que el dorso de sus dedos rozó levemente su antebrazo velludo... y un instante después su muñeca se halló de nuevo presa de aquella garra dolorosa.

—¡Ay! —exclamó, y él aflojó los dedos.

—Está bien, ¿qué pasa ahora? —su tono mostraba a las claras que se le estaba agotando la paciencia.

—Sólo quería tocarte —admitió Jane, tan cansada que ya no le importaba lo que pensara—, para saber que no estoy sola.

Grant gruñó.

–De acuerdo. Parece que, si no, no voy a poder dormir –movió la mano, deslizando su tosca contra la de ella, y entrelazó sus dedos–. ¿Te dormirás ahora?

–Sí –musitó ella–. Gracias.

Se quedó allí tendida, inexplicable y profundamente reconfortada por el contacto de su mano áspera, tan cálida y fuerte. Poco a poco sus ojos se cerraron, y se fue relajando gradualmente. Los terrores de la noche no la asaltaron. Grant los mantuvo firmemente a raya con su mano, que agarraba con firmeza la de ella. Todo iba a salir bien. Otra oleada de cansancio se abatió sobre ella, y se quedó dormida con la prontitud de una luz que se apagara.

Grant se despertó antes de que amaneciera, los sentidos inmediatamente alerta. Sabía dónde estaba, y sabía qué hora era. Su extraordinario sexto sentido podía señalar la hora con un error de escasos minutos. Los sonidos nocturnos de la selva le dijeron que estaba a salvo, que no había cerca otro ser humano. Recordó inmediatamente la identidad de la persona que había en la tienda con él. Sabía que no podía moverse, y sabía por qué: Jane estaba dormida encima de él.

En realidad, no le importaba que lo usara como cama. Era suave y cálida, y tenía un olor femenino que deleitaba su olfato. El contacto suave de sus pechos era agradable. Esa suavidad especial e inconfundible no abandonaba nunca el pensamiento de un hombre, permanecía siempre revoloteando en su memoria una vez había sentido la voluptuosidad de una mujer sobre su cuerpo. Hacía mucho tiempo que no dormía con una mujer, y había olvidado lo agradable que era. Había practicado el sexo –encontrar una mujer dispuesta no era difícil–, pero esos encuentros eran siempre fortuitos, surgidos de la necesidad de satisfacer un acto físico. Una vez concluidos, nunca se sentía inclinado a quedarse. El año anterior, especialmente, había estado muy poco dispuesto a tolerar la presencia de otras personas. Había pasado mucho tiempo solo, como un animal herido que se lamiera sus heridas; su mente y su alma estaban repletas de muerte. Había pasado tanto tiempo en las sombras que ignoraba si alguna vez volvería a encontrar la luz del sol, pero lo estaba intentando. El dulce y cálido sol de Tennessee había sanado su cuerpo, pero en su espíritu quedaba aún una gélida negrura.

Teniendo en cuenta su aguda percepción de su entorno, incluso dormido, ¿cómo había logrado Jane ponerse encima de él sin despertarlo? Era la segunda vez que se acercaba a él sin perturbar su sueño, y aquello no le gustaba. Un año antes, no habría podido moverse sin ponerlo sobre aviso.

Ella se movió entonces, suspirando un poco en sueños. Uno de sus brazos rodeaba el cuello de Grant; tenía la cara apoyada sobre su pecho y su cálido aliento agitaba el vello rizado que asomaba por el cuello de su camiseta interior. Yacía sobre él tan mullida como un gato; su cuerpo suave se amoldaba a los duros contornos del suyo. Había entrelazado las piernas con las suyas y su pelo cubría el hombro y el brazo desnudo de Grant. Él se excitó, pese a la irritación casi salvaje que sentía hacia sí mismo, y levantó lentamente los brazos para abrazarla, deslizando las manos sobre su espalda flexible. Podía hacerla suya, si la deseaba. El entrenamiento que había recibido lo había enseñado a infligir un dolor casi insoportable a otro ser humano, pero un beneficio colateral de ese conocimiento era que sabía también cómo dar placer. Conocía todos los puntos sensibles y tiernos de su cuerpo, sabía modos de excitar nervios que probablemente ella ignoraba tener. Aparte de eso, sabía cómo controlar sus propias reacciones, cómo prolongar el encuentro amoroso hasta que su pareja quedaba plenamente satisfecha.

La certeza de que podía poseer a Jane lo corroía, llenando su cabeza de imágenes y sensaciones. En diez minutos podía hacer que Jane le suplicara, y se hundiría dentro de ella, ceñido por aquellas gráciles y largas piernas de bailarina. Lo único que lo detenía era la confianza casi pueril con que dormía acurrucada sobre él. Dormía como si se sintiera completamente a salvo, como si él pudiera protegerla de cualquier cosa. Confianza. Su vida andaba escasa de confianza desde hacía tantos años que le producía cierto sobresalto comprobar que alguien podía fiarse de otra persona tan fácil y completamente. Aquello lo incomodaba, pero era al mismo tiempo reconfortante, casi tanto como sentir el cuerpo de Jane entre sus brazos. Así que se quedó allí tumbado, mirando a la oscuridad, abrazándola mientras dormía, y la amarga negrura de sus pensamientos contrastaba con la cálida y esquiva dulzura de sus dos cuerpos unidos en apacible reposo.

Cuando la primera luz, aún muy débil, comenzó a filtrarse por entre los árboles, deslizó la mano hasta su hombro y la zarandeó suavemente.

—Jane, despierta.

Ella masculló algo ininteligible y se acurrucó, escondiendo la cara contra su cuello. Grant se puso de lado con cuidado y la depositó sobre la manta. Ella, cuyos brazos seguían rodeándole el cuello, se aferró como si temiera caerse.

—¡Espera! No te vayas —dijo con ansiedad, y el sonido de su propia voz la despertó. Abrió los ojos y parpadeó con los ojos muy abiertos, mirándolo—. Ah. ¿Ya es de día?

—Sí, es de día. ¿Crees que puedes dejar que me levante?

Ella lo miró, confusa, y luego pareció darse cuenta de que seguía abrazada a su cuello. Dejó caer los brazos como si se hubiera escaldado, y, aunque la luz era tan tenue que no podía estar seguro, Grant creyó ver que el rubor oscurecía sus mejillas.

—Lo siento —se disculpó ella.

Grant era libre y, sin embargo, sentía una extraña reticencia a abandonar los estrechos confines de la tienda. Su brazo izquierdo seguía aún bajo el cuello de Jane, sirviendo de almohada a su cabeza. La abrumadora necesidad de tocarla guió su mano hasta debajo de su camisa que era en realidad la suya. Apoyó la mano sobre su tripa desnuda. Sus dedos y su palma se deleitaron en la tersura cálida de su piel, cautivados por la certeza de que tanto por arriba como por debajo de donde reposaba su mano aguardaban placeres táctiles aún mayores.

Jane sintió que su respiración se aceleraba y que su corazón pasaba del pálpito lento y regular del sueño a un ritmo casi frenético.

—¿Grant? —preguntó, indecisa. Él sólo había posado la mano sobre su tripa, pero Jane sintió que sus pechos se crispaban, llenos de anticipación, y que sus pezones se aguzaban. Un agitado anhelo cobró vida dentro de ella. Era la misma sensación de vacío, la misma necesidad que había experimentado al hallarse casi desnuda en sus brazos, en medio de la corriente, mientras él la tocaba con una sensualidad cruda y salvaje que nunca antes había conocido. Aquel deseo la asustaba un poco, al igual que el hombre que lo creaba con sus caricias, que se inclinaba sobre ella con tanta intensidad.

Sólo había tenido experiencias sexuales con su marido. La falta de éxito en ese aspecto de su matrimonio había limitado severamente su conocimiento, dejándola casi completamente aletargada, incluso desinteresada. Chris no le servía como ejemplo: no había comparación posible entre su ex marido —un hombre amable y simpático, delgado y apenas unos centímetros más alto que ella— y aquel guerrero enorme, tosco y musculoso. Chris era sumamente civilizado; Grant no lo era en absoluto. Si la poseía, ¿sería capaz de controlar su temible fuerza, o la dominaría por completo? Quizás era eso lo que más la asustaba, porque el mayor empeño de su vida había sido la independencia: para liberarse del miedo y de la excesiva protección de sus padres. Había luchado tan denodadamente y durante tanto tiempo por controlar su vida que le daba miedo darse cuenta de que se hallaba a merced de Grant. Las lecciones de defensa propia que había recibido no servían de nada contra él; ante Grant, se encontraba absolutamente indefensa. Lo único que podía hacer era confiar en él.

—No tengas miedo —dijo él con firmeza—. No soy un violador.

—Lo sé —un asesino, quizás, pero no un violador—. Me fío de ti —musitó, y apoyó la mano sobre su mandíbula, en la que empezaba a asomar la barba.

Él soltó una risa breve y cínica.

—No te fíes demasiado, cariño. Te deseo, y despertarme contigo en mis brazos está poniendo a prueba mis buenas intenciones —pero giró la cabeza y dio un rápido beso en la palma suave de la mano que le acariciaba la mejilla—. Vamos, tenemos que ponernos en marcha. Me siento como un blanco inmóvil en esta tienda, ahora que es de día.

Se incorporó y echó mano de sus botas; se las puso y se ató los cordones con ademanes rápidos y hábiles. Jane tardó más en sentarse. Su cuerpo entero protestaba. Bostezó y se apartó el pelo enredado de la cara; luego se puso las botas. Grant ya había abandonado la tienda cuando acabó, y salió tras él. Una vez de pie, estiró sus músculos doloridos y se tocó las puntas de los pies varias veces para calentar un poco.

Mientras lo hacía, Grant desmontó rápidamente la tienda. Lo hizo en tan poco tiempo que Jane lo miró asombrada. En un abrir y cerrar de ojos, la tienda estuvo de nuevo plegada en un bulto inusitadamente pequeño y guardada en su mochila, con la fina manta enrollada a su lado.

—¿Llevas algo más en esa mochila sin fondo? —preguntó él—. Si no, comeremos las raciones de campaña.

—¿Esa cosa asquerosa que llevas?

—Exacto.

—Bueno, veamos. No tengo más zumo de naranja... —abrió la mochila y miró dentro; luego metió la mano en su interior—. ¡Ah! Dos barritas de cereales más. ¿Te importa que me quede con la de coco? Las pasas no me gustan mucho.

—Claro —contestó él con indolencia—. Después de todo, son tuyas.

Ella lo miró con irritación.

—Son nuestras. Espera, aquí tengo una lata de... —sacó la lata y leyó la etiqueta; luego sonrió triunfalmente—. ¡Salmón ahumado! Y unas cuantas galletas saladas. Por favor, tome asiento, señor. Vamos a desayunar.

Él se sentó obedientemente, sacó el cuchillo de su cinturón y echó mano de la lata de salmón. Jane la apartó y levantó las cejas con aire altivo.

—Le advierto que éste es un restaurante de primera clase. ¡Aquí no se abren las latas con cuchillos!

—¿Ah, no? ¿Y con qué se abren? ¿Con los dientes?

Ella levantó el mentón y buscó de nuevo en su mochila, sacando por fin un abrelatas.

—Oye —dijo, dándole el abridor—, cuando me escapo, lo hago con estilo.

Grant agarró el abridor y empezó a abrir la lata de salmón.

—Ya lo veo. ¿Cómo conseguiste todas estas cosas? Te imagino haciéndole un pedido a Turego con las cosas que necesitabas para escaparte.

Jane se echó a reír, un sonido hermoso y algo ronco que hizo que Grant levantara la cabeza de su tarea. Aquellos ojos penetrantes y amarillos iluminaron su cara y la observaron como si examinara un tesoro. Ella estaba ocupada sacando galletas saladas de su mochila, y no advirtió aquella expresión fugaz.

—Fue casi así. Me daban antojos, aunque rara vez se lo decía a Turego. Bastaba con decirle una palabra al cocinero, y él por lo general aparecía con lo que le había pedido. Casi todas las noches registraba la cocina o las habitaciones de los guardias en busca de algo.

—¿Como esa mochila? —preguntó él, mirando el objeto en cuestión.

Ella le dio unas palmadas afectuosas a la bolsa.

—Bonita, ¿eh?

Grant no contestó, pero las comisuras de sus ojos se arrugaron levemente, como si estuviera pensando en sonreír. Comieron salmón con galletas saladas en apacible silencio, y acompañaron la comida con agua de la cantimplora de Grant. Él se comió su barrita de cereales, pero Jane decidió reservarse la suya para después.

Agachada junto a su mochila, tomó el cepillo y

restableció el orden en su enmarañada melena; luego se limpió la cara y las manos con una toallita húmeda.

—¿Quieres una? —le preguntó a Grant amablemente, ofreciéndole uno de los sobrecitos.

Él había estado observándola con un asombro casi perplejo, pero tomó el sobrecito y lo rasgó. La toallita húmeda tenía un olor fuerte y Grant se sintió más fresco, más limpio, tras pasársela por la cara. Para su sorpresa, aún tenía parte del maquillaje negro que se había puesto antes de ir en busca de Jane; seguramente parecía un demonio recién salido del infierno, con aquellos tiznones en la cara.

Un sonido conocido llamó su atención y se volvió para mirar a Jane. En el suelo, junto a ella, había un tubo de pasta dentífrica. Jane se estaba lavando industriosamente los dientes. Mientras él la miraba, escupió la pasta, tomó una botellita, se lo llevó a los labios, se enjuagó la boca y escupió también el líquido. La mirada estupefacta de Grant identificó la botella. Durante cinco segundos sólo pudo mirarla con la boca abierta; luego se sentó y se echó a reír sin poder remediarlo. Jane se estaba enjuagando la boca con agua de Perrier.

Jane hizo un breve mohín, pero era tan agradable oírle reír que, pasados unos segundos, se echó hacia atrás, apoyándose en los talones, y se quedó mirándolo con una sonrisa. Cuando se reía y las sombras abandonaban sus ojos, aquella cara áspera y surcada de cicatrices parecía hacerse más joven, incluso hermosa. Jane notó una presión en el pecho, algo que dolía y que al mismo tiempo daba la curiosa impresión de fundirse. Deseó acercarse y abrazar a Grant para asegurarse de que las sombras no volvían a tocarlo. Se reprendió por aquel absurdo afán de protegerlo. Si alguien sabía cuidar de sí mismo, ése era Grant Sullivan. De todas formas, tampoco aceptaría de buen grado un gesto afectuoso; seguramente se lo tomaría como una invitación sexual.

Para esconder sus sentimientos, Jane se puso a guardar las cosas en su mochila. Luego se volvió para mirarlo inquisitivamente.

—¿Quieres usar la pasta? —ofreció.

Él seguía riéndose.

—Gracias, cariño, pero tengo polvos dentífricos y usaré el agua de la cantimplora. ¡Dios! ¡Agua de Perrier!

—Bueno, tenía que llevarme agua, y no pude robar una cantimplora —explicó ella juiciosamente—. Créeme, hubiera preferido una cantimplora. Tuve que envolver todas las botellas con trapos para que no tintinearan o se rompieran.

A ella le parecía perfectamente lógico, pero Grant rompió a reír otra vez. Seguía sentado, con los hombros combados y la cabeza apoyada entre las manos, sacudiéndose de risa. Estuvo riéndose hasta que se le saltaron las lágrimas. Tras detenerse por fin, se lavó los dientes, pero siguió soltando risillas estranguladas que convencieron a Jane de que todavía encontraba la situación extremadamente cómica. Ella se sentía alegre, feliz de haberle hecho reír.

Palpó su blusa y descubrió que estaba tiesa, pero seca.

—Puedes ponerte tu camisa —le dijo, dándose la vuelta para quitársela—. Gracias por prestármela.

—¿La tuya está seca?

—Completamente —se quitó su camisa, la tiró sobre su mochila y comenzó a ponerse rápidamente su blusa. Había metido un brazo en una manga cuando él comenzó a jurar violentamente. Dio un respingo, sobresaltada, y lo miró por encima del hombro.

Grant se acercó rápidamente a ella con expresión severa. Sólo un momento antes, su cara parecía iluminada por la risa. Ahora, sin embargo, un negro nubarrón la había cubierto.

—¿Qué te ha pasado en el brazo? —preguntó y, asiéndola por el codo, levantó su brazo magullado para inspeccionarlo—. ¿Por qué no me dijiste que te habías hecho daño?

Jane intentó agarrar la blusa y sujetársela sobre los pechos desnudos con el brazo libre. Se sentía horriblemente vulnerable y expuesta. Había intentando aparentar naturalidad y despreocupación mientras se cambiaba, pero la cercanía de Grant y su completa indiferencia hacia su pudor, hizo añicos aquella frágil pose. Se le enrojecieron las mejillas y, poniéndose a la defensiva, bajó la mirada hacia su brazo magullado.

—No seas tan pudorosa —gruñó él, irritado, al verla trastear con la blusa—. Ya te he dicho que te he visto sin ropa —aquello era embarazosamente cierto, pero no ayudaba gran cosa. Jane se quedó muy quieta, con la cara ardiendo, mientras él le examinaba el brazo—. Menudo hematoma, cariño. ¿Cómo sientes el brazo?

—Me duele, pero puedo usarlo —dijo ella, crispada.

—¿Cómo fue?

—De diversos modos —dijo ella, intentando disimular su turbación tras una aparente despreocupación—. Este moratón de aquí me lo hiciste tú cuando me golpeaste en el brazo después de colarte en mi habitación y darme un susto de muerte. El grande, el de colores, es de caerme por ese barranco, ayer por la mañana. Y este verdugón tan interesante es de una rama con la que me enganché y...

—Está bien, me hago una idea —Grant se pasó los dedos por el pelo—. Siento haberte hecho daño, pero no sabía quién eras. Yo diría que en ese aspecto estamos empatados, después de la patada que me diste.

Los ojos color chocolate de Jane se agrandaron, llenos de remordimientos.

—No fue a propósito, de verdad. Sólo fue un acto reflejo. Lo hice sin darme cuenta. ¿Estás bien? Quiero decir que no te he causado ningún daño permanente, ¿verdad?

Una sonrisa leve y reticente tensó los labios de Grant al recordar la torturante erección que había soportado por culpa suya.

—No, todo está en perfecto estado de funcionamiento —le aseguró. Bajó la mirada hacia el lugar donde ella se sujetaba la blusa sobre el pecho, y sus ojos ambarinos y claros se oscurecieron hasta quedar del color del oro fundido—. ¿No lo notaste cuando estábamos en el río, besándonos?

Jane bajó la mirada automáticamente y luego levantó la vista, consternada, al darse cuenta de dónde estaba mirando.

—Oh —dijo, perpleja.

Grant meneó lentamente la cabeza sin dejar de mirarla. Aquella mujer era una paradoja constante, una mezcla impredecible de candor y rebeldía, de sorprendente mojigatería y asombrosa temeridad. No era, en ningún modo, lo que Grant esperaba. Empezaba a disfrutar de cada momento que pasaba con ella, pero reconocerlo le hacía recelar. Era su deber sacarla de Costa Rica, pero pondría en entredicho su propia eficacia si se permitía el lujo de liarse con ella. Preocuparse por ella podía nublarle el juicio. Pero, maldición, ¿cuánto podía soportar un hombre? La deseaba, y el deseo se incrementaba a cada momento. En cierto modo, curiosamente, se sentía más ligero, más feliz. Jane, desde luego, lo mantenía en vilo. Podía reírse con ella o podían entrarle ganas de darle una paliza, pero en su compañía nunca se aburría, ni se impacientaba. Era curioso, pero no recordaba haberse reído nunca con una mujer. La risa, especialmente durante los años anteriores, había sido un bien escaso en su vida.

Un mono parlanchín atrajo su atención, y levantó la mirada. Las manchas de luz solar que penetraban a través de las capas cambiantes de las copas de los árboles le recordaron que estaban perdiendo el tiempo.

—Ponte la blusa —dijo lacónicamente, y se apartó de ella para ponerse la mochila. Se la abrochó y se colgó la mochila de Jane del hombro derecho. El rifle colgaba del izquierdo. Jane ya se había puesto la blusa y se la había abrochado. En lugar de remetérsela por los pantalones, se ató los faldones a la cintura como había hecho con la camisa de Grant. Él ya había echado a andar por la jungla.

—¡Grant! ¡Espera! —gritó a su espalda, corriendo tras él.

—Tendrás que quedarte a mi lado —dijo desapasionadamente sin aminorar el paso.

¿Y acaso pensaba que podía hacer otra cosa? Jane jadeaba a su paso, enfadada. ¡Ella le enseñaría! ¡Y por ella bien podía hacerse el machito y llevar las dos mochilas, si quería, que no iba a ofrecerse a ayudarlo! Pero Grant no se estaba haciendo el machito, pensó, y aquello desinfló su indignación. Grant era en realidad así de fuerte y de infatigable.

Comparado con el horrendo día anterior, las horas de aquél pasaron apaciblemente, sin que vieran un alma. Jane lo seguía de cerca, sin quejarse de su paso, aunque el calor y la humedad eran, si cabía, aún peores que el día anterior. No había ni un indicio de brisa bajo el denso y sofocante dosel de la vegetación. El aire era pesado e inmóvil y parecía tener una densidad casi palpable. Jane sudaba copiosamente, empapando su ropa, y ansiaba darse un baño de verdad. El chapuzón en el riachuelo del día anterior había sido refrescante, pero no podía contarse como un auténtico baño. Arrugó la nariz. Seguramente olía como una cabra.

Bueno, ¿y qué?, se dijo. Si así era, pues muy bien. Seguramente en la jungla hacía falta sudar.

Se detuvieron a media mañana para descansar, y Jane aceptó cansinamente la cantimplora que le ofrecía él.

—No tendrás alguna tableta de sal, ¿verdad? —preguntó—. Creo que necesito una.

—No necesitas sal, cariño, necesitas agua. Bebe.

Ella bebió y luego le pasó la cantimplora.

—Está casi vacía. Podemos llenarla con el agua de Perrier y tirar las botellas vacías.

Él asintió, y pudieron desembarazarse de tres botellas. Mientras él se preparaba para emprender de nuevo la marcha, Jane preguntó:

—¿Por qué tienes tanta prisa? ¿Crees que nos están siguiendo?

—No —contestó él secamente—. Pero nos están buscando, y, cuanto más despacio nos movamos, más posibilidades tienen de encontrarnos.

—¿Aquí? —bromeó Jane, señalando con un ademán la densa selva. Apenas se veía cinco metros más allá en cualquier dirección.

—No podemos quedarnos aquí eternamente. No subestimes a Turego. Puede movilizar un pequeño ejército para buscarnos. En cuanto asomemos la cara, lo sabrá.

—Habría que hacer algo con él —dijo Jane con vehemencia—. ¿Supongo que no estará actuando con el permiso del gobierno?

—No. La extorsión y el terrorismo son sus negocios privados. Nosotros conocíamos sus actividades, claro, y de vez en cuando lo alimentábamos con lo que queríamos que supiera.

—¿Nosotros? —preguntó ella con naturalidad.

El semblante de Grant se cerró de inmediato, tan frío e inexpresivo como una pared.

—Sólo es una forma de hablar —se maldijo para sus adentros por ser tan descuidado. Antes de que ella pudiera hacerle más preguntas, echó a andar otra vez. No quería hablar de su pasado, de lo que había sido. Quería olvidarlo todo, hasta en sueños.

Cerca de mediodía pararon a comer, y esta vez tuvieron que recurrir a las raciones de campaña. Tras echarle un rápido vistazo a lo que estaba comiendo, Jane no volvió a mirarlo, se limitó a metérselo en la boca y a tragar sin de saborearlo demasiado. No estaba tan mal, en realidad; sólo era espantosamente insípido. Se bebieron cada uno una botella de Perrier, y Jane insistió en que tomara otra píldora de levadura. El rugido de un trueno anunció el chaparrón diario y Grant buscó rápidamente cobijo para los dos bajo un saliente rocoso. El hueco estaba tapado en parte por los matorrales, que hacían de él un puerto de abrigo, seguro y acogedor.

Estuvieron varios minutos contemplando el diluvio; luego, Grant estiró las piernas y se recostó, apoyado en los codos.

—Explícame eso de que tu padre te desheredó para protegerte.

Jane observó cómo una pequeña araña marrón avanzaba por el suelo.

—Es muy sencillo —dijo, distraída—. Me negaba a vivir con guardaespaldas veinticuatro horas al día, como él quería, así que la única alternativa era quitarles el incentivo a los posibles secuestradores.

—Eso suena un poco paranoico, ver secuestradores detrás de cada árbol.

—Sí —convino ella sin dejar de observar a la araña. Ésta se introdujo por fin en una grieta de la roca, perdiéndose de vista, y Jane suspiró—. Mi padre es muy paranoico en eso, porque teme que la próxima vez no me devuelvan viva.

—¿La próxima vez? —preguntó Grant bruscamente al captar las implicaciones de sus palabras—. ¿Ya te han secuestrado?

Ella asintió con la cabeza.

—Cuando tenía nueve años.

No hizo ningún otro comentario y él presintió que no iba a darle más explicaciones, si dependía de ella. Pero Grant no pensaba darle alternativa. Quería saber más acerca de ella, conocer qué sucedía en aquella cabeza tan poco convencional. Aquella arrolladora curiosidad hacia una mujer era nueva para él. Era casi una compulsión. A pesar de su postura relajada, la tensión había crispado sus músculos. Jane hablaba con mucha naturalidad sobre aquel asunto, pero el instinto le decía que el secuestro había jugado un papel muy importante en la formación de su carácter. Estaba a punto de descubrir las capas escondidas de su psique.

—¿Qué ocurrió? —insistió, procurando mantener un tono despreocupado.

—Dos hombres me secuestraron al salir del colegio, me llevaron a una casa abandonada y me tuvieron encerrada en un armario hasta que mi padre pagó el rescate.

La explicación era tan lacónica como ridícula; ¿cómo podía condensarse algo tan traumático como un secuestro en una sola frase? Ella miraba fijamente la lluvia con expresión pensativa y ausente.

Grant conocía demasiado bien las tácticas de los secuestradores, los medios que usaban para obligar a los familiares angustiados a pagar el rescate exigido. Al mirar el delicado perfil de Jane, con su boca carnosa y provocativa, y pensar que tal vez hubieran abusado de ella, sintió que algo salvaje brotaba dentro de él.

—¿Te violaron? —ya no le preocupaba mantener una pose despreocupada. La aspereza de su tono hizo que Jane lo mirara con una vaga sorpresa reflejada en sus ojos achinados.

—No, no hicieron nada parecido —le aseguró—. Sólo me dejaron encerrada en el armario... sola. A oscuras.

Y hasta el presente le daba miedo la oscuridad, quedarse sola a oscuras. De modo que aquél era el origen de sus temores.

—Háblame de ello —la instó Grant suavemente.

Jane se encogió de hombros.

—No hay mucho que contar. No sé cuánto tiempo estuve en el armario. No había otras casas cerca, así que nadie me oyó gritar. Esos dos tipos me dejaron allí y se fueron a otro sitio a negociar con mis padres. Pasado un tiempo me convencí de que no iban a volver, de que iba a morir allí, en aquel armario oscuro, y nadie sabría lo que me había pasado.

—¿Tu padre pagó el rescate?

—Sí. Pero no es tonto. Sabía que no era probable que me recuperara con vida si confiaba en los secuestradores, así que alertó a la policía. Fue una suerte que lo hiciera. Cuando los secuestradores fueron a buscarme, les oí hacer planes. Iban a matarme y a arrojar mi cuerpo en algún sitio porque les había visto y podía identificarles —agachó la cabeza y observó el suelo con gran concentración, como si así pudiera desvincularse de lo ocurrido—. Pero la casa estaba rodeada de francotiradores de la policía. Cuando se dieron cuenta de que estaban atrapados, decidieron utilizarme como rehén. Uno de ellos me agarró del brazo y me puso la pistola en la cabeza. Me obligó a andar delante de ellos cuando salieron de la casa. Iban a llevarme con ellos hasta que pudieran matarme sin peligro —se encogió de hombros y respiró hondo—. Yo no lo tenía planeado, te lo juro. No recuerdo si tropecé o si simplemente me desmayé un momento. En cualquier caso, me caí, y el tipo tuvo que soltarme para no perder el equilibrio. Dejó de encañonarme un momento y la policía disparó. Los mataron a los dos. Al... al que me había agarrado le pegaron un tiro en el pecho y en la cabeza, y cayó sobre mí. Me llenó de sangre, la cara, el pelo... —su voz se extinguió.

Por un momento su rostro pareció quedar desnudo, presa del terror y la repulsión que había sentido de niña; luego, como Grant la había visto hacer al rescatarla de la serpiente, logró dominarse. Él la observó mientras vencía el miedo y ahuyentaba las sombras. Jane alisó su expresión y hasta logró encender un destello de humor en sus ojos al girarse para mirarlo.

—Bueno, ahora te toca a ti. Cuéntame algo que te haya pasado.

En otro tiempo Grant había sido casi insensible; aceptaba la gélida y lúgubre brutalidad de su existencia sin pensar en ella. Los recuerdos seguían sin perturbarlo. Formaban parte de él, tan arraigados en su carne y su sangre, en su mismo ser, como el color de sus ojos o la forma de su cuerpo. Pero cuando miraba los ojos extrañamente inocentes de Jane, se daba cuenta de que no podía violentar su imaginación ni siquiera suavizando hasta el extremo la vida que había llevado. Jane había preservado una parte de sí misma tan pura y cristalina como un riachuelo de montaña, una parte de su infancia seguía eternamente impoluta. Nada de lo que le había ocurrido había tocado el núcleo de su ser, como no fuera para fortalecer el coraje y la gallardía que él había visto dos veces ya en sus esfuerzos decididos por dominarse y seguir adelante.

—No tengo nada que contar —dijo suavemente.

—¡Sí, ya! —exclamó ella, moviéndose hasta que estuvo sentada frente a él, con las piernas dobladas en una especie de nudo blando que hizo parpadear de asombro a Grant. Apoyó la barbilla en la palma de la mano y lo observó, tan grande, tan comedido, tan capaz. Si aquel hombre había llevado una vida normal, ella se comería sus botas, se dijo, y rápidamente bajo la mirada hacia las botas en cuestión. En ese momento había en ellas algo verde y viscoso. Qué asco. Habría que limpiarlas hasta si iba a comérselas una cabra. Volvió a fijar su oscura mirada en Grant y lo estudió con la seriedad de un científico inclinado sobre un microscopio. Su cara, llena de cicatrices, era dura, un estudio de ángulos y rectas, de piel tostada y tensa sobre la feroz escultura de sus huesos. Sus ojos eran los de un águila, o un león; Jane no lograba decidirse. Su color ambarino claro era más luminoso, más pálido, que el del topacio, casi como un diamante amarillo, y, como los de un águila, lo veían todo. Eran cautos, inexpresivos; ocultaban una carga casi insoportable de experiencia y fatigado cinismo.

–¿Eres un agente? –preguntó ella, probando suerte con curiosidad. Por alguna razón, durante esos instantes, había descartado la idea de que fuera un mercenario. El mismo campo, pensó, pero otra división.

Él esbozó una sonrisa.

–No.

–Está bien, intentémoslo desde otro ángulo. ¿Eras agente?

–¿Qué clase de agente?

–¡Deja de eludir mis preguntas! Un agente de los de capa y espada. Ya sabes, de ésos que llevan cuarenta pasaportes falsos en el abrigo.

–No. Tu imaginación se está desbocando. Soy demasiado fácil de identificar, no valgo para el trabajo encubierto.

Eso era cierto. Destacaba como un guerrero en un cóctel. Algo se aquietó dentro de ella, y preguntó:

–¿Estás retirado?

Él se quedó callado tanto rato que Jane pensó que no iba a responder. Parecía estar pensando en otra cosa. Luego dijo lisa y llanamente:

–Sí, estoy retirado. Desde hace un año.

Su rostro inexpresivo y pétreo lastimó a Jane.

–Eras un... arma, ¿entonces?

Había una terrible claridad en los ojos de Grant cuando deslizó lentamente la mirada hacia ella.

–Sí –dijo con aspereza–. Era un arma.

Habían apuntado a un blanco con él, habían abierto fuego, y lo habían visto destruir. Jane comprendió que no podía haber otro como él. Antes de conocerlo, cuando lo había visto deslizarse en su habitación a oscuras como una sombra, se había dado cuenta de lo peligroso que era. Y había algo más, algo que podía ver ahora. Se había retirado por propia voluntad, había dado media vuelta y se había alejado de aquella vida amarga y tétrica. Ciertamente, sus superiores no habrían querido prescindir de sus servicios.

Jane alargó el brazo y puso una mano sobre la suya. Sus dedos finos y suaves se curvaron alrededor de la asombrosa fortaleza de su brazo. Su mano era mucho más pequeña que la de él; Grant podía aplastarla con un movimiento fortuito de los dedos, pero en su gesto se hallaba implícita la confianza en que no volvería aquella fuerza contra ella. Un profundo suspiro hinchó los planos musculosos de su pecho. Deseaba hacerla suya allí mismo, sobre la tierra. Quería tumbarla y quitarle la ropa, enterrarse en ella. Quería sentir de nuevo su caricia, su contacto, por dentro y por fuera. Pero el anhelo de su carne femenina y satinada era una compulsión que no podía satisfacer en un encuentro atropellado, y no había tiempo para más. La lluvia estaba amainando y cesaría por completo en cualquier momento. Una vaga sensación recorría su espina dorsal, advirtiéndolo de que no podían permitirse perder más tiempo.

Pero era hora de que ella supiera. Grant apartó la mano y la levantó para tocarle la barbilla. Con el pulgar tocó suavemente sus labios.

—Pronto —dijo con la voz enronquecida por el deseo—, vas a tumbarte para mí. Antes de que te devuelva a tu padre, voy a hacerte mía, y, tal y como me siento ahora, creo que pasará mucho tiempo antes de que acabe contigo.

Jane se quedó paralizada; sus ojos parecían los de un asustado animalillo del bosque. Ni siquiera pudo protestar, porque el áspero deseo que había en la voz de Grant inundó su mente y su piel de recuerdos. El día anterior, de pie en el riachuelo, él la había besado y acariciado con una sexualidad tan cruda y elemental que, por primera vez en su vida, había sentido cómo se tensaba y se retorcía el deseo dentro de ella. Por primera vez había deseado a un hombre, y la extrañeza de su propio cuerpo la había conmocionado. Ahora, Grant le estaba haciendo aquello otra vez, pero esta vez usando sólo palabras. Había expuesto francamente sus intenciones, y en su cabeza comenzaron a formarse imágenes en las que aparecían los dos tumbados y entrelazados, y el cuerpo de Grant, desnudo y espléndido, se cernía sobre ella.

Él observó las expresiones cambiantes que cruzaban su rostro. Parecía sorprendida, incluso un poco impresionada, pero no enfadada. Él habría comprendido que se enfadara, o incluso que se riera, pero aquel prístino asombro lo dejó perplejo. Era como si ningún hombre le hubiera dicho nunca que la deseaba. Bien, pues tendría que acostumbrarse a la idea.

La lluvia había cesado. Grant recogió las mochilas y el rifle y se los echó al hombro. Jane lo siguió sin decir palabra cuando abandonó el saliente rocoso y salió al calor, cada vez más intenso, del día. Del suelo del bosque se elevaba el vapor en nubes ondulantes que los envolvieron enseguida en un manto sofocante y húmedo.

Jane guardó silencio el resto de la tarde, perdida en sus cavilaciones. Él se detuvo en un arroyo, mucho más pequeño que el que habían visto el día anterior, y la miró.

—¿Te apetece un baño? No puedes empaparte, pero puedes chapotear un poco.

Los ojos de Jane se iluminaron, y por primera vez esa tarde una sonrisa danzó en sus labios carnosos. Grant no necesitó respuesta para saber qué le parecía la idea. Sonriendo, sacó de su mochila una pequeña pastilla de jabón y se la tendió.

—Yo vigilaré, luego te tocará el turno a ti. Estaré allí arriba.

Jane levantó la vista hacia la empinada ribera que le había indicado. Era el lugar con mejor visibilidad de los alrededores; desde allí vería claramente el arroyo y la zona circundante. Jane hizo amago de preguntarle si iba a vigilarla a ella también, pero se mordió la lengua. Como él le había dicho ya, era demasiado tarde para andar a vueltas con el pudor. Además, se sentía infinitamente más segura sabiendo que él estaría cerca.

Grant trepó por el talud de la orilla con la facilidad de un gato, y Jane se volvió para mirar el arroyo. Tenía poco más de tres metros de ancho, y el agua apenas le llegaba al tobillo. Aun así, daba gusto verlo. Sacó de su mochila la muda que llevaba, y que tanto ansiaba ponerse, y se sentó para quitarse las botas. Miró con nerviosismo hacia donde Grant se había sentado. Vio que estaba de perfil, pero comprendió que la mantenía dentro de su visión periférica. Se desabrochó resueltamente los pantalones y se los quitó. Nada iba a impedirle tomar un baño..., como no fuera otra serpiente, o un jaguar, puntualizó para sus adentros.

Desnuda, avanzó con cautela sobre el lecho pedregoso del arroyo hasta una peña grande y plana y se sentó en el agua, que apenas tenía un palmo de hondo. Estaba deliciosamente fresca ya que bajaba desde una altitud mucho mayor, pero ella tenía la piel tan recalentada que hasta tibia le habría parecido una delicia. Se mojó la cara y la cabeza hasta tener el pelo empapado. Poco a poco fue notando que su pelo perdía la viscosidad del sudor, hasta que los mechones comenzaron a parecerle más suaves al tacto. Luego sacó la pastillita de jabón de debajo de su pierna, donde la había puesto por precaución, y se frotó todo el cuerpo. Aquel pequeño lujo la dejó como nueva, y una sensación de paz se fue apoderando de ella. Era un placer sencillo, bañarse en un arroyo fresco y claro, pero a ello se sumaba su sensación de desnudez, de hallarse completamente libre de inhibiciones. Sabía que Grant estaba allí, sabía que la estaba vigilando, y sintió que sus pechos se tensaban.

¿Qué pasaría si él bajaba de la orilla y se metía en el agua con ella? ¿Si sacaba la manta de su mochila y la tendía sobre ella? Cerró los ojos, estremecida, y pensó en su cuerpo recio descendiendo sobre ella, penetrándola. Habían pasado muchos años, y las escasas experiencias que había tenido con Chris la habían convencido de que no era una criatura sensual, pero con Grant no era la misma mujer.

El corazón le palpitaba con violencia en el pecho cuando se aclaró tomando agua entre las palmas de las manos y echándosela por encima. Se levantó, se escurrió el pelo y salió del riachuelo. Estaba temblando cuando se puso la ropa interior limpia; luego se vistió, con cierto desagrado, con sus pantalones manchados y su camisa.

—¡Ya he acabado! —gritó mientras se anudaba las botas.

Él apareció sigilosamente a su lado.

—Siéntate en el mismo sitio que yo —le dijo, poniéndole el rifle en las manos—. ¿Sabes usar esto?

El arma era pesada, pero sus manos delgadas parecían capaces de manejarlo.

—Sí. Tiro bastante bien —una sonrisa irónica curvó sus labios—. Con dianas de papel y pichones de barro, al menos.

—Con eso basta —Grant empezó a desabrocharse la camisa y ella se quedó allí parada, aturdida, con los ojos fijos en sus manos. Él se detuvo—. ¿Vas a vigilar desde aquí?

Jane se sonrojó.

—No, perdona —se dio rápidamente la vuelta y trepó por el talud; luego tomó asiento en el mismo lugar que había ocupado él. Podía ver ambas orillas, pero había también gran cantidad de vegetación en la que ocultarse si llegaba el caso. Seguramente Grant había elegido aquel lugar como el más idóneo sin pensarlo siquiera, evaluando automáticamente las alternativas hasta dar con la correcta. Quizás estuviera retirado, pero su entrenamiento formaba parte de él.

Vio por el rabillo del ojo un movimiento, un destello cobrizo, y comprendió que Grant se estaba internando en el arroyo. Desvió la mirada un poco para no verlo, pero la sola idea de que estuviera tan desnudo como ella hizo latir su corazón erráticamente. Tragó saliva, se humedeció los labios y procuró concentrarse en la maleza que la rodeaba, pero el deseo de mirarlo persistía.

Oyó un chapoteo y se lo imaginó de pie allí, como un salvaje, desnudo y completamente a sus anchas.

Cerró los ojos, pero aquella imagen permaneció ante ella. Lentamente, incapaz de controlarse, abrió los ojos y giró la cabeza hacia él. Fue un movimiento casi imperceptible, de apenas un centímetro, hasta que pudo verlo, pero no le bastó con eso. No era suficiente con una mirada furtiva. Quería estudiar cada palmo de su cuerpo, deleitarse en la vista de su cuerpo poderoso. Se giró, lo miró de frente, y se quedó petrificada. Grant era muy hermoso, tan hermoso que Jane se olvidó de respirar. Sin ser guapo, poseía la potencia elemental y la gracia de un depredador, la terrible belleza de un cazador. Estaba moreno de la cabeza a los pies; su piel tenía un color tostado intenso y uniforme. A diferencia de ella, no se mantenía de espaldas por si Jane miraba; el pudor le traía completamente sin cuidado. Estaba tomando un baño; Jane podía mirar o no mirar, a su antojo.

Su piel mojada era tersa y brillante, y las gotas de agua se prendían en el vello de su pecho y relucían como diamantes atrapados. Su vello era oscuro, a pesar de los mechones descoloridos por el sol de su cabeza. Le cubría el pecho, corría en una fina línea por su tripa plana y musculosa, y florecía de nuevo en la juntura de sus piernas. Sus piernas eran tan sólidas como troncos de árboles, largas y surcadas de músculos; cada movimiento que hacía producía ondas bajo su piel. Era como contemplar una pintura de los maestros antiguos que hubiera cobrado vida.

Grant se enjabonó todo el cuerpo y se agachó en el agua para aclararse, como había hecho ella, tomando el agua en el hueco de las manos. Cuando se hubo aclarado, se levantó y levantó la mirada hacia ella, seguramente para ver si estaba bien, y se encontró de frente con su mirada. Jane no pudo desviar los ojos, no pudo fingir que no lo estaba mirando con una admiración casi dolorosa. Él se quedó muy quieto en medio del arroyo y la miró como ella lo miraba a él, dejando que se fijara en cada detalle de su cuerpo. Bajo la mirada escrutadora de Jane, su cuerpo comenzó a agitarse, a endurecerse, hasta excitarse por completo.

–Jane –dijo suavemente, pero Jane lo oyó. Estaba tan en sintonía con él, era tan dolorosamente sensible a cada uno de sus movimientos y ruidos, que lo habría oído aunque hubiera susurrado–, ¿quieres bajar aquí?

Sí. Oh, Dios, sí, más de lo que había deseado cualquier otra cosa. Pero todavía la asustaban un poco sus propios sentimientos, y se refrenó. No conocía aquella parte de sí misma, no estaba segura de que pudiera dominarla.

—No puedo —contestó con la misma suavidad—. Aún no.

—Entonces date la vuelta, cariño, mientras todavía tienes oportunidad.

Ella se estremeció, casi incapaz de moverse, pero al fin sus músculos respondieron y pudo darse la vuelta. Oyó cómo salía del agua. En menos de un minuto, Grant apareció sin hacer ruido a su lado y le quitó el rifle de las manos. Llevaba las dos mochilas. Como era de esperar, no hizo ningún comentario sobre lo sucedido.

—Nos alejaremos del río y montaremos la tienda. Muy pronto será de noche.

La noche. Largas horas en la tienda a oscuras, tumbada junto a él. Jane lo siguió y, cuando se detuvo, lo ayudó a montar la tienda y a camuflarla, como la noche anterior. No se quejó por tener que comer las raciones de campaña frías, pero comió sin saborear nada. Poco después entró en la tienda, se quitó las botas y esperó a que Grant se reuniera con ella.

Cuando lo hizo, permanecieron tumbados en silencio el uno al lado del otro, viendo como la luz se iba apagando hasta desaparecer de pronto.

La tensión vibraba a través de Jane, crispando sus músculos. La oscuridad la asfixiaba como un monstruo invisible que le robara el aire. Aquella noche ninguna lista de preguntas compulsivas saltó a sus labios; se sentía extrañamente tímida, y hacía años que no se permitía serlo. Ya no se reconocía.

—¿Me tienes miedo? —preguntó él con voz suave.

El sonido de su voz la permitió relajarse un poco.

—No —musitó.

—Entonces ven aquí y deja que te proteja de la oscuridad.

Jane notó su mano sobre el brazo, instándola a acercarse, y un instante después se halló envuelta en unos brazos tan fuertes que nada podría haberla asustado mientras se sintiera abrazada por ellos. Grant la acurrucó contra su costado, apoyando su cabeza en el hueco de su hombro. Con una caricia tan leve que podría haber sido el roce de las alas de una mariposa, le besó la coronilla.

—Buenas noches, cariño —susurró.

—Buenas noches —contestó ella.

Mucho después de que él se durmiera, Jane yacía en sus brazos con los ojos abiertos, a pesar de que no podía ver nada. El corazón le latía con un ritmo lento y pesado, y sentía un temblor en las entrañas. No era el medio lo que la mantenía despierta, sino una intensa emoción que lo agitaba todo dentro de ella. Sabía exactamente qué le pasaba. Por primera vez desde hacía demasiados años, se sentía bien.

Había aprendido a vivir con escasez de confianza. Por más que hubiera aprendido a divertirse y a disfrutar de su libertad, le quedaba siempre una cautela residual que la impedía acercarse demasiado a un hombre. Hasta ese momento, nunca se había sentido tan atraída por un hombre como para que su deseo se sobrepusiera a su cautela... Hasta ahora. Hasta que había conocido a Grant. Y ahora la atracción se había convertido en algo mucho más fuerte. La verdad la dejó asombrada y, sin embargo, tenía que aceptarlo: quería a Grant. No se lo esperaba, aunque durante los últimos dos días había sentido el reclamo de aquel sentimiento. Grant era rudo y altanero, tenía mal carácter y su sentido del humor estaba francamente atrofiado, pero le había lavado con delicadeza la sangre de la serpiente, le había dado la mano durante la noche y se había desvivido por hacerle el camino más fácil. La deseaba, pero no la había tomado porque no estaba preparada. Ella temía la oscuridad, y él la estrechaba entre sus brazos. Amarlo era al mismo tiempo lo más fácil y lo más difícil que Jane había hecho.

7

Al despertar, Grant halló de nuevo a Jane acurrucada sobre él. Esta vez, sin embargo, no se enfadó por haber dormido toda la noche plácidamente. Mientras deslizaba las manos por su espalda, asumió que sus instintos, normalmente tan afilados, no reaccionaban alarmados ante Jane porque ésta no constituía ningún peligro, salvo, quizás, el de hacerle perder la cordura. Jane lograba volverlo loco con el más leve contoneo de su trasero. Deleitándose en el contacto de su cuerpo, Grant movió las manos hacia abajo y sintió sus costillas menudas y finas, su delicada columna, el tentador hoyuelo del arranque de su espalda y, más allá, los montículos suaves y llenos de sus nalgas. Apoyó las palmas sobre ellos y los amasó con los dedos. Ella masculló algo y se removió, apartándose un mechón de pelo que le había caído sobre la cara. Sus pestañas se agitaron y volvieron a cerrarse por completo.

Grant sonrió y contempló con deleite cómo se iba despertando poco a poco. Jane gemía y refunfuñaba, todavía más dormida que despierta, fruncía el ceño y hacía mohínes, se frotaba contra él como si intentara hundirse un poco más en su cuerpo para no tener que despertarse. Luego abrió los ojos y parpadeó varias veces. De pronto, el mohín desapareció de sus labios, y le dedicó a Grant una lenta sonrisa que habría derretido una piedra.

—Buenos días —dijo, y bostezó. Se estiró, y luego se quedó bruscamente parada. Levantó la cabeza y lo miró, estupefacta—. Estoy encima de ti —dijo con asombro.

—Otra vez —confirmó.

—¿Otra vez?

—Ayer también dormiste encima de mí. Está claro que no basta con que te abrace mientras duermes; crees que debes inmovilizarme.

Ella se apartó, se sentó y se alisó la ropa retorcida y arrugada. Se había puesto colorada.

—Lo siento. Sé que no habrá sido muy cómodo para ti.

—No te disculpes. Me ha gustado —dijo él arrastrando las palabras—. Pero, si de veras quieres compensarme, esta noche cambiaremos las posiciones.

Jane se quedó sin respiración y lo miró fijamente en la penumbra de la tienda. Sus ojos eran suaves y abrasadores. Sí. Todo en ella estaba de acuerdo. Quería pertenecerle; quería saberlo todo acerca de su cuerpo y dejar que él lo supiera todo del suyo. Quería decírselo, pero no sabía cómo expresarlo. Una sonrisa sesgada cruzó la cara de Grant; luego se incorporó y echó mano de sus botas, se calzó y se ató los cordones. Evidentemente, se había tomado su silencio por una negativa, puesto que dejó correr el asunto y comenzó a desmontar el campamento.

–Tenemos latas suficientes para una comida más –dijo cuando acabaron de desayunar–. Luego tendré que empezar a cazar.

A ella no le agradó la idea. Cazar significaba que la dejaría sola durante largos intervalos de tiempo.

–No me molesta la dieta vegetariana –dijo, esperanzada.

–Puede que no sea necesario llegar a eso. Hemos ido saliendo poco a poco de las montañas, y, a no ser que me equivoque, estamos cerca del límite de la selva. Seguramente hoy veremos campos de labor y carreteras. Pero vamos a evitar a la gente hasta que esté seguro de que no hay peligro, ¿de acuerdo?

Ella asintió con la cabeza.

Tal y como Grant había predicho, a media mañana se encontraron bruscamente con la linde de la selva. Estaban en lo alto de un abrupto barranco, y extendido bajo ellos había un valle con campos cultivados, una pequeña red de caminos y una aldea de aspecto acogedor situada en el extremo sur. Jane parpadeó al hallarse de pronto a plena luz del sol. Era como salir de un siglo y entrar en otro. El valle, que parecía ordenado y próspero, le recordó que Costa Rica era uno de los países más desarrollados de América Central, a pesar de la densa maraña de selva virgen que se alzaba a su espalda.

–Oh –susurró–. ¿No sería agradable volver a dormir en una cama?

Él masculló distraídamente una respuesta mientras sus ojos entornados barrían el valle en busca de alguna señal de actividad anormal. Jane se quedó a su lado, esperando a que tomara una decisión.

Pero la decisión escapó de manos de ambos. Bruscamente, Grant la agarró del brazo y tiró de ella hacia la espesura, arrastrándola hacia el suelo tras un enorme matorral en el instante en que un helicóptero surgía súbitamente sobre sus cabezas. El aparato volaba cerca de tierra, siguiendo la línea de los árboles. Jane sólo alcanzarlo a vislumbrarlo antes de que desapareciera, oculto por los árboles. Era un helicóptero armado, y tenía pintura de camuflaje.

—¿Has visto algún distintivo? —preguntó con ansiedad, clavando las uñas en la piel de Grant.

—No, no había ninguno —él se frotó la mandíbula rasposa—. No hay modo de saber a quién pertenecía, pero no podemos arriesgarnos. Ahora sabemos que no podemos cruzar el valle tranquilamente. Descenderemos un poco e intentaremos encontrar refugio.

El terreno se había hecho más abrupto, si cabía. Estaban al filo de una cordillera montañosa de origen volcánico, y la tierra había sido horadada con violencia. Parecía subir o bajar en picado. Avanzaban angustiosamente despacio, descendiendo con esfuerzo por barrancos rocosos y profundas gargantas. Cuando se detuvieron para comer, habían recorrido menos de un cuarto de la longitud del valle, y a Jane le dolían las piernas como no le habían dolido desde la carrera frenética a través de la selva, el primer día.

Con toda puntualidad, justo cuando acababan de

terminar de comer, oyeron el estallido de un trueno. Grant miró a su alrededor en busca de refugio. Observó cada saliente de roca y al fin señaló con el dedo.

—Creo que eso de ahí es una cueva. Si lo es, estaremos como reyes.

—¿Qué? —preguntó Jane, frunciendo el ceño.

—Que estaremos cómodos —explicó él—. En lujosas habitaciones, comparadas con las que hemos tenido.

—A no ser que esté ya ocupada.

—Por eso tú te vas a quedar aquí abajo mientras yo echo un vistazo —Grant trepó por la pared cubierta de helechos de la garganta, agarrándose a matorrales y enredaderas y a cualquier punto de apoyo que pudo encontrar. La garganta, estrecha y empinada, los encerraba por los cuatro costados. Su forma confería una extraña nitidez a los cantos del sinfín de pájaros que revoloteaban entre los árboles como adornos navideños, ataviados de punta en blanco con su plumaje iridiscente. Justo en la vertical había un retazo de cielo, compuesto de nubarrones negros y veloces, en lugar del azul claro que Jane había visto apenas unos momentos antes.

Grant alcanzó la cueva y al instante se dio la vuelta y le hizo señas con el brazo.

—¡Sube! ¡Está despejado! ¿Podrás llegar?

—¿He fallado alguna vez? —respondió ella alegremente mientras empezaba a trepar, pero tuvo que forzar su buen humor. Desde que habían visto el valle, el desánimo no había dejado de crecer dentro de ella. Saber que estaban tan cerca de la civilización la hacía darse cuenta de que su tiempo juntos era limitado. Mientras habían estado en la selva –las dos únicas personas encerradas en un tiempo más primitivo–, había tenido la impresión de que el tiempo no corría. Ahora no podía ignorar el hecho de que pronto, en un par de días o menos, tu tiempo juntos tocaría a su fin. Se sentía como si hubiera perdido ya mucho tiempo, como si el polvo de oro se hubiera escurrido entre sus dedos y acabara de darse cuenta de lo que tenía entre las manos. Sentía pavor al pensar que podía haber descubierto el amor sólo para perderlo, porque no había suficiente tiempo para dejarlo crecer y madurar.

Él le tendió la mano, agarró la suya y la levantó sin esfuerzo el último trecho.

–Ponte cómoda. Puede que estemos aquí algún tiempo. Ésta parece la madre de todas las tormentas.

Jane observó su refugio. No era en realidad una cueva, sino poco más que una incisión en la pared de roca, de unos dos metros y medio de profundidad. Tenía un techo muy inclinado que se alzaba hasta tres o cuatro metros en la boca de la cueva, pero que al fondo sólo medía metro y medio. El suelo era de roca, y una peña de grandes dimensiones, tan larga como un diván y en forma de cacahuete, se alzaba junto a la entrada. Pero estaba seca y, debido a su escasa profundidad, había luz suficiente, de modo que Jane no se sintió inclinada a encontrarle alguna pega.

En vista de la asombrosa percepción que Grant tenía del tiempo, no la sorprendió oír que los primeros goterones de lluvia comenzaban a filtrarse entre los árboles mientras él desplegaba la lona al fondo de la cueva. La colocó detrás de la peña, usando su mole como cobijo. Ella se sentó sobre la lona y levantó las piernas, se las rodeó con los brazos y apoyó la barbilla sobre las rodillas mientras escuchaba cómo iba aumentando de volumen el ruido de la lluvia.

Pronto se convirtió en un estruendo, y la sólida cortina de agua que oscurecía su vista realzaba la impresión de que se hallaban tras una catarata. Jane oía el restallido de los relámpagos, sentía cómo temblaba la tierra bajo ella cuando resonaban los truenos. La lluvia tapaba la luz que entraba a través de la densa vegetación, y estaba oscuro. Apenas veía a Grant, que estaba de pie junto a la boca de la cueva, apoyado contra la pared, fumando tranquilamente un cigarrillo.

Los escalofríos comenzaron a recorrer su cuerpo a medida que el aire se enfriaba. Se abrazó las piernas aún más, buscando calor, y miró a través de la penumbra los hombros anchos y poderosos de Grant, silueteados contra la cortina gris de la lluvia. No era hombre fácil de conocer. Su personalidad era tan sombría como la jungla y, sin embargo, la sola visión de su espalda musculosa la hacía sentirse protegida y a salvo. Sabía que Grant se interponía entre ella y el peligro. Ya había arriesgado su vida por ella en más de una ocasión, y con tanta naturalidad como si recibir un disparo fuera cosa de todos los días. Tal vez lo fuera para él, pero Jane no se lo tomaba tan a la ligera.

Grant acabó su cigarrillo y lo deshizo por completo. Jane dudaba que alguien pudiera seguir su pista a través de la lluvia, pero para él la cautela era como una segunda piel. Grant siguió observando con calma la tormenta, en guardia mientras ella descansaba.

Algo se removió dentro de ella y se tensó dolorosamente en su pecho. Grant estaba muy solo. Era un hombre duro y solitario, pero todo en él la atraía como un imán, tirando de su cuerpo y de su corazón.

Sus ojos se nublaron mientras lo contemplaba. Cuando todo aquello acabara, Grant se alejaría de ella como si aquellos días en la selva no hubieran ocurrido nunca. Para él, era simple rutina. Lo único que ella podía tener de él era el presente, unos pocos días antes de que todo acabase. Y eso no era suficiente.

De pronto tenía frío, estaba helada hasta los huesos. El telón impenetrable e incesante de la lluvia transportaba un frío húmedo, y su espíritu parecía helarla desde dentro. Llevada por un instinto, como un gato sinuoso buscando calor, se levantó de la lona y se acercó a él, atraída por su calor y su abrigo. Deslizó los brazos alrededor de su tensa cintura sin decir nada y pegó la cara al delicioso calor de su pecho. Grant bajó la mirada y levantó una ceja en una leve interrogación.

—Tengo frío —masculló ella, apoyando la cabeza en él mientras miraba pensativa la lluvia.

Grant enlazó sus hombros con un brazo y la estrechó para compartir con ella su calor. Un estremecimiento recorrió a Jane; él le frotó el brazo desnudo con la mano libre, sintiendo la frialdad de su piel. Su mano siguió deslizándose hacia arriba y, como si tuviera voluntad propia, acarició su mandíbula tersa y apartó de su cara la oscura maraña de pelo. Jane, aquel curiosos gatito, estaba de un humor melancólico y contemplaba la lluvia como si nunca fuera a escampar, con los ojos ensombrecidos y una expresión triste en su boca carnosa y apasionada.

Grant la agarró del mentón y le levantó la cara para poder estudiar su expresión serena. Una leve sonrisa curvó las comisuras de su boca firme.

−¿Qué ocurre, cariño? ¿La lluvia te pone triste? −antes de que ella pudiera responder, agachó la cabeza y la besó, usando su particular remedio para la melancolía.

Las manos de Jane se movieron hasta sus hombros y se aferraron a él, buscando apoyo. La boca de Grant era dura, exigente, dulcísima. Su sabor, su contacto, era justo lo que Jane necesitaba. Ella separó los dientes y aceptó el lento avance de su lengua. En su interior, muy adentro, comenzó a arder un fuego, y se retorció, frotándose contra él en un movimiento inconsciente que Grant supo interpretar al instante.

Apartó un poco su boca de la de ella y masculló:

−Cariño, esto parece un ofrecimiento.

Los ojos oscuros de Jane parecían un poco empañados cuando levantó la vista hacia él.

−Creo que lo es −musitó.

Grant bajó los brazos hasta su cintura, la abrazó y la levantó en vilo hasta ponerla a su nivel. Jane le rodeó el cuello con los brazos y lo besó con fervor, extraviada en el sabor y la textura de su boca, sin darse cuenta siquiera de que él se había movido hasta que la depositó de pie sobre la lona. La penumbra del fondo de la cueva ocultaba la expresión de sus ojos, pero Jane podía sentir su intensa mirada ambarina fija en ella cuando comenzó a desabrocharle lentamente la blusa. A ella se le quedó la boca seca, pero sus dedos temblorosos se alargaron hasta el pecho de Grant. Comenzó a abrirle la camisa.

Cuando ambas prendas estuvieron abiertas, él se quitó la suya y la arrojó a la lona sin apartar los ojos de Jane. Se sacó la camiseta interior de los pantalones, agarró el bajo y se la sacó por la cabeza. La tiró también a un lado, desnudando por completo su pecho ancho y velludo. Como el día anterior, la visión de su cuerpo medio desnudo cautivó a Jane. Le dolía el pecho; le costaba terriblemente respirar. Luego, los dedos recios y calientes de Grant se introdujeron bajo su blusa y se posaron sobre sus senos, amoldándolos a sus palmas. El contraste entre sus manos calientes y la piel fresca de Jane la hizo proferir un gemido de sorpresa y placer. Cerró los ojos y se recostó en sus manos, frotando los pezones contra sus palmas encallecidas. El pecho de Grant se alzó en un suspiro profundo y trémulo.

Jane sentía la tensión sexual que emanaba de él en oleadas. Grant la hacía agudamente consciente de su sexualidad, como ningún otro hombre que hubiera conocido. Entre sus piernas, un pálpito vacío comenzó a atormentarla, y de manera instintiva juntó los muslos en un esfuerzo por aliviar aquella desazón.

Por leve que fuera, Grant sintió su movimiento. Una de sus manos dejó el pecho de Jane y se deslizó hacia abajo, sobre su vientre y sus caderas, hasta alcanzar sus muslos apretados.

–Eso no te servirá de nada –murmuró–. Tendrás que abrir las piernas, no cerrarlas –sus dedos la friccionaban insistentemente, y el placer estalló en los nervios de Jane. Un suave gemido escapó de sus labios; luego se tambaleó hacia él. Sintió que sus piernas se abrían, dejándole franco el paso a su tierno cuerpo. Él la tocó a través de las bragas. Creaba oleadas de placer tan intensas que a ella le flaquearon las rodillas y cayó sobre él, aplastando los pechos desnudos contra su torso áspero y cubierto de vello.

Grant la tumbó rápidamente sobre la lona y se arrodilló sobre ella; le desabrochó los pantalones y se los bajó. Sus manos eran ásperas y apremiantes. Tuvo que detenerse para quitarle las botas, pero unos momentos después Jane estaba desnuda, excepto por la blusa, que aún colgaba de sus hombros. El aire húmedo la hizo estremecerse, y tendió los brazos hacia Grant.

–Tengo frío –se quejó suavemente–. Dame calor.

Se ofreció a él tan abierta y francamente que Grant quiso hundirse dentro de ella enseguida, pero él también deseaba más. Ya antes la había tenido casi desnuda en sus brazos. En el riachuelo, sus braguitas húmedas apenas la tapaban, pero él no había tenido tiempo de explorarla como quería. Su cuerpo seguía siendo un misterio para él; quería tocar cada palmo de su cuerpo, saborearla y disfrutar de las diversas texturas de su piel.

Jane tenía los ojos dilatados y oscurecidos cuando se arrodilló sobre ella, manteniéndose apartado de sus brazos extendidos.

—Aún no, cariño —dijo con voz baja y rasposa—. Déjame mirarte primero —la agarró suavemente de las muñecas y se las apretó contra la lona, por encima de la cabeza, haciendo que sus pechos, redondos y bonitos, se arquearan como implorando su boca. Le sujetó las muñecas con una mano y deslizó la otra hasta aquellos montículos tentadores, que temblaban delicadamente.

Un sonido leve y jadeante escapó de la garganta de Jane. ¿Por qué le sujetaba así las manos? Aquello la hacía sentirse tremendamente indefensa y expuesta, extendida para su delectación. Y, sin embargo, se sentía también absolutamente a salvo. Notaba cómo la paladeaba él con los ojos, observando intensamente la forma en que sus pezones iban crispándose en respuesta al roce de sus dedos. Estaba tan cerca de ella que sentía el calor de su cuerpo y el olor fuerte y viril de su piel. Se arqueó, intentando pegar su cuerpo a aquel calor, pero él la obligó a tenderse de nuevo.

Luego la besó, recorriendo la ladera de su pecho y cerrando la boca con ansia sobre su pezón. La chupó con fuerza, y una oleada de ardiente placer recorrió a Jane desde los pechos al vientre. Gimió y se mordió el labio para sofocar aquel sonido. No sabía, no se había dado cuenta de lo que podía hacer la boca de un hombre sobre sus pechos. Estaba en llamas, su piel ardía con una aguda sensibilidad que era al mismo tiempo deliciosa e insoportable. Se retorció, apretó las piernas e intentó controlar el pálpito doloroso que amenazaba con dominarla.

La boca de Grant se acercó a su otro pecho, y el roce de su lengua sobre el pezón intensificó aquel placer ya insoportable. Él bajó la mano hasta sus muslos y le exigió con un gesto que se abriera para él. Ella relajó lentamente los músculos y Grant le separó las piernas con delicadeza. Sus dedos se internaron entre los rizos negros que tanto lo atraían, y el cuerpo de Jane se sacudió, expectante; luego, él cubrió su sexo con la palma de la mano y exploró minuciosamente la carne suave y vulnerable de entre sus piernas. Bajo sus caricias, Jane comenzó a temblar incontrolablemente.

—Grant... —gimió, su voz era una súplica temblorosa e impotente.

—Tranquila —respondió él, y su cálido aliento sopló sobre la piel de Jane. La deseaba tanto que tenía la impresión de que iba a estallar, pero al mismo tiempo no se cansaba de tocarla, de verla arquearse cada vez más a medida que la excitaba. Estaba embriagado por su cuerpo, y seguía intentando saciarse. Se metió uno de sus pezones en la boca y, al comenzar a chuparlo de nuevo, la arrancó otro gemido.

Entre las piernas de Jane penetró de pronto un dedo, sondeando la intensidad de su deseo. Una oleada sacudió su cuerpo. Algo se desbocó dentro de ella, y no pudo seguir refrenando su cuerpo. Se retorcía y se restregaba contra la mano de Grant, cuya boca convertía sus pechos en puro fuego. Luego, él comenzó a rozar insistentemente con el pulgar su carne tensa y palpitante, y ella estalló en sus brazos, cegada por el colosal cataclismo de sus sentidos y gritando inconscientemente. Nada la había preparado para aquello, para el placer absoluto y arrollador de su propio cuerpo.

Cuando todo acabó, permaneció tendida, inerme, sobre la lona. Él se desabrochó los pantalones y se los quitó. Sus ojos brillaban, salvajes. Jane abrió lentamente los párpados y lo miró, aturdida. Grant la agarró de las piernas, se las levantó y se las separó; luego se colocó sobre ella y hundió lentamente su carne en la de Jane.

Las manos de ella se crisparon sobre la lona, y se mordió los labios para no gritar mientras su cuerpo era inexorablemente colmado y extendido. Grant se detuvo, estremecido, y le concedió a Jane un momento para que se acostumbrara a él. Después, súbitamente, fue ella la que no pudo soportar que hubiera entre ellos distancia alguna, y se movió hacia arriba, aceptándolo por entero al tiempo que levantaba los brazos para atraerlo hacia sí.

No reparó en las lágrimas que corrían por sus sienes, pero Grant se las enjugó suavemente con sus ásperos pulgares. Apoyando el peso del cuerpo en los brazos, deslizó su cuerpo sobre ella en una sutil caricia y comenzó a moverse con lentas y medidas embestidas. Estaba tan al borde del éxtasis que sentía el placer, suave como un pluma, recorrerle la columna vertebral, pero deseaba hacerlo durar. Quería arrastrar de nuevo a Jane a aquel estallido de satisfacción, ver cómo enloquecía de nuevo en sus brazos.

–¿Estás bien? –preguntó con voz ronca y áspera, y atrapó con la lengua otra lágrima recién salida de la comisura de uno de sus ojos. Si le estaba haciendo daño, no prolongaría su unión, aunque sabía que le destrozaría detenerse.

–Sí, estoy bien –jadeó ella, acariciando los músculos prominentes de su espalda. Bien... Qué palabra tan tibia para el gozo salvaje de pertenecerle. Jamás había soñado que pudiera ser así. Era como si hubiera descubierto una parte de sí misma que ni siquiera había echado en falta. Nunca había soñado que pudiera sentirse así. Clavó inconscientemente los dedos en su espalda mientras los lentos y largos movimientos de Grant comenzaban a inflamar su cuerpo.

Él sintió su reacción y enterró ferozmente la boca en el hueco sensible entre su garganta y su clavícula, mordiéndola lo justo para que sintiera sus dientes. Luego lamió el lugar que había mordido. Ella gimió con aquel sonido leve e incontrolable que lo volvía loco, y Grant perdió el control. Comenzó a hundirse en ella con fuerza creciente, le levantó más las piernas, ciñéndoselas al cuerpo, para penetrarla del todo, cada vez más adentro y con más fuerza, y sus leves gritos aumentaron su locura. Ya no tenía noción alguna del tiempo, ni del peligro, sólo la sensación del cuerpo de Jane bajo él y a su alrededor. Mientras estaba en sus brazos no sentía ya el filo oscuro y gélido de las sombras de su mente y de su espíritu.

Tras el cataclismo, como tras una tormenta de inaudita violencia, permanecieron en silencio, exhaustos, remisos a hablar por miedo a que su voz rompiera la frágil calma. Los recios hombros de Grant aplastaban a Jane, le dificultaban la respiración, pero ella habría pasado de buen grado el resto de su vida allí tumbada. Sus dedos acariciaban lentamente su cabello dorado y oscurecido por el sudor, tejiendo su seda viva y pesada. Sus cuerpos rehusaban separarse. Grant no se había apartado de ella; tras dejarse caer sobre ella, parecía haberse adormilado.

Tal vez todo había ocurrido demasiado rápido entre ellos, pero Jane no lo lamentaba. Se sentía ferozmente dichosa por haberse entregado a él. Nunca antes había estado enamorada, nunca había querido explorar los misterios físicos de un hombre y una mujer. Incluso se había convencido de que no era una persona muy sexual, y había decidido disfrutar de la vida en soledad. Ahora, su noción de sí misma había cambiado por completo, y era como si hubiera descubierto un tesoro dentro de sí. Tras el secuestro, se había apartado de la gente, salvo de las pocas personas en las que confiaba y a las que ya quería: sus padres, Chris, un par de amigos. Y aunque se había casado con Chris, había permanecido esencialmente sola, emocionalmente desgajada de él. Quizá por eso había fracasado su matrimonio, porque no había estado dispuesta a permitirle que se acercara a ella lo suficiente como para convertirse en un verdadero marido. Entre ellos había habido intimidad física, sí, pero ella se había mantenido impasible, y al final él había dejado de molestarla. Eso era exactamente lo que había sido para ella: una molestia. Chris se merecía algo mejor. Era su mejor amigo, pero sólo eso: un amigo, no un amante. Estaba mucho mejor con la mujer cariñosa y entregada con la que se había casado tras su divorcio.

Ella era demasiado sincera consigo misma como para pretender siquiera que el fracaso de su matrimonio se debía a Chris. Había sido enteramente culpa suya, y lo sabía. Había creído que le faltaba algo a su ser. Ahora se daba cuenta de que poseía los instintos cálidos y apasionados de una mujer enamorada..., porque estaba enamorada por primera vez. No había podido responder ante Chris, sencillamente porque no lo quería como una mujer debía querer al hombre con el que se casaba.

Tenía veintinueve años. No iba a fingir una timidez que no sentía sólo por conservar las apariencias. Amaba al hombre que yacía entre sus brazos, y pensaba disfrutar al máximo del tiempo que pasara con él. Confiaba en que fuera una vida entera; pero, si no era eso lo que les tenía reservado el destino, no permitiría que la timidez le robara ni un solo minuto del tiempo que tenían. Veinte años antes habían estado a punto de arrebatarle la vida, antes de que empezara en realidad. Sabía que la vida y el tiempo eran demasiado preciosos para malgastarlos.

Quizás aquello no significara para Grant lo mismo que para ella, ser capaz de amar y de abrazar a alguien así. Sabía intuitivamente que su vida había sido mucho más dura que la de ella, que había visto cosas que lo habían cambiado, que habían robado la risa de sus ojos. Sus experiencias lo habían endurecido, habían dejado en él una extraordinaria cautela. Pero, aunque sólo obtuviera de ella el consuelo más superficial, el de la satisfacción sexual, Jane lo quería lo suficiente como para darle lo que necesitara de ella, sin vacilar. Ella amaba como hacía todo lo demás, completa y valerosamente.

Grant se removió, apoyó el peso del cuerpo en los brazos y la miró. Sus ojos dorados estaban en sombras, pero había en ellos algo que hizo que el corazón de Jane latiera más aprisa. La miraba como un hombre mira a la mujer que le pertenece.

—Peso demasiado para ti.

—Sí, pero no me importa —Jane tensó los brazos alrededor de su cuello e intentó atraerlo hacia sí, pero él tenía mucha más fuerza y no logró moverlo ni un ápice.

Grant le dio un beso rápido y duro.

—Ha dejado de llover. Tenemos que irnos.

—¿Por qué no pasamos aquí la noche? ¿No estamos a salvo?

Él no contestó; separó delicadamente sus cuerpos, se sentó y buscó su ropa, y esa fue respuesta suficiente. Jane suspiró, pero se incorporó para recoger su ropa. Su suspiro se convirtió en un gemido al cobrar conciencia de los diversos dolores que le había producido hacer el amor sobre el suelo.

Habría jurado que él no estaba mirándola, pero la percepción de Grant era asombrosa. Giró la cabeza bruscamente y un ligero ceño juntó sus cejas oscuras.

–¿Te he hecho daño? –preguntó abruptamente.

–No, estoy bien –él no parecía muy convencido. Cuando bajaron por la escarpada pendiente hasta el fondo de la garganta, se mantuvo justo delante de ella. Durante los últimos diez metros la llevó en volandas, echándosela al hombro a pesar de sus protestas de asombro y de indignación.

Pero era una pérdida de tiempo que protestara; Grant se limitó a ignorarla. Cuando la dejó en el suelo sin decir nada y echó a andar, ella no tuvo más remedio que seguirlo.

Dos veces esa tarde oyeron un helicóptero y, en ambas ocasiones, Grant la cobijó entre la espesura. Allí aguardaron hasta que el ruido se extinguió por completo. La línea severa de la boca de Grant convenció a Jane de que no creía que fuera una simple coincidencia. Les estaban siguiendo, y sólo la densa cobertura del bosque impedía que los atraparan. A Jane la inquietaba la idea de abandonar su cobijo; ahora ya no temía sólo por ella, sino también por Grant. Él se ponía en peligro por el mero hecho de estar con ella. Turego la quería viva, pero Grant no le servía para nada.

Si tenía que elegir entre la vida de Grant y darle a

Turego lo que quería, Jane sabía que se daría por vencida. Tendría que arriesgarse con Turego, aunque ya sería imposible pillarlo desprevenido, como la primera vez. Él sabía ahora que no era simplemente la amante coqueta y encantadora de un hombre rico. Ella lo había puesto en ridículo, y Turego no lo olvidaría.

Grant pasó por encima de un gran árbol caído, se volvió y, tomándola de la cintura, la levantó en vilo sin esfuerzo. Se detuvo un momento y le apartó el pelo enredado de la cara con sorprendente delicadeza. Ella sabía lo letales que podían ser aquellas manos.

–Estás muy callada –masculló–. Tengo la impresión de que estás tramando algo, y eso me pone nervioso.

–Sólo estaba pensando –se defendió ella.

–Eso me temía.

–Si Turego te atrapa...

–No me atrapará –dijo Grant tajantemente. Ahora, cuando la miraba, veía algo más que una mujer atractiva y de ojos oscuros. Ahora la conocía, conocía su valentía y su fortaleza, sus miedos secretos y su alegría. Conocía también su ira, que podía inflamarse o disiparse en un instante. Sabin le había aconsejado que la matara rápidamente antes que permitir que Turego le pusiera las manos encima; Grant había visto demasiadas muertes, y en su momento había aceptado aquel consejo sencillamente como una opción realista. Pero eso había sido antes de llegar a conocerla, a saborearla y a sentir la textura sedosa de su piel, antes de verla enloquecer bajo él. Las cosas habían cambiado. Él había cambiado de un modo que no aceptaba de buen grado y en que no tenía ninguna confianza, pero que debía reconocer. Jane se había vuelto importante para él. Él no podía permitirlo, pero de momento lo había asumido. Hasta que ella estuviera a salvo, podía ser suya, pero no más. En su vida no había sitio para algo duradero, para echar raíces, porque aún no estaba seguro de que fuera alguna vez capaz de vivir a la luz del sol. Al igual que Sabin, llevaba demasiado tiempo en las sombras. Todavía había en su alma oscuros recovecos que revelaba la falta de emoción de sus ojos. Conservaba aún la terrible y serena aceptación de cosas demasiado terribles para ser asumidas.

Si las cosas hubieran salido como tenía previsto, se habrían montado en el helicóptero y ella ya estaría a salvo en casa. Él no habría llegado a conocerla realmente; se la habría entregado a su padre y se habría largado. Pero se habían visto obligados a pasar días con la única compañía del otro. Habían dormido pegados, habían comido juntos, habían compartido momentos de peligro y de buen humor. Quizás, para él, la risa fuera lo más íntimo; había conocido el peligro muchas veces y con muchas personas distintas, pero el buen humor escaseaba en su vida. Jane le había hecho reír, y al hacerlo había capturado una parte de su ser.

Maldita fuera por ser como era, por ser tan vivaz, tan alegre, tan deseable, cuando él esperaba una niña bien, mimada y arisca. Maldita fuera por hacer que los hombres la desearan, por hacer que él la deseara.

Por primera vez en su vida sentía hincharse en su pecho unos celos feroces. Sabía que tendría que dejarla, pero hasta entonces quería que fuera suya y sólo suya. Al recordar el tacto de su cuerpo bajo el suyo, sabía que tendría que poseerla otra vez. Sus ojos dorados se entornaron al sentir el intenso anhelo de posesión que lo atenazaba. Una expresión de violencia controlada cruzó su cara, una expresión que la gente que lo conocía había aprendido a evitar. Grant Sullivan era peligroso en circunstancias normales; enfurecido, era letal. Jane era suya ahora, y su vida estaba amenazada. Él ya había perdido demasiadas cosas; su juventud, su alegría, su confianza en los demás, incluso parte de su humanidad. No podía permitirse perder nada más. Era un hombre desesperado que intentaba volver a capturar su alma. Necesitaba encontrar de nuevo una parte, aunque fuera pequeña, del niño de Georgia que se metía descalzo en la tierra cálida de los campos arados, que había aprendido a sobrevivir en las misteriosas profundidades de las grandes ciénagas. Lo que Vietnam había empezado, lo habían completado los años de trabajo en los servicios de inteligencia y operaciones especiales, que habían estado a punto de destruirlo como hombre.

Jane y su excéntrica valentía eran la fuente del único cariño que había sentido en muchos años.

Alargó el brazo y la agarró por la nuca, deteniéndola. Ella se volvió con una mirada inquisitiva y llena de sorpresa, y la leve sonrisa que había empezado a formarse en sus labios se borró al ver la expresión feroz que Grant no podía ocultar.

—Grant, ¿ocurre algo?

Sin pensarlo, él la atrajo hacia sí y besó sus labios llenos, todavía levemente hinchados por su encuentro en la cueva. Se tomó su tiempo, besándola con lentos y profundos movimientos de la lengua. Con un leve gemido de placer, ella le rodeó el cuello con los brazos y se puso de puntillas para apretarse contra él. Grant sintió la suave juntura de sus muslos y se pegó a ella. Su cuerpo vibró de deseo al sentir que ella se amoldaba automáticamente a su miembro duro y erecto.

Jane era suya, como nunca había pertenecido a otro hombre.

Su seguridad dependía de lo rápidamente que él pudiera sacarla del país. Notaba cómo Turego iba estrechando el cerco en torno a ellos. Aquel hombre no cejaría nunca, no mientras el microfilm no apareciera. De ningún modo, se prometió Grant, permitiría que Turego volviera a tocar a Jane. Apartando su boca de la de ella, masculló con aspereza:

—Ahora eres mía. Yo cuidaré de ti.

Jane reposó la cabeza sobre su pecho.

—Lo sé —susurró.

Esa noche cambió para siempre el modo en que Jane pensaba en la oscuridad. Conservaría, posiblemente para siempre, el miedo a estar sola a oscuras, pero, cuando Grant le tendió la mano, la oscuridad dejó de ser un enemigo que mantener a raya y se convirtió en un cálido manto que los envolvía a ambos, que los cobijaba y los aislaba del mundo. Sintió sus manos sobre ella y se olvidó de la noche.

Grant la besó hasta que, aferrada a él, comenzó a suplicarle en silencio que la liberara del deseo que había creado. Luego la desnudó delicadamente, se despojó de su ropa, se tendió de espaldas y la sentó a horcajadas sobre él.

—Esta mañana te hice daño —dijo con voz baja y áspera—. Esta vez tú tienes el control. Toma sólo lo que puedas sin sentirte incómoda.

La comodidad no tenía importancia; hacer el amor con él era un gozo elemental y primitivo, y Jane no podía ponerle límites. Perdió el control, moviéndose salvajemente sobre él, y su frenesí segó el fino hilo del dominio que Grant conservaba sobre sí mismo. El placer, salvaje y abrasador, que se daban el uno al otro borró de la mente de Jane todo lo que no fuera el amor que se henchía dentro de ella. No había oscuridad. Con su pasión, con el ímpetu de su cuerpo, Grant la sacaba de las tinieblas. Cuando se quedó dormida en sus brazos, fue sin haber pensado ni una sola vez en la impenetrable oscuridad que los rodeaba.

A la mañana siguiente, como siempre, se despertó despacio, removiéndose y murmurando, acurrucada contra el cuerpo maravillosamente cálido y fuerte sobre el que se hallaba tendida. Incluso dormida sabía que era el cuerpo de Grant. Las manos de él descendieron por su espalda y agarraron sus nalgas, despertándola por completo. Luego él se giró suavemente, sin soltarla, y la depositó de espaldas sobre el suelo. Ella abrió los párpados, pero todavía estaba oscuro, así que volvió a cerrarlos y se giró para apretar la cara contra su cuello.

—Casi ha amanecido, cariño —dijo él contra su pelo, pero no pudo obligarse a dejar de tocarla, a sentarse y ponerse la ropa. Sus manos se deslizaron sobre su piel desnuda y sedosa, descubriendo de nuevo los lugares que había acariciado y besado durante la noche. La reacción de Jane todavía lo conmovía. Era tan abierta y generosa, se había ofrecido a él y lo había deseado con tal sencillez que Grant se quedaba sin aliento.

Ella dejó escapar un gruñido, y Grant la sentó y estiró el brazo para descorrer la cremallera de la tienda y dejar que entrara el resplandor tenue de la luz.

—¿Estás despierta?

—No —gruñó ella y, apoyándose contra él, bostezó.

—Tenemos que irnos.

—Lo sé —masculló algo en voz baja, encontró lo que supuso era su blusa e intentó desenredarla. Había demasiada tela, así que se detuvo, exasperada, y se la dio a Grant—. Creo que ésta es tuya. Es muy grande para ser la mía.

Él tomó la camisa, y Jane dio una vuelta por la tienda, gateando, hasta que encontró la suya bajo la manta sobre la que se habían acostado.

—¿No puedes robar una camioneta o algo así? —preguntó. Ni siquiera quería pensar en otro día de marcha a pie.

Él no se rió, pero Jane puso casi sentir cómo se tensaban las comisuras de su boca.

—Eso va contra la ley, ¿sabes?

—¡Deja de reírte de mí! Tienes un montón de entrenamiento especializado, ¿no? ¿No sabes hacer un puente?

Él suspiró.

—Supongo que podría arrancar cualquier cosa que pudiéramos encontrar, pero robar un vehículo sería como anunciarle nuestra posición a Turego.

—¿A qué distancia podemos estar de Limón? Seguramente podríamos llegar allí antes de que Turego registrara cada aldea de aquí allí.

—Sería demasiado arriesgado, cariño. Lo mejor que podemos hacer es atajar hacia los pantanos de la costa este, y luego descender por la costa. En los pantanos no podrán seguirnos la pista —hizo una pausa—. Tendré que ir a la aldea a por comida, pero tú te quedarás escondida entre los árboles.

Jane se echó hacia atrás.

—Y un cuerno.

—Maldita sea, ¿no te das cuenta de que es demasiado peligroso que asomes la cara?

—¿Y qué hay de tu cara? Yo por lo menos tengo el pelo y los ojos oscuros, como todo el mundo. No olvides que ese soldado te vio, y que tu amigo el piloto sin duda les habló de ti, así que saben que estamos juntos. Esa melena tuya tan rubia no se ve mucho por aquí.

Él se pasó la mano por el pelo enredado, y le sorprendió levemente lo largo que era.

—Eso no tiene remedio.

Ella cruzó los brazos tercamente.

—No vas a ir a ninguna parte sin mí.

El silencio se extendió entre ellos un momento. Jane empezaba a creer que había conseguido una victoria sorprendentemente fácil cuando Grant habló, y el tono firme y casi suave de su voz hizo que un escalofrío le recorriera la columna; aquélla era la voz más implacable que había oído nunca.

—Harás lo que te digo, o te ataré y te amordazaré y te dejaré aquí, en la tienda.

Jane guardó silencio. La intimidad que se había forjado entre ellos la había hecho olvidar que Grant era en primer lugar un guerrero, y en segundo lugar su amante. A pesar de la tierna pasión con que le hacía el amor, seguía siendo el mismo hombre que la había dejado inconsciente, se la había cargado al hombro y la había llevado a cuestas por la jungla. Jane no le guardaba rencor por ello, tras la recepción que ella le había dado, pero aquello era otra historia. Se sentía como si Grant le estuviera recordando por la fuerza la base original de su relación y obligándola a reconocer que su intimidad física no la había convertido en una igual a sus ojos. Era como si hubiera utilizado su cuerpo, dado que ella se lo había ofrecido de buen grado, pero no viera razón para que eso le proporcionara ninguna influencia sobre él.

Jane se apartó, se puso a trastear con la camisa y finalmente logró ponerla del derecho. No permitiría que Grant viera un solo atisbo de dolor en sus ojos; sabía que el amor que ella sentía era absolutamente unilateral.

Él estiró la mano y le quitó la camisa. Sorprendida, ella lo miró.

—Tengo que vestirme. Has dicho que...

—Sé lo que he dicho —gruñó él, y la tumbó sobre la cama. La atracción de su cuerpo suave, la certeza de que la había lastimado y de que ella había levantado la barbilla, como solía, intentando que no se diera cuenta, le impedían recordar la necesidad de seguir adelante. El núcleo de hielo que había en el fondo de su pecho no le permitía susurrarle cuánto significaba para él. No había superado aún la frialdad alimentada en él por años viviendo al borde de la muerte; quizá nunca la superara. Seguía siendo vital para él mantener una parte de sí mismo, pequeña pero significativa, sellada, distante y fría. No podía permitir, sin embargo, que Jane se apartara de él con aquella expresión, cuidadosamente desprovista de emoción, en la cara. Era suya, y era hora de que se hiciera a la idea.

Le puso las manos sobre los muslos, se los separó y se colocó sobre ella. Jane contuvo el aliento y levantó las manos para agarrarse a su espalda. Grant la penetró lentamente, llenándola con una embestida poderosa que hizo que su cuerpo se arqueara sobre la manta.

Se hundió profundamente dentro de ella y la sujetó con fuerza. La tensión interior de Jane casi le hizo gruñir en voz alta mientras intensos estremecimientos de placer corrían por su espina dorsal. Hundió la mano entre su pelo y le giró la cabeza hasta que su boca estuvo bajo la suya y la besó con una violencia que sólo insinuaba el infierno que se había desatado dentro de él. Ella respondió inmediatamente. Su boca se amoldó a la de Grant y su cuerpo se levantó para salir al encuentro de sus embestidas, cimbreándose con movimientos cada vez más frenéticos. Grant deseaba sumergirse en ella, hundirse cada vez más, hasta que se fundieran, hasta que su carne fuera una. La sujetaba bajo él, unidos sus cuerpos en total intimidad. Gozaba en las oleadas de placer, cada vez más intenso, que los hacían aferrarse el uno al otro, tensándose en un esfuerzo por alcanzar la cima de su pasión. Cuando estaba dentro de ella, dejaba de sentirse aislado. Jane se estaba llevando una parte de él que no se proponía ofrecerle, pero no podía remediarlo. Era como si se hubiera montado en una montaña rusa y no hubiera modo de bajarse hasta que llegara el final de la carrera. Tendría que dejarse llevar, y pensaba extraer hasta el último momento de placer que pudiera del poco tiempo que la tendría para él solo.

Jane se agarraba a sus hombros, fuera de sí por los embates de su cuerpo. Grant parecía haber perdido por completo el control; parecía enloquecido, casi violento, tan enardecido que su piel ardía en las palmas de las manos de Jane. Atrapada en las profundidades de su pasión, ella se retorcía contra él y le imploraba que siguiera. Luego, bruscamente, su placer alcanzó su punto culminante, y Grant se apoderó de su boca para capturar sus gritos febriles. La ardiente llamarada de su éxtasis lo atrapó en su estallido, y comenzó a estremecerse al tiempo que las oleadas finales del placer atravesaban su cuerpo. Jane lo abrazó, y cuando todo acabó Grant se desplomó sobre ella, con los ojos cerrados y la respiración agitada, cubierto de una pátina de sudor.

Ella tocó suavemente los mechones dorados de su pelo enredado, apartándoselos de la frente. Ignoraba qué había disparado aquella posesión repentina y violenta, pero no le importaba. Lo que importaba era que, pese a todo, Grant la necesitaba de una manera elemental que no le agradaba y que, sin embargo, no podía negar. Eso no era lo que ella quería, pero era un comienzo. Trazó lentamente con una mano la forma de su espalda y notó los recios músculos que yacían bajo su piel tostada y tersa. Los músculos se contrajeron y volvieron a relajarse bajo su caricia, y Grant se hizo más pesado al abandonarlo la tensión.

–Ahora sí que tenemos que irnos –murmuró contra su pecho.

–Ummm –Jane no quería moverse; notaba los miembros pesados, totalmente relajados. Habría sido feliz si hubiera podido quedarse allí el resto del día, dormitando con él y despertando para hacer el amor de nuevo. Sabía que la quietud no podía durar; un momento después, Grant se movió y separó sus cuerpos.

Se vistieron en silencio, salvo por el susurro de sus ropas, hasta que ella comenzó a anudarse los cordones de las botas. Entonces Grant alargó una mano y le levantó la barbilla, acariciándole con el pulgar el labio inferior.

–Prométeme una cosa –le dijo, obligándola a mirarlo–. Dime que vas a hacer lo que te diga, sin discutir. No me obligues a atarte.

¿Le estaba pidiendo obediencia, o confianza? Jane vaciló; luego siguió sus instintos.

–Está bien –musitó–. Te lo prometo.

Las pupilas de Grant se dilataron, y su pulgar apretó la comisura de los labios de Jane.

–Yo cuidaré de ti –dijo, y era más que una promesa.

Desmontaron la tienda; luego Jane sacó la escasa comida que les quedaba. Vació la última botella de Perrier en la cantimplora, se deshizo de las botellas y partió por la mitad la barrita de cereales que había estado reservando. Eso y una lata pequeña de zumo de uva fue su desayuno, y acabó con sus provisiones.

La mañana casi había pasado, y el calor y la humedad habían aumentado hasta hacerse casi insoportables cuando Grant se detuvo y miró a su alrededor. Se enjugó la frente con la manga.

—Estamos casi al nivel de la aldea. Quédate aquí. Volveré dentro de una hora, más o menos.

—¿Cuánto es «más o menos»? —preguntó ella amablemente, pero el rechinar de sus dientes hizo sonreír a Grant.

—Hasta que vuelva —sacó la pistola de su funda y se la tendió—. Imagino que también sabes usar esto.

Jane le quitó el arma con una expresión severa en la boca.

—Sí. Después de que me secuestraran, mi padre insistió en que aprendiera a defenderme. Eso incluyó un curso en armas de fuego, y clases de defensa personal —su mano fina sujetaba la pistola con respeto y reticente familiaridad—. Nunca había visto una como ésta. ¿Qué es?

—Un Bren de diez milímetros —rezongó él.

Ella levantó las cejas.

—¿No se considera experimental?

Él se encogió de hombros.

—Alguna gente sí. Yo llevo usándola algún tiempo. Y funciona —observó un momento a Jane y luego frunció las cejas—. ¿Podrás usarla, si es necesario?

—No lo sé —una sonrisa vaciló en su boca—. Esperemos que no llegue el caso.

Grant le tocó el pelo, confiando fervientemente que nunca tuviera que averiguar la respuesta a su pregunta. No quería que nada empañara la alegría de su sonrisa. Inclinándose, la besó áspera e intensamente, y luego, sin decir palabra, desapareció en el bosque con el inquietante sigilo que era propio de él. Jane miró la pistola que tenía en la mano un momento; después se acercó a un árbol caído y lo inspeccionó cuidadosamente para asegurarse de que no había ningún animal antes de sentarse.

No pudo relajarse. Tenía los nervios a flor de piel, y aunque no se giraba cada vez que cantaba un pájaro y parloteaba un mono, ni siquiera cuando se oían susurros alarmantes entre la maleza, sus sentidos estaban dolorosamente aguzados. Se había acostumbrado a tener cerca a Grant, cuya mera presencia la hacía sentirse protegida. Sin él, se sentía vulnerable y más sola que nunca.

El miedo la corroía, pero era miedo por Grant, no por ella misma. Se había metido en aquello con los ojos abiertos, había aceptado el peligro como el precio que había que pagar, pero Grant sólo se había implicado en aquel asunto por ella. Si algo le ocurría, no podría soportarlo, y tenía miedo. ¿Cómo esperaba Grant entrar en una aldea sin que nadie se fijara en él? Todo en él llamaba la atención, desde su estatura a su cabello rubio, pasando por aquellos ojos dorados y salvajes. Ella sabía la obsesión con que Turego la estaría buscando, y dado que Grant había sido visto con ella, su vida estaba en peligro tanto como la de ella.

Turego debía de saber ya que ella tenía el microfilm. Estaría furioso y desesperado; furioso porque le hubiera puesto en ridículo, y desesperado porque pudiera destruir su carrera política. Jane se retorció los dedos. Sus ojos oscuros tenían una mirada intensa. Pensó en destruir el microfilm para asegurarse de que no caía en manos de Turego o de algún grupo o gobierno enemigo, pero ignoraba qué contenía. Sólo sabía que era de suprema importancia. No quería destruir información que pudiera necesitar su país. Y no sólo eso: tal vez lo necesitara como arma para negociar. George la había aleccionado bien, le había enseñado sus tácticas cautelosas y escurridizas, las tácticas de que hacían de él un personaje tan opaco que pocas personas conocían su existencia. Si se veía contra las cuerdas, debía usar todas las ventajas de que dispusiera, hacer lo que fuera necesario..., pero confiaba en no llegar a conocer esa desesperación. Lo mejor sería que Grant lograra sacarla clandestinamente del país. Una vez a salvo en Estados Unidos, se pondría en contacto con alguien y entregaría el microfilm a quien pertenecía. Luego podría concentrarse en perseguir a Grant hasta que se diera cuenta de que no podía vivir sin ella. Lo peor que podía imaginar era que a él le ocurriera algo. Todo su ser se acobardaba con solo pensarlo.

Grant ya había sufrido bastante. Era un guerrero tosco y duro, pero tenía cicatrices, cicatrices interiores e invisibles, además de las que marcaban su cuerpo. Se había retirado, intentando alejarse de todo aquello, pero el yermo que reflejaban sus ojos le decía a Jane que vivía aún parcialmente entre las sombras, donde la luz y el calor del sol no podían penetrar.

Un fiero afán de protegerlo brotó dentro de ella. Ella era fuerte; había sobrevivido a muchas cosas, había superado en su infancia un horror que podía haberla mutilado emocionalmente. No había permitido que eso cortara sus alas; por el contrario, había aprendido a elevarse aún más alto, a disfrutar de su libertad. Pero no era lo bastante fuerte como para sobrevivir a un mundo sin Grant. Necesitaba saber que estaba vivo y a salvo, o para ella no habría más luz del sol. Si alguien osaba hacerle daño...

El sudor rizaba el cabello de sus sienes y corría entre sus pechos. Suspirando, se preguntó cuánto tiempo llevaba esperando. Se limpió la cara y se retorció el pelo, haciéndose un moño sobre la coronilla para aliviar su nuca de su peso caliente. Hacía tanto calor... El aire vaporoso se pegaba a su piel como una manta cálida y húmeda y le hacía difícil respirar. Pronto llovería; era casi la hora del día a la que solían estallar las tormentas.

Estuvo un rato observando una hilera de hormigas; luego intentó distraerse contando los distintos tipos de pájaros que revoloteaban y gorjeaban en las frondosas terrazas que se elevaban sobre su cabeza. La jungla rebosaba vida, y ella había llegado a aprender que, con cautela, era seguro internarse en ella..., aunque no quisiera intentarlo sin Grant. Él era quien tenía experiencia y conocimientos. Pero ya no creía que la muerte la aguardara detrás de cada arbusto. La vida animal que había florecido en sus verdes profundidades era por lo general tímida, y evitaba acercarse al hombre. Era cierto que el animal más peligroso de la selva era el hombre mismo.

Había pasado mucho más de una hora, y una sensación de intranquilidad le corría por la espalda. Permanecía sentada, muy quieta; sus ropas negras y verdes se mezclaban bien con el follaje circundante. Sus sentidos estaban alerta.

No vio nada, no oyó nada fuera de lo normal, pero aquel cosquilleo se incrementó. Se quedó inmóvil un momento más; después cedió al grito de sus instintos. El peligro estaba cerca, muy cerca. Se movió lentamente, procurando no mover ni una hoja, y se agazapó detrás de las raíces del árbol caído. Estaban envueltas en lianas y matorrales cuya vida había ahuyentado la muerte del gran árbol. El peso de la pistola que sostenía le recordó que Grant tenía motivos para habérsela dejado.

Un destello de movimiento captó su atención, pero sólo sus ojos se movieron para observarlo. Pasaron varios segundos antes de que lo viera otra vez: un retazo de piel morena y una forma verde que no era ni una planta ni un animal, sino una gorra. El hombre se movía lentamente, con cautela, haciendo un ruido leve. Llevaba un rifle, y se dirigía hacia la aldea.

A Jane le martilleaba el corazón en el pecho. Grant podía encontrárselo cara a cara, pero Grant tal vez se llevara una sorpresa mientras que aquel sujeto, aquel guerrillero, esperaba dar con él. Jane no dudaba de que, en circunstancias normales, Grant habría vencido, pero, si le sorprendían por la espalda, podía recibir un disparo antes de que tuviera ocasión de reaccionar.

El estruendo característico de las aspas de un helicóptero asaltó el aire, todavía lejano. Aquello indicaba, sin embargo, que la búsqueda se había intensificado. Jane aguardó a que el ruido se disipara, con la esperanza de que su presencia hubiera alertado a Grant. Sin duda así era; él era demasiado precavido como para no estar alerta. Aunque sólo fuera por eso, Jane agradecía la aparición de los helicópteros.

Tenía que encontrar a Grant antes de que se encontrara cara a cara con uno de los guerrilleros y antes de que éstos dieran con él. Aquel tipo no sería el único que lo andaba buscando.

Durante los días anteriores, había aprendido mucho sobre Grant observando su manera sigilosa de andar, la elección instintiva del mejor refugio disponible. Se deslizó en el interior de la jungla y avanzó despacio, agazapada, manteniéndose por detrás y en paralelo al guerrillero. El terror aleteaba en su pecho, casi asfixiándola, pero se recordó que no tenía alternativa.

Una rama espinosa se enredó en su pelo, produciéndole un tirón doloroso; se le saltaron las lágrimas y se mordió el labio para sofocar un gemido automático de dolor. Temblando, se desprendió de la rama. Oh, Dios, ¿dónde estaba Grant? ¿Lo habrían atrapado ya?

Le temblaban tanto las piernas que no podía seguir caminando agachada. Se apoyó en manos y rodillas y comenzó a gatear como Grant le había enseñado, procurando ocultarse tras el denso follaje. Mientras se movía, agarraba desmañadamente la pistola con una mano.

Un trueno retumbó en la distancia, indicando que la tormenta diaria se acercaba. Temía la lluvia, y al mismo tiempo rezaba porque llegara. El agua ahogaría todo sonido y reduciría la visibilidad a unos pocos pasos; ello aumentaría sus posibilidades de escapar, pero haría casi imposible que Grant la encontrara.

Un leve crujido entre la espesura, tras ella, la alertó, pero se giró una fracción de segundo demasiado tarde. Antes de que pudiera girar la pistola, el hombre estaba sobre ella, le arrancó la pistola de un golpe y le retorció el brazo hacia atrás. Luego le aplastó la cara contra el suelo. Ella gimió; la presión de la rodilla de aquel individuo sobre su espalda casi le cortaba la respiración. La vegetación húmeda y putrefacta que cubría el suelo se le metía en la boca. Giró la cabeza hacia un lado y escupió tierra. Intentó desasir el brazo; él profirió un exabrupto y le subió aún más el brazo, arrancándole un involuntario grito de dolor.

Alguien gritó a lo lejos y el hombre respondió, pero Jane sentía un bramido en los oídos y no entendió lo que decían. Luego él la registró bruscamente, palpándola con la mano libre. Jane se puso roja de furia. Cuando comprendió que no llevaba más armas, él le soltó el brazo y la tiró de espaldas.

Jane hizo intento de levantarse, pero él le acercó tanto el rifle que su cañón largo y reluciente quedó a escasos centímetros de su cara. Jane lo miró; luego levantó los ojos y miró furiosa a su captor. Quizá pudiera pillarlo desprevenido.

—¿Quién eres tú? —preguntó, imitando a una mujer furiosa y ofendida, y apartó de un manotazo el cañón del rifle, como si fuera un insecto. Los ojos planos y oscuros del hombre registraron momentáneamente sorpresa y luego recelo. Jane se incorporó con dificultad y levantó la cara hacia él para que viera sus ojos furiosos y entornados. Echando mano del español que sabía, procedió a decirle lo que pensaba de él. De propina, añadió toda la invectiva étnica que había aprendido en la universidad, preguntándose para sus adentros por el significado de lo que le estaba diciendo al soldado, que parecía más asombrado por momentos.

Le clavó repetidamente el dedo en el pecho mientras se acercaba a él, y él retrocedió un par de pasos. Luego el otro soldado, el que había visto antes, se reunió con ella, y el otro se rehizo.

—¡Cállate! —gritó.

—¡No pienso callarme! —replicó Jane gritando, pero el otro soldado la agarró de los brazos y le ató las muñecas. Enfurecida, Jane comenzó a dar patadas hacia atrás, golpeándole en la espinilla con la bota. Él profirió un grito de dolor; luego la hizo girarse y echó el puño hacia atrás, pero en el último momento se refrenó. Turego seguramente había dado orden de que no le hicieran daño, al menos hasta que hubiera conseguido de ella la información que necesitaba.

Jane sacudió la cabeza para apartarse el pelo de los ojos y miró a sus captores hecha una furia.

—¿Qué queréis? ¿Quiénes sois?

Ellos la ignoraron y la empujaron violentamente por delante de ellos. Con los brazos atados a la espalda, Jane perdió el equilibrio y tropezó con una liana enmarañada. No pudo sujetarse y cayó hacia delante con un leve grito. Uno de los soldados la sujetó instintivamente. Intentando que pareciera un accidente, ella estiró una pierna y la entrelazó con la del hombre, haciéndolo caer entre los arbustos. Aterrizó con una sacudida sobre una raíz nudosa, y quedó momentáneamente aturdida. Los oídos le pitaban.

Él surgió de la nada. No estaba allí y de pronto, en un instante, se hallaba entre ellos. Tres rápidos golpes con el canto de la mano en la cara y el cuello del primer soldado y el hombre se desplomó como un muñeco roto. El soldado al que Jane había hecho caer gritó e intentó girar su rifle, pero Grant lo golpeó con la bota en la barbilla. Se oyó un ruido sordo y horrible; la cabeza del hombre se desplazó hacia atrás, y quedó inerme.

A Grant ni siquiera se le había alterado la respiración, pero tenía la cara crispada y una expresión fría y furiosa cuando ayudó a levantarse a Jane y la hizo volverse bruscamente. Su cuchillo se deslizó suavemente entre las ataduras de sus muñecas.

—¿Por qué no te quedaste donde te dejé? —preguntó con voz áspera—. Si no te hubiera oído gritar...

Ella no quería pensar en eso.

—Me quedé —protestó—. Hasta que esos dos estuvieron a punto de pasarme por encima. Intentaba esconderme y encontrarte antes de que te toparas con ellos.

Él la miró con impaciencia.

—Habría sabido arreglármelas —la agarró de la muñeca y empezó a arrastrarla tras él. Jane empezó a defenderse, y luego suspiró. Dado que, obviamente, Grant había sabido arreglárselas solo, ¿qué podía decir? Se concentró en no caerse y en esquivar las ramas y las enredaderas espinosas que se combaban hacia ella.

—¿Adónde vamos?

—Cállate.

Se oyó un fuerte chasquido y Grant la empujó hacia el suelo y la cubrió con su cuerpo. Asustada, Jane pensó al principio que el estruendo de la tormenta que se avecinaba había sobresaltado a Grant. Luego su corazón se convulsionó al darse cuenta de qué era aquel ruido. ¡Alguien les estaba disparando! Los dos soldados no eran los únicos que había cerca. Sus ojos se dilataron hasta convertirse en negros estanques. ¡Estaban disparando a Grant, no a ella! Tenían órdenes de capturarla viva. El pánico contrajo su garganta, y se aferró a Grant.

—Grant, ¿estás bien?

—Sí —gruñó él, y deslizó el brazo derecho en torno a ella. Luego gateó con ella hasta detrás de una caoba enorme, arrastrándola como un depredador a su presa—. ¿Qué ha sido de la Bren?

—Me la quitaron de un golpe... allí —agitó la mano para indicar la zona donde había perdido la pistola. Grant miró a su alrededor para ver si podía cubrirse y lanzó un juramento al darse cuenta de que era demasiado arriesgado.

—Lo siento —dijo Jane, sus ojos oscuros llenos de culpa.

—Olvídalo —Grant se descolgó el rifle del hombro;

sus movimientos eran rápidos y seguros. Jane se aplastó contra el suelo mientras él echaba un rápido vistazo más allá del enorme tronco del árbol. Un destello en sus ojos ambarinos la llenó de asombro; en aquel momento, Grant era la quintaesencia del guerrero, entrenado y afinado hasta el extremo. Evaluaba fríamente la situación y decidía qué pasos dar.

Otro disparo silbó entre los árboles y trozos de corteza volaron a escasos centímetros de la cara de Grant. Él se echó hacia atrás y se limpió un hilillo de sangre que le corría por el pómulo, donde se le había clavado una esquirla.

—Agáchate —ordenó con voz plana y dura—. Arrástrate por esos matorrales de ahí atrás y sigue avanzando, pase lo que pase. Tenemos que salir de aquí.

Ella se había puesto blanca al ver correr la sangre por su cara, pero no dijo nada. Intentando controlar el temblor de sus piernas y brazos, se tumbó boca abajo y empezó a reptar entre la maleza. Sentía a Grant justo detrás de ella; la guiaba con la mano apoyada sobre su pierna. Se mantenía deliberadamente entre ella y el lugar de donde procedían los disparos, y al darse cuenta Jane sintió que su corazón se encogía dolorosamente.

Estalló un trueno, tan cerca que la tierra se estremeció. Grant levantó la mirada.

—Vamos, lluvia —masculló—. Vamos.

Empezó a llover unos minutos después. La lluvia se filtraba a través de las hojas con un tamborileo; luego se intensificó hasta convertirse en el estruendoso diluvio que Jane había llegado a esperar cada día. Se empaparon inmediatamente, como si se hubieran arrojado a una cascada. Grant empujaba a Jane por delante de él, ajeno a los ruidos que hacían. El rugido de la lluvia sofocaba cualquier otro sonido. Cubrieron unos cien metros gateando; luego, Grant la hizo levantarse y acercó la boca a su oído.

—¡Corre! —gritó, haciéndose oír apenas por encima del rugido de la lluvia.

Jane corrió, aunque no sabía cómo. Le temblaban las piernas, se sentía aturdida y desorientada, pero de algún modo sus pies se movieron mientras Grant tiraba de ella a toda velocidad. Su visión se nubló; sólo veía un confuso borrón verde, y la lluvia, siempre la lluvia. Ignoraba adónde iban, pero confiaba en que el instinto de Grant les guiara.

De pronto abandonaron la linde de la selva, donde el hombre había cercenado el follaje en un intento de llevar la civilización a una pequeña parte del bosque tropical. Trastabillando por campos que la lluvia había convertido en cenagales, Jane se tenía en pie sólo gracias a que Grant la mantenía agarrada de la muñeca. Cayó de rodillas una vez y él la arrastró un par de metros antes de notarlo. Sin decir palabra, la levantó y se la cargó sobre el hombro. La llevó con tan poco esfuerzo como siempre, sin mostrar signo alguno de cansancio.

Jane cerró los ojos y se aferró a él. Estaba ya mareada, y el zarandeo de sus hombros le produjo náuseas. Cuanto les rodeaba se había convertido en una pesadilla de infinita lluvia gris que les laceraba y les envolvía en un manto que borraba la vista y el sonido. El pánico, desencadenado por la visión de la sangre en la cara de Grant, se aposentaba en su estómago como un nudo frío y viscoso. No podría soportarlo si algo le ocurría, sencillamente no podría...

Grant se la descargó del hombro y la apoyó contra algo frío y duro. Jane desplegó los brazos sobre el apoyo, y reconoció vagamente la textura del metal. Luego él abrió de un tirón la portezuela de la vieja camioneta, levantó a Jane y la introdujo en el refugio de la cabina. Girándose un poco, se deslizó bajo el volante y cerró la portezuela.

—Jane —dijo, agarrándola del hombro y zarandeándola—, ¿estás bien? ¿Te han dado?

Ella estaba sollozando, pero tenía los ojos secos. Alargó una mano temblorosa para tocar la mancha roja que corría por la cara mojada de Grant.

—Estás herido —musitó. Él no podía oírla por encima del estruendo de la lluvia, que golpeaba el techo de metal de la desvencijada camioneta, pero leyó sus labios y la estrechó entre sus brazos, apretándola con fuerza al tiempo que depositaba rápidos besos sobre su pelo empapado.

—No es más que un rasguño, cariño —le aseguró—. ¿Y tú? ¿Estás bien?

Jane logró asentir con la cabeza. Aferrada a él, sentía el calor de su cuerpo a pesar de sus ropas mojadas. Grant siguió abrazándola un momento; luego apartó los brazos de Jane de su cuello y la desplazó hacia el otro lado de la camioneta.

—Estate quieta mientras pongo esto en marcha. Tenemos que salir de aquí antes de que pare la lluvia y salga todo el mundo.

Se inclinó, metió las manos por debajo del salpicadero de la furgoneta y extrajo unos cables.

—¿Qué estás haciendo? —preguntó ella, aturdida.

—Voy a hacerle un puente a esta vieja cafetera —contestó Grant, y le lanzó una rápida sonrisa—. Presta atención, ya que tanto insistías. Puede que algún día tengas que robar una camioneta.

—No puedes conducir, no se ve nada —dijo ella, todavía en aquel tono indefenso y abotargado, tan distinto a su habitual alegría. Grant frunció las cejas, pero no pudo evitar tomarla entre sus brazos y asegurarle que todo iba a salir bien. No estaba muy seguro de que así fuera; había estallado el caos, recordándole lo poco que le gustaba que le dispararan... y ahora Jane era también blanco de los disparos. Odiaba tanto aquel tinglado que una mirada homicida se había apoderado de sus ojos, la mirada que se había convertido en leyenda en las junglas y arrozales del sureste de Asia.

—Veo lo suficiente como para salir de aquí.

Juntó dos cables y el motor petardeó y se encendió, pero no arrancó. Maldiciendo en voz baja, Grant lo intentó de nuevo, y la segunda vez el motor arrancó. Metió una marcha y soltó el embrague. Se pusieron en marcha. El viejo vehículo gruñía y protestaba. La lluvia sobre el cristal era tan intensa que los débiles limpiaparabrisas resultaban casi inútiles. Grant, sin embargo, parecía saber adónde iba.

Jane miró a su alrededor y vio entre la lluvia un

número sorprendentemente grande de edificios, y varias calles que parecían nacer en la que se hallaban. La aldea era próspera, parecía provista de los pertrechos de la civilización y en cierto modo su existencia resultaba incongruente con la proximidad de la selva.

—¿Adónde vamos? —preguntó ella.

—Al sur, cariño. A Limón, o al menos todo lo lejos que nos lleve esta cafetera.

Limón. El nombre sonaba a gloria y, mientras Jane permanecía aferrada al destartalado asiento de la vieja camioneta, la ciudad parecía quedar tan lejos como el cielo. Sus ojos, oscuros y dilatados, miraban con expresión vulnerable el parabrisas por el que corría el agua, intentando ver la carretera. Grant le lanzó una mirada rápida, la única forma en que podía mirarla, pues la conducción exigía toda su atención. Manteniendo la voz en calma dijo:

—Jane, acurrúcate en el rincón todo lo que puedas. Aparta la cabeza de la ventanilla de atrás. ¿Entendido?

—Sí —ella obedeció, acurrucándose en el rincón. La camioneta tenía una ventanilla pequeña en la parte de atrás y otras aún más pequeñas a los lados. Los rincones eran seguros. Un muelle roto se le clavó en la pantorrilla, y se movió para cambiar de postura. La tapicería de su lado del asiento casi había desaparecido y consistía principalmente en retales mezclados que tapaban los muelles. Grant estaba sentado sobre un parche mugriento de arpillera. Jane bajó la mirada y vio un gran agujero en el suelo, junto a la puerta.

—Este cacharro tiene carácter —comenzó, recuperando en parte la compostura.

—Sí, y muy malo —la camioneta se zarandeaba de un lado a otro sobre un mar de barro, y Grant tenía que concentrar toda su atención para mantenerla en línea recta.

—¿Cómo ves por dónde vamos?

—No lo veo, lo adivino —una sonrisa malévola tensó sus labios, señal de que la adrenalina circulaba a toda velocidad por su organismo. Era un arrebato físico, una aguda percepción provocada por la necesidad de concentrar su ingenio y sus habilidades en contra del enemigo. Si no hubiera sido por el peligro que corría Jane, quizás incluso hubiera disfrutado jugando al gato y al ratón. Se arriesgó a lanzarle otra rápida mirada y se relajó un poco al ver que estaba más calmada, que se había rehecho y parecía haber dominado su miedo. El miedo seguía allí, pero ella lo controlaba.

—Espero que seas un buen adivino —dijo Jane cuando la camioneta se tambaleó peligrosamente hacia un lado—. Si nos despeñas por un barranco, te juro que jamás te lo perdonaré.

Él sonrió de nuevo y se removió, incómodo. Se inclinó hacia delante sobre el volante.

—¿Puedes quitarme las mochilas? Me están estorbando. ¡Y mantente agachada!

Ella se deslizó sobre el asiento, desabrochó las mochilas y se las quitó para que pudiera reclinarse en el asiento. ¿Cómo podía haber olvidado su mochila? Sorprendida por aquel descuido, metió las hebillas por las presillas de sus pantalones y se abrochó las correas.

Grant no le prestaba atención, pero miraba el salpicadero con el ceño fruncido. Empezó a golpear con los nudillos el indicador del combustible.

—¡Maldita sea!

Jane soltó un gruñido.

—No me lo digas. ¡Casi estamos sin gasolina!

—No lo sé. El maldito indicador no funciona. Podríamos tener el depósito lleno, o puede que este cacharro nos deje tirados en cualquier momento.

Ella miró a su alrededor. La lluvia no era ya tan torrencial, aunque seguía siendo intensa. El bosque se apretaba a ambos lados de la carretera, y la aldea se había perdido de vista tras ellos. La carretera no estaba pavimentada, y la camioneta brincaba sobre sus baches, obligándola a agarrarse al asiento para no caerse..., pero era una carretera y la camioneta seguía avanzando por ella. Aunque se parara en ese mismo momento, estaban en mejor situación que un rato antes. Al menos ya no les disparaban. Con un poco de suerte, Turego pensaría que seguían moviéndose a pie y seguiría buscándolos por las inmediaciones de la aldea, al menos durante un tiempo. Cada momento era precioso. Ponía distancia entre ellos y sus perseguidores.

Media hora después la lluvia cesó y la temperatura comenzó a subir inmediatamente. Jane bajó la ventanilla de su lado para que entrara un poco el fresco.

—¿Esto tiene radio? —preguntó.

Él soltó un bufido.

—¿Qué quieres escuchar, los cuarenta principales? No, no tiene radio.

—No hace falta que te pongas tan borde —resopló ella.

Grant se preguntó si alguna vez lo habían acusado de ser «borde». Lo habían llamado muchas cosas, pero nunca eso. Jane tenía un modo único de ver las cosas. Si se hubieran encontrado con un jaguar, seguramente lo habría llamado «lindo gatito». Un ansia que ya le era familiar se alzó dentro de él, dándole ganas de estrangularla o de hacerle el amor. Su expresión sombría se iluminó al pensar qué le proporcionaría más placer.

La camioneta rozó un matorral que invadía la angosta carretera. Jane se agachó justo a tiempo para evitar que las ramas que entraron por la ventanilla abierta le golpearan la cara, pero aun así la lluvia prendida a las hojas se vertió sobre ella.

—Sube esa ventanilla —ordenó Grant. La preocupación había afilado su voz. Jane obedeció y volvió a recostarse en el rincón. Notaba que el sudor le empapaba la cara, y se pasó la manga por la frente. Se tocó el pelo con la mano y se lo apartó de la cara, sorprendida por encontrarlo tan enmarañado. ¡Lo que habría dado por un baño! Un baño de verdad, con agua caliente, jabón y champú, no aclararse en un arroyo pedregoso. ¡Y ropa limpia! Pensó en el cepillo de su mochila, pero no tenía fuerzas para buscarlo.

En fin, no tenía sentido perder el tiempo deseando cosas que no podía tener. Había asuntos más apremiantes.

—¿Conseguiste algo de comer?

—Está en mi mochila.

Ella agarró la mochila y la abrió. Sacó un hato hecho con una toalla en el que había pan y queso. No había nada más, pero Jane no se sentía con ánimo de ponerle reparos al menú. La comida era comida. En ese momento, hasta las raciones de campaña le habrían parecido bien.

Se inclinó, sacó el cuchillo del cinturón de Grant y cortó rápidamente el pan y el queso. En menos de un minuto había hecho dos gruesos bocadillos y devolvió el cuchillo a su funda.

—¿Puedes sujetar el bocadillo y conducir, o quieres que te lo dé yo?

—Puedo apañármelas —era incómodo luchar con el volante y sujetar el bocadillo al mismo tiempo, pero Jane tendría que acercarse para darle de comer, y eso expondría su cabeza por la ventanilla de atrás. La carretera seguía desierta tras ellos, pero no iba a poner en peligro de ningún modo el bienestar de Jane.

—Podría tumbarme con la cabeza en tu regazo y darte de comer —sugirió ella suavemente, con ojos tiernos y soñolientos.

Él se sobresaltó un poco. Su cuerpo entero se había tensado.

—Cariño, si pones la cabeza en mi regazo podría estrellar este cacharro contra un árbol. Así que será mejor que te quedes donde estás.

¿Había sido el día anterior cuando la había poseído tan completamente en aquella cueva? La había hecho suya, la había poseído y la había cambiado, hasta el punto de que a Jane le resultaba difícil recordar cómo era la vida antes de conocerlo. El foco de su vida había cambiado, dirigiéndose hacia él.

Lo que sentía se revelaba claramente en sus ojos, en la expresión de su cara. Una rápida mirada bastó para que Grant tragara saliva. Notaba de pronto la garganta seca y sus manos apretaron el volante. La deseaba, inmediatamente. Quería detener la camioneta, sentarla sobre él y hundirse en el calor de su cuerpo. El sabor y el olor de Jane permanecían en su memoria, y su cuerpo aún sentía la seda de su piel bajo la suya. Quizá no lograra satisfacer su deseo de ella en el poco tiempo que les quedaba, pero iba a intentarlo, y en el intento probablemente se volvería loco de placer.

Engulleron los bocadillos y Jane le pasó la cantimplora. El agua de Perrier había perdido el gas, pero seguía siendo agua, y Grant bebió con ansia. Cuando le devolvió la cantimplora, Jane se descubrió bebiendo también a grandes tragos, en un esfuerzo por recuperar la hidratación que su cuerpo estaba perdiendo con el sudor. ¡Hacía tanto calor en la camioneta...! Ni siquiera atravesando la jungla a pie había pasado tanto calor, aunque bajo las copas de los árboles no corría ni un atisbo de brisa. La carcasa metálica de la camioneta la hacía sentirse enlatada, como una gamba cocida. Se obligó a dejar de beber para no vaciar la cantimplora, y la cerró.

Diez minutos después la camioneta comenzó a barbotear y a carraspear. Luego el motor se paró, y Grant deslizó la camioneta en punto muerto a un lado de la estrecha carretera.

—Ha durado casi dos horas —dijo, abriendo la portezuela para salir.

Jane cruzó la camioneta y salió por su lado, ya que él había parado tan cerca del borde que su portezuela estaba bloqueada por un árbol.

—¿Qué distancia crees que hemos recorrido?

—Unos sesenta kilómetros, más o menos —tomó un mechón del pelo de Jane entre sus dedos y le sonrió—. ¿Te apetece dar un paseo?

—¿Un agradable paseo vespertino? Claro, ¿por qué no?

Grant inclinó la cabeza y le dio un fuerte beso en la boca. Antes de que ella pudiera reaccionar, se alejó y la apartó de la carretera, tirando de ella de nuevo hacia el cobijo de la selva. Luego regresó a la camioneta, y al mirar hacia atrás Jane vio que estaba borrando sus huellas. Después, Grant saltó fácilmente el talud y se reunió con ella.

—Hay otra aldea a unos pocos kilómetros carretera abajo; confiaba en que llegáramos para poner gasolina, pero... —se interrumpió y se encogió de hombros—. Seguiremos la carretera e intentaremos llegar a la aldea al anochecer, a menos que se nos acerquen demasiado. Si es así, tendremos que volver hacia el interior.

—¿No vamos a ir a los pantanos?

—No podemos —explicó él suavemente—. Hay demasiado terreno expuesto que cubrir, ahora que saben que estamos en esta zona.

Una expresión sombría cruzó tan rápidamente los ojos de Jane que Grant no supo si la había visto siquiera.

—Es culpa mía. Si me hubiera escondido, en vez de intentar encontrarte...

—Ya está hecho. No te preocupes por eso. Sólo tenemos que retocar nuestros planes, y el plan ahora es llegar a Limón tan pronto como podamos, y del modo que sea.

—¿Vas a robar otra camioneta?

—Haré lo que haya que hacer.

Sí, lo haría. Ese convencimiento era lo que la hacía sentirse tan segura con él. Grant era infinitamente capaz, en muchos sentidos. Incluso seguirlo, exhausta, a través de la maleza la hacía feliz, porque estaba con él. No quiso pensar que pronto se separarían, que él le daría un beso de despedida y se alejaría, como si no fuera más que otra misión cumplida. Se enfrentaría a ello cuando llegara el momento; no iba permitir que aquello la atormentara. Tenía que dedicar sus energías a salir de Costa Rica o, al menos, a encontrar alguna autoridad de confianza, para que Grant no corriera peligro de que le pegaran un tiro por intentar protegerla. Al ver la sangre en su cara, una parte vital de su interior se había helado. Sabía que no sobreviviría si algo le pasaba a Grant. Aunque se había dado cuenta de que no era nada grave, el cobrar conciencia de su vulnerabilidad la había atemorizado. Por más fuerte, enérgico y peligroso que fuera, Grant seguía siendo un hombre y, por tanto, mortal.

Oyeron un solo vehículo en la carretera, y se movía hacia la aldea en la que habían robado la camioneta. El sol se iba poniendo, y la luz tenue empezó a disiparse entre los árboles. Justo antes de que la oscuridad se hiciera total, llegaron a la linde de un campo de labor, y más abajo, a poco menos de un kilómetro, vieron extenderse la aldea. Era en realidad más un pueblo que una aldea; había luces eléctricas, y coches y camionetas aparcadas en las calles. Tras días en la jungla, parecía una floreciente metrópolis, una piedra angular de la civilización.

—Nos quedaremos aquí hasta que oscurezca del todo. Luego bajaremos al pueblo —decidió Grant y, dejándose caer al suelo, se tumbó de espaldas. Jane contempló las luces parpadeantes del pueblo, dividida entre una vaga inquietud y un ansia por aprovecharse de las comodidades que ofrecía un pueblo. Quería darse un baño y dormir en una cama, pero después de tanto tiempo a solas con Grant la idea de verse otra vez rodeada de gente le causaba cierto recelo. No podía relajarse como Grant, así que permaneció de pie, con la cara tensa y las manos apretadas.

—Podrías descansar, en vez de removerte como un gato nervioso.

—Estoy nerviosa. ¿Llegaremos esta noche a Limón?

—Depende de lo que encontremos cuando lleguemos al pueblo.

Ella lo miró con repentina irritación. Grant era un maestro eludiendo las respuestas directas. Estaba tan oscuro que no podía distinguir sus rasgos; él era sólo una forma negra sobre el suelo, pero estaba segura de que notaba su enfado, y que la comisura de su boca se habría alzado en una media sonrisa. Estaba demasiado cansada para verle la gracia, y se alejó de él unos pasos. Se sentó, apoyó la cabeza sobre las rodillas levantadas y cerró los ojos.

No oyó ni un solo susurro que la avisara, pero de pronto Grant estaba tras ella y sus fuertes manos masajeaban los músculos tensos de sus hombros y su cuello.

—¿Te gustaría dormir en una verdadera cama esta noche? —le susurró al oído.

—Y darme un baño de verdad. Y comer comida de verdad. Sí, me gustaría —dijo, sin darse cuenta del anhelo que revelaba su voz.

—En un pueblo tan grande seguramente habrá algún hotel, pero no podemos arriesgarnos a ir, con este aspecto. Intentaré encontrar alguien que acepte huéspedes y no haga muchas preguntas —la tomó de la mano, la puso en pie y le pasó el brazo por los hombros—. Vamos, entonces. A mí también me apetece una cama.

Mientras atravesaban el campo de labor, acercándose a las luces, Jane fue cobrando conciencia de su aspecto y metió los dedos entre su pelo enredado. Sabía que su ropa estaba mugrienta, y que seguramente tenía la cara sucia.

—Nadie va a dejarnos entrar en su casa —predijo.

—El dinero vuelve a la gente ciega a la mugre.

Ella levantó la mirada, sorprendida.

—¿Tienes dinero?

—Un buen explorador siempre va preparado.

A lo lejos, el silbato, peculiarmente quejumbroso, de un tren flotó en el aire, confirmando así el hecho de que habían dejado atrás la soledad de la selva. Curiosamente, Jane se sentía casi desnuda y vulnerable. Se acercó a Grant.

—Es una tontería, pero tengo miedo —susurró.

—Sólo es un ataque sin importancia de miedo a la civilización. Te sentirás mejor cuando estés en una bañera de agua caliente.

Se ciñeron a los bordes del pueblo, manteniéndose entre las sombras. El pueblo parecía bullicioso. Algunas calles estaban pavimentadas, y la vía principal estaba bordeada por tiendas de aspecto próspero. La gente caminaba, reía y conversaba, y de algún lugar llegaba el sonido inconfundible de una máquina de discos, otro elemento de civilización que crispó los nervios de Jane. El cartel rojo y blanco, universalmente conocido, de una marca de refrescos colgaba sobre una acera, y Jane se sintió como si acabara de emerger de un viaje en el tiempo. Decididamente, estaba sufriendo un shock cultural.

Grant, que se mantenía tras ella, se detuvo y trabó conversación con un viejo de ojos glaucos que parecía remiso a que lo molestaran. Por fin Grant le dio las gracias y se alejó, sin soltar el brazo de Jane.

—La hija de un primo carnal de su cuñada acepta huéspedes —le dijo, y Jane sofocó una risilla.

—¿Sabes dónde vive la hija de ese primo carnal de su cuñada?

—Claro. Calle abajo, girando a la izquierda, luego a la derecha y siguiendo el callejón hasta que acaba en un patio.

—Si tú lo dices.

Naturalmente, encontraron la casa de huéspedes con toda facilidad, y Jane se recostó contra la pared blanca de adobe que rodeaba el patio mientras él llamaba al timbre y hablaba con la mujer baja y robusta que respondió a la puerta. Parecía reacia a dejar pasar a huéspedes de aspecto tan cochambroso. Grant le entregó un fajo de billetes y le explicó que su esposa y él habían estado haciendo una investigación de campo para una compañía farmacéutica norteamericana y que su vehículo se había averiado, de modo que habían tenido que hacer el viaje a pie desde el campamento. Ya fuera por el dinero o por el cuento, la cara de la señora Trejos se ablandó, y abrió la cancela para dejarlos pasar.

Al ver la cara crispada de Jane, la mujer se ablandó aún más.

—Pobre criatura —dijo, ignorando la suciedad de Jane y pasándole su grueso brazo por los hombros—. Está agotada, ¿no? Tengo una habitación preciosa y muy fresca, con una cama mullida para usted y el señor, y les llevaré algo bueno que comer. ¿Se sentirá mejor entonces?

Jane no pudo evitar sonreír al ver los ojos amables y oscuros de la mujer.

—Me suena de maravilla —logró decir con su torpe español—. Pero sobre todo necesito un baño. ¿Sería posible?

—¡Claro que sí! —la señora Trejos sonrió, orgullosa—. Santos y yo tenemos el calentador del agua junto al depósito. Mi marido trae el gasóleo para la caldera desde San José —la mujer les condujo sin dejar de parlotear al interior de una casa cómoda, con frescos suelos de baldosas y paredes blancas—. Las habitaciones de arriba están ocupadas —dijo en tono de disculpa—. Sólo me queda la habitación de debajo de las escaleras, pero es bonita y fresca, y está más cerca del aseo.

—Gracias, señora Trejos —dijo Grant—. Estaremos encantados con la habitación de abajo.

Y así fue. Era una habitación pequeña, con el suelo desnudo y paredes blancas. No había muebles, salvo la cama de matrimonio, con el bastidor de madera, una silla de anea junto a una hermosa ventana arqueada, y un pequeño lavamanos de madera que contenía una palangana y un jarro. Jane miró la cama con visible añoranza. Parecía tan fresca y cómoda, con sus gruesas y suaves almohadas...

Grant dio las gracias de nuevo a la señora Trejos. La patrona se marchó a prepararles algo de comer y se quedaron solos. Jane lo miró y descubrió que la estaba observando fijamente. Por alguna razón, hallarse a solas con él en una habitación era distinto a estar a solas con él en la selva. Allí, su soledad había sido asumida. En la habitación, en cambio, tenían la sensación de haber dejado fuera el mundo, de haberse reunido en una intimidad mayor.

—Primero te bañas tú —dijo él por fin—. Pero no te quedes dormida en la bañera.

Jane no perdió el tiempo protestando. Inspeccionó el piso de abajo, siguiendo su olfato, hasta que encontró a la señora Trejos atareada alegremente en la cocina.

—Perdón, señora —dijo en español, entrecortadamente. No tenía vocabulario suficiente para explicarle que carecía de una bata o de algo que ponerse después del baño, pero la señora Trejos la entendió enseguida. Unos minutos después, Jane tenía entre las manos un sencillo camisón blanco y la patrona le estaba mostrando su preciado cuarto de baño.

El cuarto de baño tenía los azulejos resquebrajados y una bañera antigua y honda con patas de garra curvas, pero cuando Jane abrió el grifo el agua salió caliente. Suspirando, satisfecha, desabrochó rápidamente la mochila de su cinturón y se la quitó. Luego se despojó de la ropa y se metió en la bañera sin esperar a que estuviera llena. El calor se filtró en sus músculos doloridos y un gemido de placer escapó de sus labios. Le habría gustado pasarse horas en la bañera, pero Grant estaba esperando, así que no se permitió el lujo de recostarse y relajarse. Se quitó rápidamente las capas de mugre, sin creer apenas que fuera tan placentero sentirse limpia otra vez. Luego se lavó el pelo y suspiró de alivio al notar que sus mechones limpios se deslizaban de nuevo entre sus dedos como seda mojada.

Se envolvió rápidamente el pelo en una toalla y sacó de su mochila una cuchilla de afeitar. Sentada al borde de la bañera, se rasuró las piernas y las axilas. Luego se puso crema hidratante en la piel. Una sonrisa se dibujaba en su boca cuando pensaba que pasaría de nuevo la noche en brazos de Grant. Iba a estar limpia y bieloliente, y su piel volvería a ser suave. A fin de cuentas, no iba a ser fácil conquistar el amor de un guerrero, y tendría que usar todas las armas a su alcance.

Se lavó los dientes, se peinó el pelo mojado y se puso el camisón blanco. Confiaba en no encontrarse con alguno de los huéspedes de la señora Trejos en el corto camino de vuelta a su habitación. La señora le había dicho que dejara su ropa en el suelo del baño, que ella se encargaría de lavarla, de modo que tomó la mochila y recorrió a toda prisa el pasillo hasta la habitación donde aguardaba Grant.

Él había cerrado los postigos de la ventana y estaba recostado contra la pared. No había querido sentarse en la única silla de la habitación. Levantó la vista al sentirla entrar, y las pupilas negras del centro de sus ojos dorados se dilataron hasta que sólo quedó un fino anillo ambarino circundando el negro. Jane se detuvo y dejó caer la mochila junto a la cama. De pronto se sentía tímida, a pesar de que había hecho el amor tempestuosamente con aquel hombre. Grant la miraba como si estuviera a punto de abalanzarse sobre ella, y Jane se descubrió cruzando los brazos sobre el pecho, consciente de que su desnudez era visible bajo el fino camisón. Se aclaró la garganta. De repente notaba la boca seca.

—El cuarto de baño es todo tuyo.

Él se irguió lentamente sin apartar los ojos de ella.

—¿Por qué no te metes en la cama?

—Prefiero esperarte —musitó Jane.

—Te despertaré cuando vuelva —la intensidad de su mirada prometía no dejarla dormir sola esa noche.

—El pelo... tengo que secármelo.

Él asintió y salió de la habitación, y Jane se sentó débilmente en la silla, temblando por cómo la había mirado. Se inclinó, se frotó el pelo enérgicamente y empezó a cepillárselo. Lo tenía tan largo y abundante que todavía estaba húmedo cuando Grant volvió al cuarto y se quedó inmóvil, sin decir nada, mirándola mientras ella seguía inclinada y se pasaba el cepillo por la oscura melena. Jane se incorporó, sacudiendo la cabeza para echarse el pelo sobre los hombros, y por un instante se miraron el uno al otro.

Habían hecho el amor antes, pero en ese momento la atracción sensual zumbaba entre ellos como una corriente eléctrica. Sin tocarse siquiera estaban ambos excitados, su corazón se había acelerado y su piel empezaba a acalorarse.

Grant se había afeitado, posiblemente usando la cuchilla que ella había dejado en el cuarto de baño. Era la primera vez que Jane lo veía sin la barba de varios días, y las facciones duras y nítidas de su cara cubierta de cicatrices la dejaron sin respiración. Estaba desnudo, salvo por la toalla que llevaba anudada a la cintura, y mientras lo miraba se quitó la toalla y la tiró al suelo. Alargó el brazo hacia atrás y cerró la puerta con llave.

—¿Estás lista para meterte en la cama?

—Mi pelo... aún no está seco.

—Déjalo —dijo él, acercándose a ella.

El cepillo cayó al suelo cuando la agarró de la mano y la hizo levantarse. Al instante Jane se halló en sus brazos, alzada en volandas por su fiero abrazo. Sus bocas se encontraron con ansia, y ella entrelazó los dedos entre su pelo oscurecido por el agua, acercándolo a ella. La boca de Grant era fresca y caliente y su lengua se hundía en su boca en un beso que la hizo gemir. Una corriente de deseo hacía vibrar sus nervios.

El cuerpo de Grant era recio, su miembro se apretaba contra la suave carne de Jane, sus manos masajeaban sus caderas y la hacían frotarse contra él. Jane apartó la boca, jadeante, y apoyó la cabeza sobre sus anchos hombros. No podía refrenar el salvaje deseo que Grant despertaba en ella. Su cuerpo parecía fuera de control, como si se aproximara ya al éxtasis que el estado de excitación de Grant le prometía. Se había contentado con vivir castamente durante años. Su pasión no se había despertado antes conocer a Grant. Él era tan salvaje, bello y libre como los majestuosos jaguares que se fundían sigilosamente con la verde vegetación de la jungla. Su fiereza exigía una respuesta, y Jane se sentía incapaz de refrenarla. Grant no tuvo que avivar pacientemente su pasión; un beso y Jane comenzó a temblar, vacía y anhelante, lista para él. Sus pechos se hincharon dolorosamente y su cuerpo pareció humedecerse y esponjarse.

—Vamos a quitarte esto —susurró él, y le levantó el camisón. Ella se apartó de mala gana, y Grant le sacó el camisón por la cabeza y lo arrojó sobre la silla; luego volvió a abrazarla y la llevó a la cama.

Sus cuerpos desnudos se movieron juntos. No podían esperar. Grant la penetró, y ella dejó escapar un leve grito al sentir su deliciosa acometida. Grant lo sofocó con su boca, le levantó las piernas y se las colocó alrededor de la cintura; luego comenzó a moverse más profundamente dentro de ella.

Fue como la noche anterior. Ella no pensó en nada, excepto en el hombre con hombros tan anchos que bloqueaban la luz. La cama era suave bajo ellos, las sábanas frescas y tersas, y el crujido rítmico de sus muelles sonaba acompañado por el canto de los insectos más allá de la ventana. Sólo había su boca sobre la de ella, sus manos sobre su cuerpo, las lentas embestidas que la penetraban profundamente y desencadenaban un incendio desbocado de placeres, hasta que se tensaron al unísono, poseídos por el frenesí, y las sábanas dejaron de ser frescas, caldeadas por su piel húmeda y ardiente.

Se hizo otra vez el silencio, y Grant se quedó tendido sobre ella. Respiraba con fuerza mientras las manos de Jane se deslizaban sobre su poderosa espalda. En los labios de Jane temblaban las palabras de amor que deseaba decirle, pero se refrenó. Su instinto le decía que Grant no quería saberlo, y ella no quería hacer nada que estropeara el tiempo que les quedaba juntos.

Tal vez él le hubiera dado algo de todos modos; si no su amor, algo infinitamente precioso. Mientras con las yemas de los dedos exploraba el profundo valle de su columna vertebral, se preguntó si le habría dado un hijo. Un estremecimiento de placer recorrió su cuerpo, y se apretó contra él, confiando en que su cuerpo acogiera su simiente.

Él se removió, alargó el brazo para apagar la lámpara y en la oscuridad se tumbó a su lado. Jane se acurrucó contra su costado, apoyó la cabeza sobre su hombro y al cabo de un momento Grant soltó una leve risa.

—¿Por qué no ahorramos tiempo y te tumbas ya encima de mí? —sugirió y, levantándola, la tumbó sobre su pecho.

Jane exhaló un profundo suspiro de satisfacción, se estiró sobre él y le enlazó el cuello con un brazo. Con la cara apretada contra su garganta se sentía cómoda y a salvo, como si hubiera encontrado un puerto de abrigo.

—Te quiero —dijo en silencio, moviendo los labios sin emitir ningún sonido contra su garganta.

Se despertaron con la radiante luz de la mañana que entraba por las rendijas de los postigos. Grant dejó a Jane adormilada en la cama, se levantó y abrió los postigos para que la luz rosada inundara la habitación. Al darse la vuelta, vio que la luz refulgía sobre la cálida piel de Jane, volviendo sus pezones de color melocotón y haciendo brillar su pelo oscuro. Jane tenía la cara sonrojada y los ojos aún cerrados por un sueño profundo.

De pronto su cuerpo comenzó a palpitar, y no pudo soportar estar separado de ella por la anchura del pequeño cuarto. Regresó a la cama y se colocó sobre ella; luego observó cómo su cara cambiaba mientras la penetraba lentamente y vio el brillo que la iluminaba. Algo se hinchó en su pecho, haciéndole difícil respirar, y mientras se extraviaba en las tersas profundidades del cuerpo de Jane tuvo un último y cegador pensamiento: Jane se había acercado demasiado a él, y dejarla marchar iba a ser lo más duro que había hecho nunca.

Se vistió con la ropa recién lavada que les había llevado una de las hijas de la señora Trejos junto con una bandeja de fruta, pan y queso. Jane se sonrojó profundamente al darse cuenta de que la señora Trejos debía de haberles llevado una bandeja la noche anterior y haberse marchado discretamente al oír los ruidos que estaban haciendo. Una rápida mirada a Grant la convenció de que él estaba pensando lo mismo; la comisura de su boca se había tensado con aire divertido.

La patrona les llevó también una suave blusa blanca y Jane se la puso con placer, más que contenta de poder prescindir de su camisa negra y andrajosa. Tras elegir un trozo de naranja de la bandeja, mordió la fruta jugosa mientras veía a Grant ponerse la camiseta interior verde oscura.

—Vas a llamar mucho la atención con esa ropa de camuflaje —dijo, y le metió un gajo de naranja en la boca.

—Lo sé —él besó rápidamente sus labios manchados de naranja—. Mete la camisa en tu mochila y prepárate para salir en cuanto vuelva.

—¿En cuanto vuelvas? ¿Adónde vas?

—Voy a intentar conseguir algún medio de transporte. Pero no será fácil esta vez.

—Podríamos tomar el tren —dijo ella.

—El rifle llamaría un poco la atención, cariño.

—¿Por qué no puedo ir contigo?

—Porque estás más segura aquí.

—La última vez que me dejaste sola, me metí en un lío —se sintió obligada a recordarle.

A él no le gustó que se lo recordara. La miró con enojo mientras tomaba una tajada de melón.

—Si te quedas donde te digo, no te pasará nada.

—Estoy bien cuando estoy contigo.

—¡Maldita sea, deja de llevarme la contraria!

—No te estoy llevando la contraria. Sólo señalo algunos hechos obvios. Eres tú el que se empeña en discutir.

Los ojos de Grant eran fuego amarillo. Se inclinó hasta que sus narices casi se tocaron. Apenas lograba dominarse. Tenía los dientes apretados cuando dijo espaciando cuidadosamente las palabras:

—Si vuelves a casa sin que te dé la peor azotaina que hayas recibido en tu vida, será un milagro.

—Nunca me han dado una azotaina —protestó ella.

—Ya se nota.

Ella se hundió en la silla, enfadada, e hizo un mohín. Grant apretó los puños; luego le tendió los brazos, la hizo levantarse de la silla y la alzó para darle un beso fuerte y apasionado.

—Sé buena, para variar —dijo, consciente de que casi le estaba suplicando— Volveré dentro de una hora...

—¡Más o menos! —concluyó ella al unísono—. Está bien, te esperaré. Pero no me gusta.

Grant la dejó antes de perder completamente los estribos, y Jane siguió comiendo un poco de fruta. Agradecía tremendamente tener algo fresco que comer. Tras decidir que Grant sólo había querido decir que se quedara en la casa, no en la habitación, preparó todo para marcharse, como él le había dicho, y luego buscó a la señora Trejos y tuvo una agradable charla con ella. La mujer estaba atareada en la cocina, preparando la comida para los huéspedes, mientras sus dos hijas limpiaban con diligencia la casa y lavaban una montaña de ropa. Jane tenía los brazos metidos hasta el fondo en un cuenco de masa cuando regresó Grant.

Había ido primero a su cuarto y cuando la encontró en la cocina un destello de intenso alivio cruzó sus ojos antes de que pudiera sofocarlo. Jane sintió su presencia y levantó la mirada con una sonrisa.

—¿Está todo arreglado?

—Sí. ¿Estás lista?

—En cuanto me lave las manos.

Abrazó a la señora y le dio las gracias mientras Grant, apoyado en el marco de la puerta, la observaba. ¿Encantaba Jane a todo el mundo tan fácilmente? La señora Trejos le sonreía, radiante, mientras le deseaba buen viaje y la invitaba a volver. Siempre habría una habitación para la encantadora señorita y su marido en casa de los Trejos.

Recogieron sus mochilas y Grant se colgó el rifle al hombro. Se arriesgaban a llamar la atención, pero

Grant no se atrevía a dejar el arma. Con un poco de suerte, estarían en un avión, saliendo de Costa Rica, al anochecer, pero hasta entonces no podía bajar la guardia. Lo sucedido el día anterior era prueba de ello. Turego no se daría por vencido; tenía demasiado que perder.

Al salir al callejón, Jane lo miró.

—¿Qué has conseguido exactamente?

—Un granjero va a ir a Limón, y nos lleva.

Después de la aventura de los días anteriores aquello parecía casi aburrido, pero a Jane la alegraba aquel aburrimiento. Un agradable viaje en coche, eso era lo que necesitaba. ¡Qué agradable sería no sentirse perseguida!

Cuando se acercaban a la boca del callejón un hombre les salió al paso de repente. Grant reaccionó inmediatamente empujando a Jane a un lado, pero antes de que pudiera voltear el rifle una pistola encañonó su cara y otros hombres invadieron el callejón. Todos ellos iban armados y le apuntaban. Jane dejó de respirar. Sus ojos se dilataron por el horror. Luego reconoció al hombre que estaba en el medio, y se le paró el corazón. ¿Iba a morir Grant por su culpa?

No podía soportarlo. Tenía que hacer algo, lo que fuera.

—¡Manuel! —gritó, insuflando alegría a su voz. Corrió hacia él y le echó los brazos al cuello—. ¡Qué alegría que me hayas encontrado!

Era una pesadilla. Grant no había apartado la mirada de ella, y el odio que refulgía en sus ojos formó un nudo en el estómago de Jane. No podía, sin embargo, tranquilizarlo. Estaba fingiendo con toda su alma, se abrazaba a Turego y parloteaba sin ton ni son, le hablaba del miedo que había pasado y de cómo aquel loco la había dejado inconsciente y la había sacado de la plantación. Mientras, se aferraba a su camisa como si no soportara la idea de soltarlo. No tenía una idea clara de qué iba a hacer, sólo sabía que debía mantenerse libre para poder ayudar a Grant, y hacer lo que fuera necesario para ganarse la confianza de Turego y aplacar su vanidad herida.

Se hallaban al filo de la navaja; el equilibrio de la situación podía decantarse hacia un lado o hacia otro. Los ojos oscuros de Turego reflejaban su desconfianza, así como cierta dosis de cruel satisfacción por haber acorralado a su presa. Quería hacerla sufrir por haber huido de él. Jane lo sabía, pero de momento estaba a salvo porque Turego aún quería el microfilm. Era la vida de Grant la que estaba amenazada, y sólo haría falta una palabra de Turego para que aquellos hombres lo mataran en el acto. Grant tenía que saberlo, pero en su rostro no había ni un atisbo de miedo, sólo un odio frío y voraz que iluminaba sus ojos mientras miraba fijamente a Jane. Quizá fuera eso, al final, lo que aplacó hasta cierto punto las sospechas de Turego. Él no volvería a bajar la guardia estando con ella, pero Jane sólo podía preocuparse de una cosa cada vez. En ese instante, tenía que proteger a Grant de la forma que pudiera.

Turego le pasó el brazo por la cintura y la apretó contra sí. Inclinó la cabeza y la besó, un beso profundo e íntimo que Jane resistió a duras penas, estremeciéndose por tener que soportar su contacto y su sabor. Sabía lo que él pretendía; estaba dejando constancia de su poder, de su dominio, y usándola como arma contra Grant. Cuando levantó la cabeza, una leve sonrisa se había dibujado en su atractiva boca.

—Ahora estás conmigo, chiquita —la tranquilizó con tono suave—. Estás a salvo. Este... loco, como tú dices, no volverá a molestarte, te lo prometo. Estoy impresionado —prosiguió en tono burlón, inclinando la cabeza hacia Grant—. He oído hablar de usted, señor. No puede haber más que uno con los ojos amarillos y la cara cortada que se funda con la selva como un gato sigiloso. Es usted una leyenda, pero se decía que había muerto. Hacía mucho tiempo que no se oía hablar de usted.

Grant guardaba silencio. Miraba fijamente a Turego e ignoraba a Jane como si ya no existiera. No movía ni un músculo; era como si se hubiera vuelto de piedra. Ni siquiera respiraba. Su completa quietud resultaba enervante, y sin embargo transmitía la sensación de una enorme fortaleza bajo control, de un animal salvaje que esperara el momento perfecto para saltar. A pesar de que era uno contra muchos, los demás eran como chacales rodeando a un tigre poderoso; los hombres que lo encañonaban con sus armas estaban visiblemente nerviosos.

–Puede que sea interesante saber quién le paga ahora por sus servicios. Y hay muchos otros a los que les gustaría tener ocasión de interrogarlo, ¿no cree? Atadlo y llevadlo al camión –ordenó Turego sin apartar los brazos de Jane. Ella se obligó a no mirar a Grant mientras lo ataban y lo arrastraban hasta un camión militar con la parte a atrás cubierta por una capota de lona. Lanzó a Turego su sonrisa más deslumbrante y apoyó la cabeza sobre su hombro.

–Estaba tan asustada... –susurró.

–Claro que sí, chiquita. ¿Por eso te resististe a mis hombres cuando te encontraron ayer en el bosque?

Debería haber imaginado que era demasiado astuto como para creerla así como así. Jane dejó que sus ojos se dilataran, llenos de incredulidad.

–¿Esos eran tus hombres? ¿Y por qué no lo dijeron? Me llevaron a rastras y temí que quisieran... atacarme. Había logrado escabullirme de ese loco. Lo habría logrado si no hubiera sido por el ruido que armaron tus hombres. ¡Lo llevaron directamente hasta mí! –su voz temblaba, indignada.

–Eso ya pasó. Yo cuidaré de ti ahora –la llevó al camión y la ayudó a montar en la cabina; luego subió tras ella y dio instrucciones al conductor.

Eso era precisamente lo que Jane temía, que Turego se ocupara de ella, pero de momento tenía que seguirle la corriente y convencerlo de que había escapado contra su voluntad delante de las narices de sus guardias. Turego no había llegado donde estaba por ser un crédulo. Aunque ella hubiera conseguido engañarlo la primera vez, la segunda sería mucho más difícil.

—¿Adónde vamos? —preguntó cándidamente, inclinándose contra él—. ¿A la plantación? ¿Me has traído algo de ropa? Él me trajo esta blusa esta mañana —dijo tirando de la tela blanca—, pero me gustaría ponerme mi ropa.

—Confieso que estaba tan preocupado por ti que no pensé en la ropa —mintió Turego suavemente. Su brazo fuerte le rodeaba los hombros, y Jane le sonrió. Era increíblemente guapo. Poseía unos rasgos perfectos, más propios de una estatua que de un hombre. Aunque, pensándolo bien, quizás Turego no fuera del todo humano. No aparentaba su edad; parecía tener veintitantos años, pero Jane sabía que tenía algo más de cuarenta. Las emociones no habían alterado su rostro; no tenía arrugas, ni siquiera en las comisuras de los ojos, ni signo alguno de que el tiempo o la vida lo hubieran rozado. Su única flaqueza era su vanidad; sabía que podía forzar a Jane en cualquier instante, pero quería seducirla para que se entregara a él voluntariamente. Jane no sería más que otra pluma en su sombrero; luego, una vez tuviera el microfilm,

Turego se desembarazaría de ella sin remordimientos.

Sólo tenía el microfilm para protegerse, y a sí misma para proteger a Grant. Su mente trabajaba a marchas forzadas, intentando dar con un modo de liberarlo de sus ataduras y conseguirle un arma. Lo único que Grant necesitaba era una pequeña ventaja.

—¿Quién es ese hombre? Pareces conocerlo.

—¿No se ha presentado? Pero has pasado varios días a solas con él, corazón. Supongo que sabrás su nombre.

Jane tuvo que decidirse de nuevo en una fracción de segundo. ¿Era de dominio público el verdadero nombre de Grant? ¿Era Grant su verdadero nombre, de todos modos? No podía arriesgarse.

—Me dijo que se llamaba Joe Tyson. ¿No es ese su verdadero nombre? —preguntó con voz incrédula, irguiéndose para fijar toda la fuerza de sus ojos marrones sobre él mientras parpadeaba, asombrada.

Curiosamente, Turego vaciló.

—Puede que ahora se haga llamar así. Si es quien creo que es, en otro tiempo se lo conocía como el Tigre.

¡Estaba nervioso! Grant estaba atado y diez armas lo apuntaban, pero a pesar de todo su presencia inquietaba a Turego. ¿Significaba aquella leve vacilación que Turego no estaba seguro del verdadero nombre de Grant y no quería revelar su ignorancia... o su incertidumbre se debía a otra cosa? ¿No estaba enteramente seguro de que Grant fuera el Tigre? Turego no querría quedar en ridículo asegurando haber capturado al Tigre sólo para que su prisionero resultara ser un personaje mucho menos interesante.

El Tigre. Jane imaginaba cómo se había ganado aquel mote, y su reputación. Con sus ojos color ámbar y su mortífera elegancia, la comparación era inevitable. Pero era un hombre, y había dormido en sus brazos. La había abrazado durante las largas horas de oscuridad, había ahuyentado sus demonios y le había mostrado una parte de sí misma cuya existencia ella ignoraba. Gracias a Grant, se sentía una persona completa, capaz de amar y de apasionarse. Una mujer cálida y generosa. Aunque era consciente de lo que había sido Grant, su forma de verlo se hallaba coloreada por el amor. Era un hombre, no un ser sobrenatural que desaparecía entre la espesura de las selvas del mundo. Podía sangrar, y sufrir. Podía reír, con esa risa profunda y cascada que conmovía el corazón de Jane. Después de conocer a Grant, se sentía contaminada por el mero hecho de hallarse sentada junto a Turego.

Profirió una risa tintineante.

—¡Qué novelesco! ¿Quieres decir que es un espía?

—No, claro que no. Nada tan romántico. En realidad es sólo un mercenario. Se pone al servicio de cualquiera para cualquier clase de trabajo sucio.

—¿Como secuestrarme? ¿Por qué lo habrá hecho? Quiero decir que nadie va a pagar ningún rescate por mí. Mi padre no me habla, y yo no tengo dinero propio.

—Tal vez quieran otra cosa de ti —sugirió él.

—¡Pero si no tengo nada! —logró llenar su cara y su voz de perplejidad, y Turego le sonrió.

—Puede que lo tengas y no seas consciente de ello.

—¿Qué puede ser? ¿Tú lo sabes?

—Con el tiempo, amor, lo averiguaremos.

—¡Nadie me cuenta nada! —se lamentó ella, haciendo un mohín. Se permitió conservar el mohín unos treinta segundos; luego se irguió para preguntarle otra vez como una niña impaciente—: ¿Adónde vamos?

—Al final de esta misma calle, amor.

Estaban en las afueras del pueblo. Al fondo de la calle se alzaba un almacén destartalado y cubierto con un techado de chapa. Estaba en muy mal estado, las paredes parecían a punto de derrumbarse y el techo de chapa se combaba en varios sitios; en otros faltaba por completo el tejado. Una puerta azul y arañada colgaba, torcida, de sus goznes. El almacén era su destino y, cuando el camión se detuvo junto a la puerta azul y Turego ayudó a Jane a salir de la cabina, ella comprendió por qué. Había pocas personas por los alrededores, y las que había volvieron rápidamente la cabeza y se escabulleron.

Grant fue sacado de la parte de atrás del camión y empujado hacia la puerta; se tropezó y apenas logró mantener el equilibrio para no estrellarse de cabeza contra el edificio. Alguien se rió, y cuando Grant se irguió para fijar la mirada en sus captores, Jane vio que un hilillo de sangre se había secado junto a la comisura de su boca. Tenía el labio partido e hinchado. A Jane se le encogió el corazón, y contuvo la respiración. Alguien lo había golpeado mientras tenía las manos atadas a la espalda. Su primera reacción fue la furia, una furia cruda y poderosa, que brotaba de ella como una marea. El esfuerzo de ocultarla antes de volverse hacia Turego la hizo temblar.

–¿Qué vamos a hacer aquí?

–Sólo quiero hacerle unas preguntas a nuestro amigo. Nada importante.

Jane fue escoltada al interior del edificio, y dejó escapar un gemido de sorpresa cuando el calor le golpeó la cara como un bofetón. El almacén era un horno, el techo de chapa caldeaba el aire hasta hacer casi imposible respirar. El sudor perló inmediatamente su piel y se sintió mareada e incapaz de inhalar suficiente oxígeno.

Era evidente que Turego había estado usando el almacén como base de operaciones, pues había equipamiento dispersor por el suelo. Turego dejó a Grant bajo custodia y condujo a Jane a la parte de atrás del edificio, donde había varios cuartuchos que se comunicaban. Probablemente eran antiguas oficinas. Allí hacía el mismo calor, pero había un ventanuco abierto que dejaba entrar un poco de aire fresco. La habitación a la que la llevó Turego estaba muy sucia, cubierta de papeles mohosos y telarañas. Una vieja mesa de madera a la que le faltaba una pata se torcía hacia un lado, y se notaba el inconfundible olor de los roedores. Jane arrugó la nariz con fastidio.

–¡Puaj! –dijo con repugnancia.

–Te pido disculpas por la habitación –dijo Turego suavemente, dedicándole una de sus sonrisas de anuncio de pasta dentífrica–. Con suerte no estaremos aquí mucho tiempo. Alfonso se quedará contigo mientras interrogo a nuestro amigo sobre sus actividades, y sobre quién lo contrató para secuestrarte.

Lo cual significaba que ella también estaba bajo vigilancia. Jane no protestó. No quería despertar aún más sus sospechas, pero se le erizó la piel. Le aterrorizaba pensar en la forma que podía tomar aquel interrogatorio. Tenía que pensar en algo, y deprisa. Pero no se le ocurría nada, y Turego le levantó la barbilla para besarla de nuevo.

–No tardaré mucho –murmuró–. Alfonso, no la pierdas de vista. Me disgustaría mucho que alguien volviera a robármela.

Jane creyó reconocer en Alfonso a uno de los guardias de la plantación. Cuando Turego se hubo marchado, cerrando la puerta a su espalda, miró a Alfonso lentamente por debajo de las pestañas y ensayó una sonrisa indecisa. Él era muy joven y guapo. Seguramente lo habían prevenido contra ella, pero aun así no pudo evitar responder a su sonrisa.

–¿Tú estabas de guardia en la plantación? –preguntó ella en español. Él asintió con reticencia–. Me parecía recordarte. Yo nunca olvido a un hombre guapo –dijo con más entusiasmo que precisión, pronunciando tan mal que Alfonso pareció divertido. Jane se preguntaba si el chico sabía qué estaba tramando Turego, o si le habían contado alguna patraña acerca de la necesidad de protegerla.

Fuera lo que fuese lo que le habían dicho, no parecía inclinado a la conversación. Jane se puso a pasear por el cuarto, buscando algo que pudiera usar como arma sin que el chico se diera cuenta. Mientras tanto aguzaba el oído. Tenía los nervios de punta. ¿Qué estaba haciendo Turego? Si le hacía daño a Grant...

¿Cuánto tiempo había pasado? ¿Quince minutos? ¿Diez? ¿O menos? No tenía ni idea, pero de pronto no pudo soportarlo más y se acercó a la puerta. Alfonso estiró el brazo delante de ella, impidiéndole el paso.

—Quiero ver a Turego —dijo ella con impaciencia—. Hace demasiado calor para esperar aquí dentro.

—Debe quedarse aquí.

—¡Pues no pienso hacerlo! No seas tan estirado, Alfonso. A él no le importará. Puedes venir conmigo, si tienes órdenes de no perderme de vista.

Se metió por debajo de su brazo y abrió la puerta antes de que pudiera detenerla. El chico masculló una maldición y salió tras ella, pero Jane cruzó la puerta y las oficinas a todo correr. Al entrar en la parte principal del almacén oyó el ruido sordo y repugnante de un puño contra la carne, y la sangre se le retiró de la cara.

Dos hombres sujetaban a Grant por los brazos atados mientras otro, parado ante él, se frotaba el puño. Turego se hallaba a un lado, con una sonrisilla inhumana en los labios. La cabeza de Grant caía sobre su pecho y gotas de sangre manchaban el suelo a sus pies.

—Con este silencio no conseguirás nada más que dolor, amigo mío —dijo Turego suavemente—. Dime quién te contrató. Es lo único que quiero saber por ahora.

Grant no dijo nada. Uno de los hombres que lo sujetaban lo agarró del pelo y levantó su cabeza de un tirón. Justo antes de que Alfonso la agarrara del brazo, Jane vio su cara y se desasió, impulsada por una fuerza salvaje.

—¡Turego! —gritó, atrayendo la atención de todos hacia ella. Turego juntó las cejas por encima de la nariz.

—¿Qué haces aquí? ¡Alfonso, llévatela!

—¡No! —gritó ella, apartando a Alfonso de un empujón—. Allí hace demasiado calor. ¡No pienso quedarme! ¡Esto es el colmo! He pasado unos días horribles en la jungla, y creía que cuando me rescataras volvería estar a cómoda, pero no, me has arrastrado hasta esta miserable pocilga y me has dejado en ese cuartucho apestoso. ¡Insisto en que me lleves a un hotel!

—Jane, Jane, tú no entiendes estas cosas —dijo Turego y, acercándose a ella, la tomó del brazo—. Sólo serán unos minutos más, y nuestro amigo nos dirá lo que quiero saber. ¿No te interesa saber quién lo contrató? —la hizo volverse y la condujo de vuelta a las oficinas—. Por favor, ten paciencia, amor.

Jane se calmó y dejó que la condujeran dócilmente de vuelta al cuarto. Se arriesgó a lanzar una rápida mirada a Grant y vio que los hombres que lo sujetaban estaban esperando a que regresara Turego para seguir golpeándolo. Él se tambaleaba, aturdido, entre sus garras. Ni siquiera podía mantenerse erguido.

—Tienes que quedarte aquí —dijo Turego severamente cuando llegaron de nuevo a la oficina—. ¿Me lo prometes?

—Te lo prometo —dijo ella, girándose hacia él con una sonrisa en la cara. Turego no se esperaba el golpe. Jane lo golpeó bajo la nariz con el canto de la mano, echándole la cabeza hacia atrás y haciendo saltar la sangre. Antes de que él pudiera gritar, le hundió el puño en el plexo solar. Turego se dobló con un gruñido de dolor. Como en una cuidadosa coreografía, Jane levantó la rodilla bajo su barbilla, y Turego se desplomó como un muñeco de trapo. Jane dio rápidamente las gracias a su padre para sus adentros por haber insistido en que tomara todas aquellas clases de defensa personal; luego se agachó y sacó la pistola de Turego de su funda.

En el instante en que atravesaba de nuevo la puerta, un disparó resonó en el edificio, y el horror la dejó petrificada.

—¡No! —gimió, y se lanzó hacia aquel sonido.

Cuando Jane se había lanzado en brazos de Turego, Grant se había sentido poseído por una ira tan abrasadora que una neblina roja había emborronado su vista. Pero estaba entrenado para dominarse y había conseguido rehacerse, a pesar de que se hallaba al borde de la locura. Luego, la neblina se había aclarado, y un frío desprecio había ocupado su lugar. Demonios, ¿qué otra cosa esperaba? Jane era una superviviente, aficionada a salirse con la suya. Primero había engatusado a Turego. Luego, él se la había llevado y ella lo había engatusado con la misma facilidad con que había embrujado a Turego. Ahora Turego había vuelto y, dado que era Turego quien tenía la sartén por el mango, a él le había dicho «hasta otra, Sullivan». Incluso sentía una especie de amarga admiración por la rapidez con que había calibrado la situación y había sabido exactamente qué tono debía adoptar para aplacar a Turego.

Aun así, la sensación de haber sido traicionado lo hacía tambalearse, y en ese momento nada le habría gustado más que ponerle las manos encima a Jane. Maldita zorra mentirosa y traicionera. Debería haberlo sabido, debería haber sospechado que su expresión candorosa no era más que un numerito bien ensayado.

Sus viejos instintos, sólo parcialmente sofocados, volvieron a emerger de pronto con toda su fuerza. Debía olvidarse de aquella arpía. Tenía que mirar primero por sí mismo, y luego encargarse de ella. Jane se había acurrucado en brazos de Turego como un gato, y Grant sabía que no tenía ningún futuro a menos que se le ocurriera algo rápidamente.

En parte Turego había resuelto la cuestión al atar cabos y adivinar su identidad. Un año era muy poco tiempo para que la gente del negocio se olvidara de él. Tras su desaparición, seguramente su reputación había crecido hasta alcanzar proporciones de leyenda. Bien, que Turego pensara que iba detrás del microfilm perdido. Grant no sentía remordimientos por usar a Jane del modo que pudiera. Ella no sólo lo había utilizado a él, sino que le había hecho danzar al son que marcaba, como una marioneta tirada de un hilito. Si no se hubiera comprometido a sacarla de Costa Rica, le habría deseado que fuera feliz con Turego y se habría largado como hubiera podido. Pero había aceptado el trabajo, y tenía que acabarlo..., si salía vivo de aquélla. Cuando volviera a echarle el guante a Jane, ella descubriría que no volvería a tratarla con guantes de seda.

Turego sentía curiosidad. Con las manos atadas a la espalda y sujeto por dos de sus matones a sueldo, Grant descubrió hasta qué punto sentía curiosidad.

—¿Quién te contrató? ¿O ahora eres independiente?

—No, sigo siendo protestante —repuso Grant, y sonrió suavemente. A un gesto de Turego, un puño le golpeó la cara, partiéndole el labio y llenándole la boca de sangre. Luego lo golpearon en el estómago, y se habría doblado de no ser porque lo sujetaban retorciéndole los brazos.

—No tengo tiempo para esto —murmuró Turego—. A ti se te conoce por el Tigre. No trabajas por nada.

—Claro que sí. Soy una organización benéfica ambulante.

El puño aterrizó en su pómulo, echándole la cabeza hacia atrás. Aquel tipo era un auténtico boxeador; colocaba los golpes con precisión. Un par a la cara, luego a las costillas y los riñones. El dolor atravesó a Grant hasta revolverle el estómago. Jadeó. Tenía nublada la visión, aunque conservaba la lucidez, y, doblando las rodillas, dejó deliberadamente que todo su peso cayera sobre los dos tipos que lo sujetaban.

Luego oyó la voz de Jane, petulante y enérgica, como no la había oído nunca antes, seguida por las suaves palabras de Turego. Los hombres ya no le prestaban atención; notó su distracción como un animal salvaje sensible a cada matiz. Se dejó caer aún más, tensó las ataduras que sujetaban sus muñecas y una fiera satisfacción se apoderó de él al notar que se deslizaban por su mano derecha.

Tenía las manos muy fuertes, manos que podían destruir. Utilizó aquella fortaleza contra la cuerda que lo amarraba, estiró la mano al máximo, tensó la cuerda y la relajó, dejando que se deslizara más abajo. Hizo aquello dos veces, y la cuerda cayó alrededor de sus dedos, enredada y floja.

Miró a su alrededor con los ojos entornados y vio que nadie le prestaba atención, ni siquiera el boxeador, que se frotaba los nudillos con aire distraído mientras esperaba a que Turego regresara. A Jane tampoco se la veía por ninguna parte. Había llegado el momento.

Los dos hombres que lo sujetaban habían bajado la guardia; los lanzó lejos de sí como muñecos rotos. Durante una fracción de segundo todo el mundo pareció desconcertado, y ese tiempo fue cuanto necesitó. Agarró un rifle y golpeó con la culata bajo la barbilla al soldado al que se lo había quitado. El soldado retrocedió, tambaleándose. Grant se volvió y comenzó a lanzar patadas y golpes con la culata del rifle. Los soldados no tenían ninguna oportunidad. No tenían ni una fracción del entrenamiento que había recibido él, ni sus años de experiencia. No sabían cómo reaccionar a un atacante que golpeaba y se alejaba antes de que nadie pudiera moverse. Sólo uno consiguió levantar su rifle y dispararlo a ciegas. La bola pasó silbando muy lejos de la cabeza de Grant. Aquel soldado era el último que quedaba en pie; Grant se desembarazó de él con facilidad casi desdeñosa. Luego vaciló un instante mientras esperaba a que alguno hiciera un movimiento, pero nadie se movió. Su mirada se fijó en la puerta del fondo del almacén, y una fría y torcida sonrisa se dibujó en sus labios hinchados y cubiertos de sangre. Luego fue en busca de Jane.

Ella nunca había conocido tal horror. Su miedo a la oscuridad no era nada comparado con cómo se sentía en ese momento. No podía moverse lo bastante rápido; se sentía como si sus pies se deslizaran entre sirope. Cielo santo, ¿y si habían matado a Grant? La idea era tan terrible que resultaba insoportable y, pese a todo, se hinchó en su pecho hasta impedirle respirar. ¡No!, pensó, ¡no, no, no!

Atravesó la puerta, pistola en mano, medio enloquecida por el miedo y lista para enfrentarse a los hombres con su propia vida. Vio una escena confusa de hombres tendidos sobre el suelo, y su mente zozobró, incapaz de comprender por qué estaban todos en el suelo. ¿No se había oído un único disparo?

Luego un hombre rodeó su cuello, tirando de ella de hacia atrás y cerrándose bajo su barbilla. Otro brazo se estiró y unos dedos largos rodearon la mano con la que sostenía la pistola y se la quitaron.

—Es curioso, cariño, pero me siento más seguro cuando estás desarmada —siseó una voz junto a su oído.

Al oír aquella voz, Jane cerró los ojos y dos lágrimas brotaron bajo sus párpados.

—Grant... —musitó.

—Me temo que sí. Luego podrás decirme cuánto te alegras de verme. Ahora, nos vamos.

Le apartó el brazo del cuello, pero cuando ella intentó girarse para mirarlo, la asió del brazo derecho y se lo torció hacia la espalda, no tanto como para hacerle daño, pero sí lo bastante como para que le doliera si lo movía unos milímetros más hacia arriba.

—¡Muévete! —bramó, empujándola hacia delante. Jane se tambaleó y profirió un gemido involuntario al torcerse el brazo.

—Me estás haciendo daño —gimió, todavía aturdida e intentando comprender—. ¡Grant, espera!

—Corta el rollo —la advirtió él. Luego abrió la puerta de una patada y la hizo salir de un empujón a la luz cegadora del sol. El camión seguía allí, y él no vaciló—. Sube. Vamos a dar un paseo.

Abrió la puerta y metió a Jane en el camión a empellones, lanzándola sobre el asiento. Ella gritó. Su suave grito atravesó a Grant como un cuchillo, pero se dijo que no debía ser tonto; Jane no necesitaba que nadie velara por ella. Como un gato, siempre aterrizaba de pie.

Jane se sentó a duras penas. Sus ojos oscuros estaban llenos de lágrimas. Miraba con horror y tristeza la cara vapuleada y llena de sangre de Grant. Quería tranquilizarlo, decirle que todo había sido una farsa, una apuesta desesperada para salvarles a ambos la vida, pero él no parecía dispuesto a escucharla. ¡Sin duda no olvidaría tan fácilmente todo lo que habían compartido, todo lo que habían sido el uno para el otro! Aun así, Jane no podía rendirse. Había levantado la mano para tocarlo cuando un movimiento junto a la puerta, más allá de ellos, atrajo su atención, y gritó:

—¡Grant!

Él se giró y, al hacerlo, Turego levantó el rifle que sostenía y disparó. La detonación hizo añicos el aire, pero aun así Jane oyó, sintió, notó en su carne el gemido de dolor que profirió Grant al tiempo que clavaba la rodilla en el suelo y levantaba la pistola. Turego se arrojó a un lado, pero la pistola disparó y una florecilla roja brotó en su hombro derecho. Turego se tambaleó y cayó hacia atrás más allá de la puerta.

Jane oyó gritar a alguien, pero era un sonido agudo y lejano. Se arrojó por la portezuela abierta del camión y cayó de rodillas sobre el suelo de piedra caliente. Grant estaba de rodillas, apoyado contra el capó del camión. Con la mano derecha se sujetaba la parte de arriba del otro brazo, y la sangre, roja y brillante, le corría por entre los dedos. Levantó la mirada hacia ella. Sus ojos dorados ardían, feroces, con el fuego de la batalla, a pesar de que tenía la cara hinchada y descolorida.

Jane se volvió algo loca entonces. Lo agarró por la

camiseta y lo obligó a incorporarse, usando una fuerza que ignoraba poseer.

—¡Métete en el camión! —gritó al tiempo que lo empujaba hacia la portezuela—. ¡Maldita sea, sube al camión! ¿Es que quieres que te maten?

Él hizo una mueca de dolor al golpearse las costillas doloridas con el lateral del asiento. Jane lo empujaba y gritaba, enloquecida, mientras las lágrimas le corrían por la cara.

—¡Quieres callarte! —gritó él, entrando a duras penas en el camión.

—¡No me digas que me calle! —chilló ella, y lo empujó hasta que se desplazó sobre el asiento. Se limpió las lágrimas de las mejillas a manotazos y montó en el camión—. Quítate de en medio para que arranque este trasto. ¿Hay llaves? ¿Dónde están las llaves? ¡Maldita sea! —se agachó bajo el volante, buscó a tientas bajo el salpicadero y sacó frenéticamente los cables.

—¿Qué haces? —gruñó Grant. Sentía tanto dolor que la cabeza le daba vueltas.

—Voy a hacerle un puente al camión —sollozó ella.

—¡Vas a arrancar los malditos cables! —si intentaba inutilizar su único medio de transporte, lo estaba consiguiendo. Grant intentó apartarla de debajo del volante, pero Jane se incorporó de pronto, pisó a fondo el embrague y juntó dos cables. El motor cobró vida con un rugido, y Jane cerró la portezuela de su lado, metió la marcha y soltó el embrague. El camión arrancó violentamente y Grant chocó contra la portezuela.

—¡Mete primera! —gritó, incorporándose y agarrándose al asiento.

—¡No sé cuál es la primera! ¡He metido la primera que he podido!

Grant comenzó a maldecir y alargó el brazo hacia la palanca de cambios. El dolor la herida del brazo lo atravesó como un cuchillo al rojo vivo cuando cerró la mano sobre el pomo. No podía hacer nada para aliviar el dolor, sólo podía ignorarlo.

—Pisa el embrague —ordenó—. Voy a cambiar de marcha. ¡Jane, pisa el maldito embrague!

—¡Deja de gritarme! —chilló ella al tiempo que pisaba a fondo el pedal. Grant metió la primera marcha y ella soltó el embrague; esta vez, el camión se movió más suavemente. Ella pisó a fondo el pedal del acelerador y dobló la esquina de la calle tan bruscamente que las ruedas traseras chirriaron sobre el pavimento.

—Gira a la derecha —ordenó él, y ella tomó el siguiente desvío.

La transmisión gruñía y el camión jadeaba urgido por Jane, que mantenía pisado con fuerza el acelerador.

—¡Cambia de marcha!

—¡Cámbiala tú!

—¡Pisa el embrague!

Ella pisó el pedal, y él cambió de marcha.

—Cuando te lo diga, pisa el pedal y yo cambiaré de marcha, ¿entendido?

Ella seguía llorando y limpiándose la cara a intervalos regulares. Grant dijo:

—Gira a la izquierda —y ella giró con tal violencia

que una camioneta tuvo que derrapar hacia un lado de la calzada para esquivarlos.

La carretera los sacó del pueblo, pero sólo se habían alejado unos pocos kilómetros cuando Grant dijo:

—Para.

Jane no protestó; se desvió hacia un lado de la carretera y detuvo el camión.

—Está bien, sal —ella obedeció de nuevo sin rechistar. Se apeó de un salto y se quedó parada desmañadamente mientras él se deslizaba hasta el suelo. Su brazo izquierdo estaba manchado de sangre, pero por su expresión Jane comprendió que no iba a detenerse. Él se guardó la pistola en el cinturón y se echó el rifle al hombro—. Vamos.

—¿Adónde?

—Al pueblo. Tu novio no espera que volvamos. Puedes dejar de llorar —añadió cruelmente—. No lo he matado.

—¡No es mi novio! —le espetó Jane, girándose hacia él.

—Pues desde donde yo estaba lo parecía.

—¡Sólo intentaba sorprenderlo con la guardia baja! ¡Uno de nosotros tenía que quedar libre!

—Ahórrate las explicaciones —le aconsejó él con tono aburrido—. Ya me tragué una vez tu numerito, pero no volveré a tragármelo. ¿Vas a moverte de una vez?

Jane resolvió que no tenía sentido intentar razonar con él en ese momento. Cuando se hubiera calmado lo suficiente como para escucharla, cuando ella se hubiera serenado hasta el punto de poder ofrecerle una explicación coherente, aclararían aquel asunto. Al apartarse de él, Jane miró por la portezuela abierta del camión y vislumbró algo en el rincón más alejado del suelo. ¡Su mochila! Se subió al camión y se inclinó para sacarla de debajo del asiento; con los nervios, se había olvidado de ella por completo.

—¡Deja eso! —le espetó Grant.

—Lo necesito —le replicó ella. Se abrochó de nuevo la mochila a las presillas del pantalón.

Grant sacó la pistola de su cinturón. Jane tragó saliva y sus ojos se agrandaron. Él disparó con calma a una de las ruedas delanteras del camión y volvió a guardarse la pistola.

—¿Por qué has hecho eso? —susurró ella, tragando saliva de nuevo.

—Para que parezca que tuvimos que abandonar el camión.

La agarró del brazo con fuerza y la sacó a rastras de la carretera. Cada vez que oía un motor, la obligaba a tirarse al suelo y permanecían agazapados hasta que el ruido se extinguía. La blusa de Jane, tan blanca y bonita apenas una hora antes, estaba manchada de barro y rota por algunos sitios, allí donde se le habían enganchado las espinas de los matorrales. Jane la miró un momento y luego se olvidó de ella.

—¿Cuándo empezará Turego a perseguirnos otra vez? —preguntó.

—Pronto. ¿Ya estás impaciente?

Ella apretó los dientes sin darse por aludida. Veinte minutos después se aproximaron a las afueras del pueblo y lo rodearon describiendo un amplio círculo. Jane quería preguntarle qué estaba buscando, pero en vista de lo enfadado que estaba, guardó silencio. Deseaba sentarse y lavarle la cara magullada, y vendarle el brazo herido, pero no podía hacerlo. Grant no quería saber nada de ella en ese momento.

Aun así, ¿qué otra cosa podía haber hecho ella? No tenía modo de saber que Grant iba a poder escapar por sus propios medios. Había tenido que poner en práctica lo que en su momento le había parecido el mejor plan.

Por fin se deslizaron en el interior de un destartalado cobertizo, detrás de una casa igualmente destartalada, y se dejaron caer en el suelo, donde reinaba un relativo frescor. Grant hizo una mueca al hacerse daño sin querer en el brazo izquierdo, pero cuando Jane hizo ademán de acercarse, le lanzó una mirada tan fría que la detuvo en seco. Ella volvió a sentarse y apoyó la frente sobre las rodillas levantadas.

—¿Qué vamos a hacer ahora?

—Vamos a salir del país como sea —dijo él lisa y llanamente—. Tu papá me contrató para que te llevara a casa, y eso voy a hacer. Cuanto antes te deje en sus manos, tanto mejor.

Después de aquello, Jane se quedó callada y quieta, con la frente sobre las rodillas y los ojos cerrados. Una fría desolación iba creciendo dentro de ella, llenándola y desalojando al mismo la ansiedad y el miedo. ¿Y si no lograba convencerlo de que no lo había traicionado? Con la vida que Grant había llevado, probablemente había tenido que guardarse de la traición constantemente, de modo que ni siquiera le sorprendía su deslealtad. Ella intentaría volver a razonar con él, desde luego; hasta que Grant la abandonara definitivamente, no dejaría de intentarlo. Pero... ¿y si no quería escucharla? ¿Qué haría entonces? No podía imaginarse su vida sin Grant. La distancia emocional que se había establecido entre ellos era espantosa, pero ella podía aún levantar la cabeza y verlo, hallar consuelo en su proximidad física. ¿Qué haría si desaparecía de su lado?

El calor y la humedad empezaban a aumentar; el viejo cobertizo, abierto por un lado, ya no les resguardaba del calor, y a lo lejos rugían los truenos, anunciando la cercanía de la tormenta diaria. Una puerta crujió con estruendo, y un instante después una mujer encorvada, que se movía muy despacio, dobló la esquina de la casa hasta una pequeña pocilga en la que los cerdos gruñían de cuando en cuando, tendidos en el barro para intentar escapar del calor. Grant observó a la mujer con atención, sin mover un músculo. No había, en realidad, peligro de que los viera; las malas hierbas y los arbustos crecían a su aire, hasta más arriba de la cintura, entre la casa y el cobertizo, y sólo una vereda desvaída y apenas usada conducía al cobertizo. Los cerdos chillaron, entusiasmados, cuando la anciana les dio de comer, y después de dirigirles algunas palabras cariñosas la mujer regresó trabajosamente a la casucha.

Jane no había movido un músculo, ni siquiera había abierto los ojos cuando los cerdos comenzaron a celebrar la llegada de la comida. Grant la miró y una leve perplejidad empezó a filtrarse en la frialdad de sus ojos. Era impropio de ella quedarse allí sentada, tan quieta, sin investigar a qué se debía aquella algarabía. Jane sabía que eran los cerdos, naturalmente, pero no había levantado la mirada para ver qué les hacía chillar; ni siquiera había mirado cuando la anciana empezó a hablarles. Normalmente era tan curiosa como un gato, metía la nariz en todo, la concerniera o no. Era difícil saberlo con certeza, porque Jane tenía la cabeza agachada, pero a Grant le pareció que estaba pálida; las pocas pecas que podía ver resaltaban claramente.

Una imagen asaltó su recuerdo: Turego inclinando la cabeza para besarla en la boca, y ella aceptando tranquilamente su beso. La ira se agitó de nuevo dentro de él, y sus puños se cerraron. ¡Maldita fuera! ¿Cómo había podido permitir que aquella alimaña la tocara?

Los truenos se iban acercando, restallaban con fuerza, y el aire arrastraba olor a lluvia. El viento empezaba a alzarse y atravesaba el cobertizo, llevando consigo un agradable frescor. El aire estaba vivo, casi brillaba, cargado de energía eléctrica. Los animalillos empezaban a buscar refugio y los pájaros revoloteaban de acá para allá, intentando encontrar la rama más segura para aguardar a que escampara.

La tormenta sería buen momento para marcharse, ya que todo el mundo se pondría a cubierto hasta que acabara, pero le dolía el cuerpo por la paliza que había recibido, y su brazo izquierdo sangraba aún. Allí no corrían peligro inminente, y Grant se alegró de poder descansar. La noche sería una ocasión aún más propicia para moverse.

Comenzó a llover. En menos de un minuto, la leve llovizna se convirtió en un diluvio. El suelo no podía absorber la ingente cantidad de agua, y un arroyuelo comenzó a correr por medio del cobertizo. Grant se levantó y sofocó un gruñido cuando su cuerpo agarrotado protestó. Luego tomó asiento encima de una banasta de verduras medio podrida. Cedió un poco, pero aguantó su peso.

Jane no se había movido. No levantó la mirada hasta que el agua comenzó a mojarle las asentaderas de los pantalones. Entonces levantó la cabeza y se dio cuenta de que el arroyuelo empezaba a inundarlo todo a su alrededor. No miró a Grant, pero se apartó del agua, corriéndose hacia un lado. Se sentó de espaldas a él y adoptó la misma postura, con las rodillas levantadas, los brazos alrededor de las piernas y la cabeza posada sobre las rodillas.

Grant sabía esperar; la paciencia era para él como una segunda naturaleza. Podía mantenerse en una misma posición todo el día, si era necesario, ignorando el malestar físico como si no existiera. Pero el silencio y la inmovilidad que reinaban en el cobertizo empezaban a crisparle los nervios, porque no eran lo que había llegado a esperar de Jane. ¿Estaría tramando algo?

Finalmente la lluvia cesó, y el calor vaporoso volvió a subir.

—¿Vamos a quedarnos aquí todo el día? —preguntó por fin Jane, inquieta, rompiendo su largo silencio.

—Quizá. No tengo nada mejor que hacer. ¿Y tú?

Comprendiendo que Grant no estaba de humor para decirle nada, Jane no contestó, ni hizo más preguntas. Tenía tanta hambre que se sentía enferma, pero no llevaba comida en la mochila, y no pensaba quejarse delante de él. Volvió a apoyar la cabeza sobre las rodillas e intentó buscar refugio durmiéndose un rato; al menos así podría olvidarse de lo mal que se sentía.

Logró dormirse, y había empezado a oscurecer cuando Grant la despertó zarandeándola por el hombro.

—Vamos —dijo, tirando de ella para que se pusiera en pie. A Jane se le paró un momento el corazón porque, sólo por un instante, su contacto había sido fuerte pero tierno, y ella tuvo la absurda esperanza de que se hubiera calmado y hubiera entrado en razón mientras estaba dormida. Pero entonces él le soltó el brazo y se apartó con una expresión dura, y su esperanza se extinguió.

Lo siguió como un juguete tirado de un hilo, casi pisándole los talones. Se paraba cuando él lo hacía y se mantenía siempre a la misma distancia, a su espalda. Grant se internó temerariamente en el centro del pueblo y cruzó las calles como si nadie lo estuviera buscando, y menos aún un pequeño ejército. Varias personas los miraron con extrañeza, pero no les pararon. Jane supuso que tenían un aspecto muy extraño: un hombre alto y rubio con la cara hinchada y amoratada y un rifle en la mano, seguido por una mujer con el pelo enmarañado, la ropa sucia y una mochila sujeta al cinturón, que se tambaleaba al caminar. A ella también le parecía extraño todo aquello. Se sentía como perdida en un videojuego cuyas imágenes de neón parpadeaban, deslumbrándola. Al cabo de un momento se dio cuenta de que las imágenes eran reales; el luminoso azul y rosa de una cantina brillaba en la calle.

¿Qué pretendía Grant? Estaban llamando tanto la atención que Turego oiría hablar de ellos aunque no preguntara nada. Que Grant supiera, Turego podía tener a las fuerzas del orden buscándolos bajo falsas acusaciones. Turego tenía, desde luego, autoridad suficiente para movilizar a gran número de gente en su busca. Era como si Grant quisiera que los encontrara.

Él tomó una calle lateral y se detuvo frente a una cantina pequeña y mal iluminada.

—Pégate a mí y mantén la boca cerrada —ordenó con aspereza, y entró.

En el pequeño bar hacía calor y el ambiente estaba cargado de humo, y el fuerte olor a alcohol mezclado con sudor impregnaba el aire. A excepción de la camarera, una chica de aspecto cansado, y de dos prostitutas, no había allí otras mujeres. Varios hombres miraron a Jane con interés, pero luego fijaron su atención en Grant y volvieron a sus bebidas como si hubieran decidido que no merecía la pena arriesgarse.

Grant encontró sitio en una mesita del fondo, entre las sombras. Pasado un rato la camarera se acercó a ellos y, sin preguntar a Jane qué prefería, Grant pidió dos tequilas.

Jane detuvo a la camarera.

—Espere..., ¿tienen zumo de lima? —al ver que la mujer asentía, exhaló un suspiro de alivio—. Un vaso para mí en vez de tequila, por favor.

Grant encendió un cigarrillo cerrando las manos en torno a la llama.

—¿Has dejado la bebida o qué?

—Nunca bebo con el estómago vacío.

—Luego comeremos algo. Aquí no sirven comida.

Jane aguardó hasta que tuvieron las bebidas ante ellos antes de volver a hablar.

—¿No es peligroso que estemos aquí? Cualquier

hombre de Turego podría habernos visto andando por la calle.

Los ojos de Grant eran estrechas rendijas cuando la miró por entre el humo azulado del cigarrillo.

—¿Y a ti qué más te da? ¿No crees que vaya a volver a recibirte con los brazos abiertos?

Jane se inclinó hacia delante y achicó los ojos.

—Escúchame. Tenía que ganar tiempo, e hice lo único que se me ocurrió. Siento no haber tenido ocasión de explicártelo con antelación, pero no creo que Turego me hubiera dejado pedir tiempo muerto para consultar contigo. Si me hubiera atado a mí también, no habría podido ayudarte.

—Gracias, cariño, pero puedo pasar sin esa clase de ayuda —repuso él con sorna, y se tocó el ojo izquierdo, que estaba hinchado y enrojecido.

La furia se apoderó de ella; era inocente, y estaba harta de que la tratara como si fuera un criminal. Pensó en verterle sobre el regazo el zumo de lima, pero le sonaban las tripas y prefirió posponer la venganza y echarse algo al estómago vacío, aunque fuera zumo de fruta. Se recostó en la silla y bebió a sorbitos. Quería que el zumo le durara todo lo posible.

Los minutos pasaron lentamente, y Jane comenzó a sentir un cosquilleo entre los omóplatos. Cada segundo que pasaban allí sentados aumentaba el peligro y le daba a Turego la ocasión de encontrarlos. El camión abandonado no conseguiría engañarlo por mucho tiempo.

Un hombre se deslizó en la silla de al lado y Jane

se sobresaltó. El corazón se le subió a la garganta. El hombre la miró un instante antes de fijar su atención en Grant. Era un sujeto de aspecto andrajoso, con la ropa raída y la cara cubierta por una barba de varios días. Su olor a alcohol rancio hizo arrugar la nariz a Jane. Pero luego le dijo unas pocas palabras a Grant, en voz tan baja que ella no pudo entenderlas, y todo cobró sentido.

Grant había anunciado su presencia no porque quisiera que Turego los encontrara, sino porque quería que los encontrara otra persona. Era una apuesta arriesgada, pero había dado resultado. Ya no estaba en el negocio, pero era conocido, y confiaba en que su reputación atrajera a algún contacto. Aquel hombre era seguramente un personaje gregario, pero podía serles de utilidad.

—Necesito transporte —dijo Grant—. Dentro de una hora. ¿Podrá conseguirlo?

—Sí —contestó el hombre en español, y asintió lentamente con la cabeza para enfatizar su respuesta.

—Bien. Que esté detrás del Pelícano Azul exactamente dentro de una hora. Ponga las llaves debajo del asiento de la derecha, salga y aléjese.

El hombre asintió de nuevo.

—Buena suerte, amigo.

Una sonrisa dura y sesgada curvó los labios de Grant.

—Gracias. Me hará falta.

El hombre se mezcló con la gente y desapareció. Jane giró lentamente el vaso de zumo entre las palmas de las manos, sin apartar los ojos de la mesa.

—Ahora que has contactado, ¿no deberíamos salir de aquí?

Grant se llevó el tequila a los labios y su recia garganta se movió al tragar el líquido de sabor fuerte.

—Esperaremos un rato más.

No, no debían marcharse después que el otro hombre. George siempre le había dicho lo importante que era establecer contacto sin que se notara. El hombre se había arriesgado al acercarse a ellos tan abiertamente, pero Grant también se había arriesgado al hacerse tan visible. Seguramente saltaba a la vista que la situación era desesperada, aunque Grant pareciera estar pensando en irse a dormir. Estaba recostado en su silla, con los ojos entornados, y si Jane no hubiera notado que mantenía la mano izquierda sobre el rifle, habría creído que estaba totalmente relajado.

—¿Crees que podremos encontrar un cuarto de baño? —preguntó ella en tono ligero.

—¿Aquí? Lo dudo.

—Donde sea.

—Está bien. ¿Has acabado con eso? —él apuró el tequila y Jane hizo lo mismo con su zumo de lima. Sentía de nuevo la piel erizada, un cosquilleo en la nuca que se intensificó al levantarse.

Se abrieron paso entre la maraña de pies, mesas y sillas hasta la puerta, y en cuanto salieron Jane dijo:

—Creo que nos estaban vigilando.

—Sé que nos estaban vigilando. Por eso vamos a ir en dirección contraria al Pelícano Azul.

—¿Qué demonios es el Pelícano Azul? ¿Cómo es

que sabes tanto de este pueblo? ¿Habías estado aquí antes?

—No, pero mantengo los ojos abiertos. El Pelícano Azul es la primera cantina por la que pasamos.

Jane se acordó de pronto. Era la cantina del luminoso de neón, la que le había producido aquella intensa sensación de irrealidad.

Recorrieron una callejuela lateral hasta llegar a una zona oscura como boca de lobo. La calle no estaba pavimentada y no había aceras, ni farolas, ni siquiera uno de aquellos incongruentes luminosos de neón que brindaba su luz chillona. El suelo era desigual y el olor agrio de la basura rancia la rodeaba. Jane no se detuvo a pensar; estiró el brazo y se agarró al cinturón de Grant.

Él vaciló; luego siguió andando sin decir nada. Jane tragó saliva; se había dado cuenta a destiempo de que podía hallarse de nuevo cargada sobre su hombro, como la primera vez que lo agarró por detrás. ¿Qué haría si ya no podía aferrarse a él en la oscuridad? ¿Andar por ahí retorciéndose las manos? Había recorrido un largo camino desde que era una niña y se pasaba días enteros sumida en un estupor aterrorizado. Quizá fuera hora de dar un paso más. Soltó lentamente el cinturón de Grant y dejó caer el brazo.

Él se detuvo y la miró. La oscuridad envolvía su rostro.

—No me importa que te agarres a mi cinturón.

Ella guardó silencio. Notaba la curiosidad reticente de Grant, pero se sentía incapaz de darle una explicación. Todos los hitos de su vida habían sido íntimos, conseguidos sólo gracias a un terrible esfuerzo de voluntad. Le costaba hablar de aquello. Ni siquiera el carísimo psicólogo infantil al que sus padres la llevaron de niña había sido capaz de hacerla hablar del secuestro. Todo el mundo sabía de las pesadillas que había tenido y de su miedo irracional a la oscuridad, pero nunca le había contado a nadie los detalles de su experiencia. Ni a sus padres, ni a Chris, que era ya su mejor amigo antes de convertirse en su marido. En los años transcurridos desde el secuestro, sólo había hablado de ello con una persona. Sólo en una persona había confiado hasta ese punto. Ahora se había abierto una brecha entre ellos que ella intentaba salvar, pero él la rechazaba. Por más que deseara lanzarse en sus brazos, debía permanecer sola porque pronto no le quedaría más remedio.

El miedo a estar sola en la oscuridad no era nada comparado con el temor a quedarse sola lo que le quedaba de vida.

Grant cruzó el pueblo en zigzag, desordenadamente. Volvió sobre sus pasos y cambió de ruta tantas veces que Jane perdió por completo el sentido de la orientación. Jane caminaba tenazmente, resoplando, sin alejarse de él. Grant se detuvo una vez y montó guardia mientras ella se deslizaba a hurtadillas hasta la parte de atrás de un figón. Los sanitarios eran anteriores a la Segunda Guerra Mundial, la única iluminación procedía de una bombilla pelada que colgaba del techo y el cadáver de una enorme cucaracha yacía patas arriba en una esquina, pero Jane no tenía fuerzas para fijarse en bagatelas. Al menos los sanitarios funcionan y, cuando abrió el grifo, salió un chorro fino de agua tibia. Se lavó las manos, se inclinó y se mojó la cara. No había toalla, de modo que se secó las manos en los pantalones y dejó que el aire le secara la cara.

Cuando salió de puntillas del edificio, Grant emergió de las sombras donde se había ocultado y la tomó del brazo. No estaban lejos del Pelícano Azul. Al doblar la esquina, Jane vio el destello azul y rosa de su luminoso. Grant, sin embargo, no se encaminó hacia allí; dio un amplio rodeo, y a veces se quedaba largos minutos en actitud vigilante, sin moverse.

Al fin se aproximaron al viejo Ford ranchera aparcado detrás de la cantina, pero incluso entonces Grant fue cauteloso. Levantó el capó y usó su encendedor para examinar el motor. Jane no preguntó qué estaba mirando. Tenía la inquietante sensación de que ya lo sabía. Él bajó el capó con el mayor sigilo posible. Parecía más tranquilo.

—Sube al coche y saca las llaves de debajo del asiento.

Jane abrió la portezuela. La luz del techo no se encendió, pero era de esperar. Hizo algunas comprobaciones, miró por encima del asiento y contuvo el aliento por si había alguien allí. Pero no había nada en el suelo y exhaló con un siseo de alivio.

Se inclinó y pasó la mano por debajo del asiento buscando las llaves. La otra portezuela se abrió y el coche basculó bajo el peso de Grant.

—Date prisa —le espetó.

—No encuentro las llaves —sus dedos encontraron un montón de polvo, unas cuantas tuercas, un trozo de papel, pero no las llaves—. Puede que no sea este coche.

—Pues tendrá que servirnos. Mira otra vez.

Él se inclinó y alargó el brazo para buscar bajo el asiento. Sacó una sola llave sujeta con un alambre a un trozo de madera y maldijo en voz baja. Mientras rezongaba sobre la gente incapaz de seguir las instrucciones más simples, metió la llave en el contacto y arrancó el coche.

A pesar de su edad, el motor sonaba bien. Grant salió marcha atrás del callejón. No encendió los faros hasta que estuvieron lejos del Pelícano Azul y de la calle principal, bien alumbrada.

Jane se recostó en su asiento, que olía a moho. Apenas podía creer que al fin parecieran haberse puesto en camino. Habían pasado tantas cosas desde aquella mañana que había perdido la noción del tiempo. No podía ser tarde; probablemente no eran más de las diez. Estuvo un rato mirando la carretera, hipnotizada por su forma de desplegarse ante sus faros. Estaba cansada, pero era incapaz de dormir.

—¿Vamos a Limón?

—¿Por qué? ¿Es eso lo que le dijiste a tu amante?

Jane se quedó muy quieta y apretó los dientes para que la ira no la estremeciera. De acuerdo, lo intentaría una vez más.

—No es mi amante y no le dije nada. Lo que intentaba era que no me ataran para poder sorprender a alguno con la guardia baja y quitarle la pistola —escupía las palabras con firmeza e intentaba dominar su ira, pero su pecho se movía trabajosamente–. ¿Cómo crees que conseguí la pistola que me quitaste?

Tenía la impresión de que Grant no podía pasar por alto aquello, pero él no le dio importancia.

—Mira, no tienes por qué darme explicaciones —dijo en tono hastiado—. No me interesa...

—¡Para el coche! —gritó ella, enfurecida.

—No te pongas histérica —la advirtió él al tiempo que le lanzaba una mirada dura.

Jane se abalanzó hacia el volante. Estaba tan enfadada que no le importaba que se estrellaran. Grant la apartó de un manotazo, maldiciendo, pero Jane metió la cabeza por debajo de su brazo, agarró el volante y lo giró violentamente hacia ella. Grant pisó el freno mientras intentaba controlar el coche con una mano y con la otra apartaba a Jane. Ella volvió a apoderarse del volante y tiró de él. El coche se desvió hacia la cuneta, brincando violentamente.

Grant soltó a Jane y luchó por dominar el coche y volver a la carretera. Pisó a fondo el freno y por fin logró que el coche se detuviera. Fijó entonces su atención en ella, pero, antes de que el coche se parara por completo, Jane abrió la portezuela y salió de un salto.

—¡Saldré yo sola de Costa Rica! —gritó, y cerró la puerta de golpe.

Grant se bajó del coche.

—Jane, vuelve aquí —la advirtió al ver que echaba a andar.

—¡No pienso recorrer ni un solo kilómetro más contigo! ¡Ni un centímetro más!

—Vas a venir aunque tenga que llevarte atada —replicó él, acercándose con paso comedido.

Ella no se detuvo.

—Ese es tu remedio para todo, ¿no? —bufó.

Grant echó a correr sin previo aviso. Se movió tan deprisa que Jane no tuvo tiempo de reaccionar. Profirió un grito de sorpresa y se volvió cuando Grant intentó agarrarla. Él la asió de la blusa y la detuvo. Jane dio un respingo. Era doblemente indignante hallarse atrapada tan fácilmente. Llevada por un nuevo arrebato de ira, se apartó de él e intentó desasirse, retorciendo su cuerpo ligero.

Grant la agarró del brazo y se lo inmovilizó junto al costado.

—Maldita sea, ¿por qué tienes que complicar tanto las cosas? —preguntó, jadeante.

—¡Suéltame! —gritó ella, pero Grant la abrazó, sujetándole los brazos. Jane comenzó a patalear y a chillar, pero Grant era muy fuerte y la llevó al coche sin que ella pudiera hacer nada.

Tuvo que apartar un brazo de ella para abrir la portezuela y, cuando lo hizo, Jane se retorció violentamente al mismo tiempo que levantaba los pies. Aquel movimiento súbito obligó a Grant a aflojar los brazos. Jane se escabulló. Él la agarró de nuevo de la blusa. Sus dedos se engancharon al escote y la tela se rasgó.

Las lágrimas inundaron los ojos de Jane mientras luchaba por cubrirse los senos, sujetando la blusa hecha jirones.

—¡Mira lo que has hecho! —dio media vuelta y rompió a llorar. Sus hombros se estremecían. Los sollozos que brotaban de su garganta eran tan violentos que Grant dejó caer los brazos. Se frotó la cara, fatigado. ¿Por qué no podía llorar suavemente, en silencio, en vez de emitir aquellos sollozos, que sonaban como si le estuvieran dando una paliza? A pesar de todo lo ocurrido, quería tomarla en sus brazos y que posara la cabeza sobre su pecho; quería acariciarle el pelo y decirle entre susurros que todo se iba a arreglar.

Jane se revolvió, limpiándose la cara con una mano mientras con la otra se sujetaba la blusa rasgada.

—¡Párate a pensar algunas cosas! —dijo con aspereza—. Piensa en cómo conseguí esa pistola. Y piensa en Turego. ¿Recuerdas cuando se acercó a ti por la espalda y te advertí? ¿Recuerdas que le sangraba la nariz? ¿Crees que era por la altitud? ¡Maldito idiota! ¡Cretino! ¡Cabezota! —bramó, tan fuera de sí que sacudía el puño bajo la nariz de Grant—. Maldita sea, ¿es que no ves que te quiero?

Grant se quedó petrificado. Ni un solo músculo se movía en su cara. Sin embargo, se sentía sin aliento, como si acabara de recibir un tremendo golpe en el pecho. De pronto todo parecía haberse derrumbado sobre él. Se tambaleó bajo el peso de aquella impresión. Jane tenía razón. Turego tenía la cara ensangrentada, pero en su momento él no se había parado a pensar en ello. Estaba tan furioso, tan lleno de celos, que no había reflexionado en absoluto. Se había limitado a reaccionar a lo que parecía ser una traición. Jane no sólo había reaccionado velozmente para impedir que la ataran, sino que había acudido en su auxilio en cuanto había podido. Se acordó entonces de su expresión al atravesar la puerta. Estaba pálida y desencajada. Seguramente era una suerte para los matones de Turego que él se hubiera liberado primero. ¡Jane lo quería! La miró, miró el pequeño puño que sacudía violentamente junto a su nariz. Estaba magnífica. Su cabellera formaba una maraña salvaje alrededor de sus hombros, su cara rebosaba una ira fuera de control. Le gritaba como una loca. Se sujetaba aquel ridículo jirón de tela sobre los pechos con la mano con que no lo amenazaba. Parecía indomable. Llena de coraje. Enloquecedora. Y tan endiabladamente deseable que, de pronto, Grant se sintió estremecido por la necesidad de poseerla.

La agarró del puño y tiró de ella. Luego la abrazó tan fuerte que Jane dejó escapar un gemido de sorpresa, y enterró la cara contra su pelo.

Jane seguía forcejeando. Le daba puñetazos en la espalda y lloraba de nuevo.

—¡Suéltame! Por favor, suéltame.

—No puedo —susurró él y, agarrándola de la barbilla, le hizo levantar la cara. La besó ferozmente y, como un gato acorralado, intentó morderlo. Echó la cabeza hacia atrás y rompió a reír. Una alegría salvaje lo atravesaba. La blusa rota había caído y ella tenía los pechos pegados a su cuerpo. La suave turgencia de sus senos le recordó a Grant lo bien que se sentía cuando Jane no se resistía a él. La besó de nuevo rudamente y cubrió uno de sus pechos con la palma de la mano. Frotó el pezón aterciopelado con el pulgar hasta que se puso rígido.

Jane gimió bajo la acometida de su boca, pero la ira la había dejado agotada. Se recostó contra él. De pronto cobró conciencia de que Grant había logrado aplacarla. Quería aferrarse a su ira, pero no sentía rencor. Lo único que podía hacer era besarlo. Deslizó los brazos alrededor de su cuello. La mano de Grant ardía sobre su pecho; su pulgar excitaba su piel sensibilizada y comenzaba a agitar un torbellino de deseo en sus entrañas. Grant ya no tenía que sujetarla para besarla. Apoyó la otra mano sobre su trasero y la apretó contra sí, demostrándole gráficamente que no era la única que estaba excitada.

Apartó su boca de la de ella y besó su frente.

—Te juro que ese carácter tuyo me va a matar —murmuró—. ¿Me perdonas?

Era una pregunta absurda; ¿qué iba a contestar ella, teniendo en cuenta que estaba colgada de su cuello como un adorno navideño?

—No —dijo, y, buscando su olor cálido y masculino, frotó la cara contra el hueco de su garganta—. Te lo voy a reprochar cada vez que discutamos.

Quería añadir «el resto de nuestras vidas», pero, aunque Grant la abrazaba con fuerza, aún no había dicho que la quería. Consciente de que jamás diría aquellas palabras si no las sentía, Jane no quiso presionarlo.

—Te creo —dijo él, y se echó a reír. La soltó de mala gana y le apartó los brazos de su cuello—. Me gustaría quedarme así, pero tenemos que ir a Limón —miró sus pechos y su cara magullada se tensó–. Cuando todo esto acabe, voy a llevarte a un hotel y a tenerte en la cama hasta que ninguno de los dos pueda andar.

Volvieron al coche y Jane se quitó la blusa desgarrada, la guardó en la mochila y se puso la camiseta de camuflaje de Grant, que había guardado en la bolsa esa mañana. Le estaba muy grande y las costuras de los hombros le llegaban casi hasta los codos. Se enrolló las mangas todo lo que pudo y se ató los faldones a la cintura. Decididamente no iba a la última moda, pensó, pero al menos iba a vestida.

El Ford entró en Limón a primera hora de la mañana, y aunque las calles estaban casi desiertas, saltaba a la vista que se trataba de una ciudad portuaria de tamaño mediano y densamente poblada. Jane se agarró con fuerza al asiento del coche. ¿Estarían seguros allí? ¿Se habría dejado engañar Turego por el camión abandonado?

–¿Y ahora qué?

–Ahora, voy a intentar ponerme en contacto con alguien que pueda sacarnos de aquí esta misma noche. No quiero esperar hasta mañana.

Así que pensaba que los hombres de Turego seguían pisándoles los talones. ¿Acaso no iba a acabar nunca aquello? Deseó de pronto que se hubieran quedado en la jungla, ocultos en el denso bosque tropical, donde nadie pudiera encontrarlos.

Evidentemente, Grant había estado otras veces en Limón. Transitaba por las calles con desenvoltura. Condujo hasta la estación de ferrocarril y Jane lo miró con asombro.

—¿Vamos a tomar el tren?

—No, pero aquí hay un teléfono. Vamos.

Limón no era una aldea aislada en plena selva. Ni siquiera era un pueblecito al borde del bosque. Era una ciudad, con todas las normas de una urbe. Grant tuvo que dejar el rifle en la parte de atrás del coche, pero se guardó la pistola en la bota. Jane pensó que, aunque no fuera armado de manera visible, era imposible que no llamaran la atención, fueran donde fuesen. Parecían recién salidos de un campo de batalla y así era, en efecto. El taquillero los miró con aguda curiosidad, pero Grant no le prestó atención y se fue derecho al teléfono. Llamó a alguien llamado Ángel y pidió en tono cortante un número de teléfono. Colgó, introdujo más monedas por la ranura y marcó otro número.

—¿A quién llamas? —susurró Jane.

—A un viejo amigo.

Su amigo se llamaba Vicente, y el rostro de Grant reflejaba una intensa satisfacción cuando colgó.

—Van a sacarnos de aquí esta noche. Dentro de una hora estaremos en casa.

—¿Quiénes van a sacarnos de aquí? —preguntó Jane.

—No hagas demasiadas preguntas.

Ella frunció el ceño. Luego otra cosa atrapó su atención.

—Ya que estamos aquí, ¿podríamos asearnos un poco? Tienes un aspecto horrible.

Había un aseo público. Jane comprobó, aliviada, que estaba vacío, y Grant se lavó la cara mientras ella se cepillaba el pelo y se lo recogía rápidamente en una trenza. Luego mojó una toalla y limpió minuciosamente la herida del brazo de Grant. La bala no había penetrado, pero la herida era profunda y tenía mal aspecto. La lavó con un jabón de olor fuerte y sacó de su mochila un pequeño botiquín.

–Uno de estos días voy a descubrir qué más hay en esa bolsa –gruñó Grant.

Jane quitó el tapón a una botellita de alcohol y roció la herida. Él contuvo el aliento bruscamente y dijo algo sumamente explícito.

–No seas crío –le reprochó Jane–. Cuando te dispararon no armaste tanto jaleo.

Cubrió la herida con una pomada antibiótica, vendó el brazo y ató los extremos de la venda. Tras guardar el botiquín, se aseguró de que la mochila estaba bien enganchada a la presilla de su pantalón.

Grant abrió la puerta, pero un instante después retrocedió bruscamente y volvió a cerrarla. Jane estaba tras él y el choque de sus cuerpos la hizo tambalearse. Grant la agarró del brazo para que no se cayera.

–Turego y dos de sus matones acaban de entrar en la estación –miró a su alrededor con los ojos entornados y alerta–. Saldremos por una ventana.

Jane miró con desánimo la hilera de altos ventanucos que bordeaba el aseo. Su corazón latía con violencia. Las ventanas quedaban muy por encima de su cabeza.

–No puedo subirme ahí.

–Claro que puedes –Grant se inclinó, la agarró de las rodillas y la alzó en vilo hasta que pudo tocar las ventanas–. Abre una y pasa por ella. ¡Rápido! Sólo tenemos un minuto.

–Pero, ¿cómo vas a subir...?

–¡Me las arreglaré! ¡Pasa por la ventana, Jane!

Ella giró el tirador y abrió la ventana. Sin darse tiempo para pensar en lo lejos que podía estar el suelo al otro lado, se agarró al borde de abajo del marco y se introdujo por el vano, precipitándose a la oscuridad con la esperanza de no estrellarse contra una vía o algo así. Cayó apoyando manos y rodillas sobre la gravilla y tuvo que sofocar un grito de dolor. La grava le hizo cortes en las manos. Se apartó rápidamente y, un momento después, Grant aterrizó a su lado.

–¿Estás bien? –preguntó él al incorporarse.

–Creo que sí. No tengo ningún hueso roto –informó ella casi sin aliento.

Grant echó a correr a lo largo del edificio, tirando de ella. Oyeron un disparo a su espalda, pero no aminoraron el paso ni se volvieron a mirar. Jane tropezó y sólo el apoyo de Grant la salvó de caer.

–¿No podemos volver al Ford? –gimoteó.

–No. Tendremos que llegar a pie.

–¿Adónde?

–Al punto de encuentro.

–¿A qué distancia está?

–No muy lejos.

–¡Dímelo en metros y kilómetros! –pidió ella.

Él tomó un desvío y tiró de ella hacia las densas sombras de un callejón. Se estaba riendo.

–Puede que un kilómetro y medio –dijo, y la besó

con ansia, buscando su lengua. Luego la abrazó con ferocidad–. No sé qué le hiciste a Turego, cariño, pero tiene un aspecto horrible.

–Creo que le rompí la nariz –reconoció ella.

Grant volvió a reír.

–Sí, yo también lo creo. Tiene toda la cara hinchada. Tardará en olvidarse de ti.

–Si de mí depende, no me olvidará mientras viva. Vamos a informar al gobierno sobre ese hombre –afirmó ella.

–Luego, cariño. Ahora mismo, tenemos que salir de aquí.

Un helicóptero descendió velozmente y se posó con ligereza sobre sus patas. Parecía un gigantesco mosquito. Grant y Jane atravesaron el campo corriendo y se agacharon para protegerse del viento que levantaban las aspas en movimiento. Tras ellos, la gente salía de sus casas para ver qué era aquel estruendo. Jane comenzó a reír, aturdida por la alegría. Para cuando Grant consiguió introducirla en el helicóptero, se reía tan fuerte que estaba llorando. ¡Lo habían logrado! Turego ya no podía atraparlos. Estarían fuera del país antes de que lograra movilizar a sus helicópteros en su búsqueda, y no se atrevería a perseguirlos más allá de la frontera.

Grant le lanzó una sonrisa para decirle que comprendía su risa histérica.

—¡Abróchate el cinturón! —le gritó. Luego se sentó en el asiento del copiloto y le hizo una seña al piloto levantando el pulgar. El piloto inclinó la cabeza, sonrió y el helicóptero se elevó hacia la noche. Grant se puso los auriculares que le permitían comunicarse con el piloto. Atrás, en cambio, no había auriculares. Jane dejó de esforzarse por oír lo que decían y, agarrada al asiento, se puso a mirar por los lados abiertos del helicóptero. El aire nocturno giraba a su alrededor como un torbellino y el mundo se extendía más allá del pequeño aparato. Era la primera vez que se subía a un helicóptero y la sensación era muy distinta a ir en avión. Se sentía a la deriva en medio de la oscuridad aterciopelada y deseó que no fuera de noche para poder ver la tierra desde arriba.

El vuelo no fue muy largo, pero, cuando aterrizaron, Jane reconoció el aeropuerto y agarró a Grant del hombro.

—¡Estamos en San José! —gritó con voz ansiosa. Allí era donde todo había empezado. ¡Turego tenía hombres en abundancia en la capital!

Grant se quitó los auriculares. El piloto apagó el rotor y el ruido comenzó a decrecer. Se estrecharon las manos y el piloto dijo:

—Me alegra volver a verte. Se filtró el rumor de que andabas por aquí y me avisaron de que estuviera preparado para ayudarte, si necesitabas algo. Buena suerte. Será mejor que os deis prisa. Tenéis el tiempo justo para tomar ese vuelo.

Saltaron al asfalto y echaron a correr hacia la terminal.

—¿Qué vuelo es ése? —preguntó Jane casi sin aliento.

—El que sale dentro de cinco minutos con destino a Ciudad de México.

¡Ciudad de México! ¡Eso estaba mejor! La idea le dio fuerzas.

La terminal estaba casi desierta a aquella hora de la noche. Los pasajeros del vuelo a Ciudad de México ya habían embarcado. El encargado de los billetes los miró fijamente cuando se acercaron y Jane recordó de nuevo el aspecto que presentaban.

—Grant Sullivan y Jane Greer —dijo Grant con voz tajante—. Tenemos dos billetes reservados.

El empleado recuperó la compostura.

—Sí, señor, y el avión está esperando —contestó en perfecto inglés al tiempo que les entregaba dos billetes—. Ernesto les llevará directamente a bordo.

Ernesto, uno de los guardias del aeropuerto, les mostró el camino a todo correr. Grant le dio la mano a Jane para que no se quedara rezagada. Ella pensó un momento en la pistola que él escondía en la bota, pero lograron pasar todos los controles. Grant tenía muchos contactos, pensó, admirada.

El avión estaba esperando, en efecto, y la sonriente azafata les dio la bienvenida a bordo con tanta calma como si no hubiera nada raro en ellos. Jane sintió de nuevo ganas de reírse; tal vez no tuvieran un aspecto tan estrafalario como creía. Después de todo, en los Estados Unidos la ropa de camuflaje era el último grito. De modo que, ¿qué importaba que Grant tuviera un ojo casi morado, el labio hinchado y un vendaje en el brazo? Quizá parecieran periodistas que habían pasado por una experiencia difícil en la selva.

En cuanto estuvieron sentados, el avión comenzó a moverse. Al abrocharse los cinturones, se miraron. Todo había acabado de verdad, pero aún disponían de algún tiempo juntos. La siguiente parada era Ciudad de México, una ciudad enorme y cosmopolita, llena de tiendas, de restaurantes... y de hoteles. Jane ansiaba una cama, pero, más intenso aún que su cansancio, era el hormigueo que sentía al pensar en compartir el lecho con Grant. Él levantó el reposabrazos que había entre los asientos y la atrajo hacia sí, de modo que su cabeza descansara en el hueco de su hombro.

—Ya falta poco —murmuró junto a su sien—. Dentro de un par de horas estaremos en México. Seremos libres.

—Voy a llamar a mi padre en cuanto lleguemos para que dejen de preocuparse —suspiró Jane—. ¿Tú tienes que llamar a alguien? ¿Tu familia sabe dónde estás?

Los ojos de Grant adquirieron una expresión remota.

—No, no saben a qué me dedico. No estamos muy unidos.

Era una lástima, pero Jane supuso que, cuando alguien se dedicaba a aquella profesión, era más seguro para su familia mantenerse a distancia. Volvió la cara hacia su cuello y cerró los ojos, apretándose para que supiera que ya no estaba solo. ¿Habría pasado él noches como las suyas, tendido despierto en la cama, tan dolorosamente solo que cada fibra nerviosa de su cuerpo gritaba contra aquella soledad?

Jane se quedó dormida y Grant también. El cansancio se apoderó de él finalmente cuando permitió que su cuerpo vapuleado se relajara. Con ella en sus brazos, era fácil relajarse. Jane se acurrucaba a su lado como una niña confiada, pero él no podía olvidar en ningún momento que era una mujer, tan fiera y elemental como el viento o el fuego. Podría haber sido la jovencita consentida que él esperaba. Debería haberlo sido, en realidad, y nadie la habría culpado por ser el producto de su entorno. Nadie esperaba que fuera otra cosa. Pero se había elevado por encima de eso, y por encima del terrible trauma de su niñez, para convertirse en una mujer llena de fortaleza, de sentido del humor y de pasión.

Era una mujer en cuyos brazos podía dormir un guerrero cansado de la batalla y malherido.

El cielo empezaba a volverse rosa como una perla cuando al amanecer aterrizaron en Ciudad de México. La terminal estaba abarrotada de gente que se apresuraba a tomar los vuelos de primera hora de la mañana, y una multitud de idiomas y acentos asaltaba el aire. Grant paró un taxi que los llevó por las calles atestadas de tráfico a velocidad espeluznante... o habría sido espeluznante, si Jane hubiera tenido energías para preocuparse por eso. Después de las cosas que les habían pasado, el tráfico de México parecía una minucia.

La ciudad era muy hermosa al amanecer, con sus amplias avenidas y sus árboles fragantes. El blanco de los edificios refulgía, teñido de rosa, al sol de la mañana. El cielo era ya tan hondo como un cuenco azul y el aire arrastraba esa sensación aterciopelada propia de los climas cálidos. A pesar del olor a tubos de escape, Jane sentía la dulzura de las flores de naranjo, y Grant estaba a su lado. Su pierna recia se apretaba contra la de ella.

El recepcionista del blanquísimo y lujoso hotel se resistió a darles una habitación sin reserva. Sus ojos negros se desviaban a cada momento hacia la cara magullada de Grant mientras se deshacía en excusas en un español vertiginoso. Grant se encogió de hombros, metió la mano en el bolsillo, sacó un fajo de billetes y apartó dos. El recepcionista sonrió de pronto; aquello lo cambiaba todo. Grant firmó en el libro de registro y el empleado deslizó una llave sobre el mostrador. Cuando habían dado unos pocos pasos, Grant se volvió hacia él.

—Por cierto —dijo tranquilamente—, no quiero que se nos moleste. Si hay alguna llamada o alguien pregunta por nosotros, no estamos aquí. ¿Comprende? Estoy muerto de cansancio y me pongo de muy mal humor si me despiertan de un sueño profundo.

Su voz, sedosa e indolente, rebosaba amenazas, y el recepcionista se apresuró a asentir.

Grant deslizó el brazo sobre los hombros de Jane y se encaminaron hacia los ascensores. Él pulsó el botón del piso diecinueve y las puertas se cerraron sigilosamente. Jane dijo, aturdida:

—Estamos a salvo.

—¿Te cuesta creerlo?

—Voy a atrapar a ese hombre. ¡No se va a librar de ésta!

—No —dijo Grant—. Nos encargaremos de él, a través del cauce adecuado.

—¡Yo no quiero que sea a través de ningún cauce! Quiero hacerlo yo misma.

Él le sonrió.

—Estás sedienta de sangre, ¿eh? Casi creo que te has divertido.

—Sólo a ratos —contestó ella con una lenta sonrisa.

La habitación era espaciosa, con una terraza para tomar el sol, una sala de estar aparte provista de una mesa de comedor, y un baño sorprendentemente moderno. Jane asomó la cabeza un momento y luego se apartó con una sonrisa beatífica en la cara.

—Todas las comodidades modernas —dijo.

Grant estaba leyendo el folleto del hotel, en busca del número del servicio de habitaciones. Levantó el teléfono, pidió dos desayunos enormes y a Jane se le hizo la boca agua al pensarlo. Hacía casi veinticuatro horas que no probaban bocado. Mientras aguardaban la comida, ella comenzó el proceso de llamar a Connecticut. La llamada tardó unos cinco minutos en llegar, y Jane esperó aferrando el teléfono, crispada por el deseo de oír la voz de sus padres.

—¿Mamá? ¡Mamá, soy Jane! Estoy bien... No llores, no puedo hablar contigo si lloras —dijo, y se enjugó unas lágrimas—. Pásame a papá para que le diga lo que sucede. Hablaremos largo y tendido en cuanto llegue a casa, te lo prometo —esperó unos segundos. Miraba a Grant con una sonrisa neblinosa y los ojos húmedos.

—¿Jane? ¿De verdad eres tú? —exclamó su padre al otro lado de la línea.

—Sí, de verdad soy yo. Estoy en Ciudad de México.

Grant me sacó de allí. Llegamos en avión hace un rato.

Su padre profirió un sonido estrangulado, y Jane comprendió que estaba llorando. Por fin logró dominarse.

—Bueno, ¿y ahora qué? —preguntó—. ¿Cuándo estarás aquí? ¿Adónde vas a ir desde ahí?

—No lo sé —dijo ella y, mirando a Grant con las cejas levantadas, se apartó el teléfono de la oreja—. ¿Adónde vamos a ir ahora?

Él le quitó el teléfono.

—Soy Sullivan. Probablemente estaremos aquí un par de días para resolver el papeleo. Hemos llegado sin que nuestros pasaportes fueran comprobados, pero tendré que hacer unas cuantas llamadas antes de que lleguemos a Estados Unidos. Sí, estamos bien. Le avisaré en cuanto sepa algo.

Cuando colgó y se dio la vuelta, Jane lo estaba mirando con los labios fruncidos.

—¿Cómo es que llegamos aquí sin que nadie comprobara nuestros pasaportes?

—Un par de personas hicieron la vista gorda, eso es todo. Sabían que llegábamos. Informaré de que hemos extraviado los pasaportes y conseguiré duplicados en la embajada americana. No pasa nada.

—¿Cómo conseguiste arreglarlo todo tan rápidamente? Sé que éste no era el plan original.

—No, pero teníamos ayuda dentro —Sabin había cumplido su palabra, pensó. Todos los antiguos contactos habían respondido, y a todos se les había pedido que le prestaran cuanta ayuda necesitara.

—¿Tus... antiguos socios? —preguntó Jane.

—Cuanto menos sepas, mejor. Ya has aprendido demasiadas cosas. Como a hacer un puente a ese camión. ¿Lo habías hecho alguna vez?

—No, pero me fijé cuando tú lo hiciste la primera vez —explicó ella con ojos llenos de inocencia.

—No pierdas el tiempo mirándome con esa cara de asombro —rezongó él.

Un golpe en la puerta y una voz cantarina anunciaron que el servicio de habitaciones había llegado en tiempo récord. Grant miró por la mirilla, abrió la puerta y dejó entrar al chico. El aroma del café caliente llenó la habitación, y a Jane empezó a hacérsele la boca agua. Mientas el chico colocaba la comida en la mesa, ella revoloteaba a su alrededor.

—Mira esto —le dijo a Grant—. Naranjas frescas y melón. Tostadas. Yogur de melocotón. Huevos. Mantequilla. ¡Café de verdad!

—Se te está cayendo la baba —bromeó Grant mientras le daba al chico una generosa propina, pero él estaba igual de hambriento y entre los dos engulleron el desayuno en un abrir y cerrar de ojos. Desapareció hasta la última miga y la cafetera quedó vacía antes de que levantaran la vista y se sonrieran el uno al otro.

—Casi me siento humana otra vez —suspiró Jane—. ¡Ahora, a la ducha!

Se desató las botas, se las quitó y suspiró de alivio al mover los dedos de los pies. Al mirar a Grant, vio que la estaba observando con aquella sonrisa sesgada que tanto le gustaba. El corazón le dio un vuelco.

–¿No vas a ducharte conmigo? –preguntó candorosamente cuando entraba en el cuarto de baño.

Estaba ya bajo el delicioso chorro caliente, con la cara levantada para que el agua le cayera directamente en la cara, cuando la puerta de la ducha se abrió y Grant se reunió con ella. Se volvió y se enjugó la humedad de los ojos. Una sonrisa se dibujó en sus labios y se disipó cuando vio las magulladuras que Grant tenía en las costillas y el abdomen.

–Oh, Grant –musitó, y pasó los dedos suavemente por los feos y oscuros hematomas–. Lo siento muchísimo.

Él le lanzó una mirada inquisitiva. Estaba agarrotado y dolorido, pero no tenía nada roto y los moratones se irían borrando. Lo había pasado mucho peor otras veces. Naturalmente, si Turego hubiera podido proseguir con la paliza, probablemente él habría muerto a causa de las heridas internas. Pero no había sido así, de modo que no había de qué preocuparse. Agarró la barbilla de Jane y le levantó la cara.

–Los dos estamos cubiertos de moratones, cariño, por si no lo has notado. Estoy bien –se apoderó de su boca y saboreó su dulzura con la lengua, apretándola contra sí.

La deliciosa fricción de sus cuerpos desnudos y mojados subió la temperatura, agitando el torbellino del deseo. El aburrido proceso de enjabonarse y aclararse se convirtió en una lenta serie de caricias. Las manos de Jane resbalaban sobre los duros músculos de Grant, y las de él buscaban las suaves turgencias de ella y las irresistibles profundidades de su cuerpo. La levantó en vilo y la hizo reclinarse hacia atrás sobre su brazo. Besó sus pechos y lamió los pezones hasta que estuvieron duros y enrojecidos. Saboreó la frescura de la piel recién enjabonada y la dulzura de su carne, que ningún jabón podía ocultar. Jane se retorcía, con las piernas entrelazadas con las suyas. La mente de Grant se nubló cuando se frotó contra la juntura de sus muslos.

Jane lo deseaba apasionadamente. Su cuerpo ardía, ansioso. De pronto la cama parecía estar muy lejos. Sus piernas se abrieron y se alzaron para ceñir la cintura de Grant. Con un áspero gemido, él la apoyó contra la pared y la penetró. Jane se estremeció. Grant se hundió dentro de ella tanto como pudo con una sola y poderosa acometida, como si cualquier distancia entre sus cuerpos fuera excesiva. Clavó los dedos entre el pelo de Jane, le echó la cabeza hacia atrás y la besó salvajemente, entrelazando sus lenguas mientras el agua corría por sus cuerpos. El poder de sus embestidas nublaba la conciencia de Jane, pero se aferró a él, gimiendo, y le suplicó que no parara. Grant no podría haber parado, no podría haber aminorado el ritmo. Su cuerpo exigía satisfacerse dentro de ella. La bruma rojiza que enturbiaba su mente lo cubría todo, salvo el éxtasis ardiente que le producía el cuerpo de Jane al envolverlo en su abrazo tenso y suave.

Ella gritó una y otra vez, estremecida por oleadas de un placer casi insoportable. Se aferró a sus hombros. Temblaba y se estremecía. Su cuerpo aterciopelado condujo a Grant al borde del abismo. Se derramó dentro de ella, acometiéndola con fuerza, y sintió que moría un poco y que, sin embargo, estaba tan vivo que casi le daban ganas de gritar.

Apenas lograron llegar a la cama. Habían gastado todas sus energías secándose, y Jane estaba tan débil que casi no se tenía en pie. Grant notaba que cada músculo de su cuerpo temblaba. Se tumbaron en la cama, sin importarles que su cabello mojado mojara las almohadas.

Grant alargó el brazo hacia ella.

—Ven aquí —dijo con esfuerzo, tumbándola sobre él. Jane cerró los ojos, llena de dicha, y se acomodó sobre su pecho amplio y recio. Grant le separó las piernas y ella parpadeó al sentir que la penetraba. Un ronroneo de placer escapó de sus labios, pero estaba tan cansada, tenía tanto sueño...

—Ahora ya podemos dormir —dijo él, moviendo los labios sobre su pelo.

Hacía calor en la habitación cuando se despertaron. El sol de México entraba por las cortinas echadas. El sudor había pegado sus cuerpos, y su piel hizo un sonido como de succión cuando Grant apartó con cuidado a Jane. Se levantó, encendió el aire acondicionado al máximo y se quedó un momento inmóvil para que el aire frío bañara su cuerpo desnudo. Luego regresó a la cama y tumbó a Jane de espaldas.

Ese día apenas salieron de la cama. Hicieron el amor, sestearon y al despertarse volvieron a hacer el amor. Jane no se saciaba de él, ni él, al parecer, de ella. Nada les apremiaba ya, sólo una profunda reticencia a separarse el uno del otro. Grant enseñó a Jane los confines de su propia sensibilidad, saboreó su cuerpo por entero, le hizo el amor con la boca hasta que ella tembló y se estremeció de placer, enloquecida e indefensa. Ella le dijo que lo quería. No pudo remediarlo. Ya se lo había dicho antes, de todas formas, y pronto el mundo volvería a interponerse entre ellos.

Llegó la noche y abandonaron por fin la habitación. Tomados de la mano, se adentraron en la cálida noche mexicana y buscaron algunas tiendas que cerraban tarde. Jane compró un vestido rosa que le daba a su piel bronceada el color de la miel, unas sandalias y ropa interior nueva. A Grant no le gustaba mucho ir de compras y fue ella quien eligió unos vaqueros, unos zapatos y un polo blanco para él.

–Deberías cambiarte –le dijo, empujándolo hacia el vestidor–. Esta noche vamos a salir a cenar.

No hubo forma de disuadirla. Hasta que estuvo sentado frente a ella en un restaurante poco iluminado, con una botella de vino entre los dos, Grant no se dio cuenta de que era la primera vez desde hacía años que salía con una mujer. No tenían nada que hacer, excepto comer y hablar, beber vino y pensar en lo que iban a hacer cuando volvieran al hotel. Incluso después de retirarse se había quedado solo en la granja. A veces pasaba semanas enteras sin ver un alma. Cuando la necesidad de comprar provisiones lo obligaba a ir al pueblo, iba derecho allí y regresaba enseguida, a menudo sin hablar con nadie. No soportaba a nadie a su lado. Ahora, en cambio, se sentía relajado. Ni siquiera pensaba en los desconocidos que lo rodeaban, cuya presencia aceptaba sin reparar en ella. Su mente y sus sentidos se hallaban fijos en Jane.

Ella estaba radiante, incandescente de energía. Sus ojos oscuros brillaban; su piel tostada relucía; su risa chisporroteaba. Sus pechos se insinuaban bajo el vestido veraniego. Tenía los pezones erizados por el fresco que reinaba en el restaurante, y el deseo comenzó a agitarse de nuevo dentro de Grant. No les quedaba mucho tiempo juntos; pronto estarían de vuelta en su país, y su misión habría acabado. Era demasiado pronto. Aún no se había saciado del sabor de Jane, de la salvaje dulzura de su cuerpo, ni del modo en que su risa lograba deshacer los nudos de tensión de sus entrañas.

Regresaron al hotel, y a la cama. Grant le hizo el amor furiosamente. Intentaba saciarse, acumular recuerdos que lo sostuvieran durante los largos años vacíos que tenía por delante. Estar solo era una costumbre que tenía en él hondas raíces. Deseaba a Jane, pero no podía llevarla a la granja con él, y él no encajaba en su mundo. A ella le gustaba estar rodeada de gente, mientras que él se sentía más a gusto con una pared a la espalda. Ella era extrovertida y él retraído y secreto.

Ella también sabía que lo suyo casi había acabado. Tendida sobre su pecho mientras la oscuridad los envolvía como un manto, comenzó a hablar. Le contó, como un regalo, historias de su infancia; a qué colegio había ido; qué comida y qué música prefería; qué le gustaba leer. Su charla hizo que a Grant le costara menos trabajo hablar, con voz baja y oxidada, acerca del niño de pelo casi albino que había sido, de su piel quemada por el sol, de los veranos en el sur de Georgia, de sus correrías por los pantanos. Había aprendido a cazar y a pescar casi al mismo tiempo que a andar. Le habló de sus años en el instituto, de cuando jugaba al fútbol y perseguía a las animadoras, se emborrachaba y se metía en líos y luego intentaba entrar a hurtadillas en su casa para que su madre no lo descubriera.

Los dedos de Jane jugueteaban con el vello de su pecho. Ella era consciente de que se había hecho el silencio porque Grant había llegado al momento de su historia en el que su vida cambiaba. El relato de las travesuras de su juventud había acabado.

—¿Qué ocurrió luego? —preguntó ella en voz baja.

El pecho de Grant subió y bajó.

—Vietnam, eso fue lo que ocurrió. Me llamaron a filas cuando tenía dieciocho años. Se me daba muy bien moverme por la jungla, así que allí fue donde me destinaron. Regresé a casa una vez, pero mis padres eran los de siempre mientras que yo ya no era el mismo. Ni siquiera podíamos hablar. Así que regresé.

—¿Y te quedaste?

—Sí, me quedé —su voz era plana.

—¿Cómo te metiste en los servicios de inteligencia, o como se llamen?

—Actividades encubiertas. Misiones de alto riesgo. La guerra acabó y volví a casa, pero no tenía nada que hacer. ¿Qué iba hacer? ¿Trabajar en una tienda de comestibles, cuando me habían convertido en un arma de filo tan fino que la gente se habría arriesgado a perder la vida si se hubiera acercado a preguntarme el precio de los huevos? Supongo que al final me habría establecido en algún sitio, pero no esperé a averiguarlo. Mis padres se avergonzaban de mí, y de todas formas yo ya era un extraño para ellos. Cuando un antiguo compañero contactó conmigo, acepté su oferta.

—Pero ahora estás retirado. ¿Volviste a Georgia?

—Sólo un par de días, para que supieran dónde iba a estar. No podía establecerme allí. Me conocía demasiada gente y quería estar solo. Así que compré una granja cerca de las montañas de Tennessee y desde entonces he estado hibernando allí. Hasta que tu padre me llamó para que te llevara a casa.

—¿Has estado casado? ¿O prometido?

—No —contestó él, y la besó—. Ya basta de preguntas. Duérmete.

—Grant...

—¿Hmmm?

—¿De verdad crees que se ha dado por vencido?

—¿Quién?

—Turego.

—Cariño —dijo, divertido—, te prometo que nos ocuparemos de él. No te preocupes por eso. Ahora que estás sana y salva, se pueden dar los pasos necesarios para neutralizarlo.

—Utilizas unas palabras espeluznantes. ¿Qué quieres decir con «ocuparnos de él» y «neutralizarlo»?

—Que va a pasar algún tiempo en esas bonitas cárceles de Centroamérica de las que todo el mundo ha oído hablar. Anda, duérmete.

Ella obedeció, rodeada por sus fuertes brazos. Una sonrisa satisfecha curvaba sus labios.

Alguien había vuelto a mover los hilos. Podría haber sido su padre o el misterioso amigo de Grant que se ocupaba de arreglarlo todo, o quizá Grant hubiera persuadido a alguien de la embajada. Fuera como fuese, a la tarde siguiente tenían sus pasaportes. Podrían haber tomado el siguiente vuelo a Dallas, pero pasaron otra noche juntos, haciendo el amor en la enorme cama con la puerta bien cerrada. Jane no quería marcharse. Mientras estuvieran en Ciudad de México, podía fingir que lo suyo no había acabado, que la misión de Grant no había concluido aún. Pero sus padres estaban esperándola y Grant tenía que retomar su vida. Ella debía encontrar otro empleo y ocuparse de la pequeña tarea que tantas molestias le había dado. No podían quedarse en México.

Aun así, las lágrimas ardían en sus ojos cuando embarcaron en el avión que había de llevarlos a Dallas. Sabía que Grant había reservado vuelos separados desde Dallas. Ella se iría a Nueva York; él, a Knoxville. Se dirían adiós en el vasto y ajetreado aeropuerto de Dallas. Jane no podía soportarlo. Si no lograba dominarse, se pondría a lloriquear como una niña, y Grant se enfadaría. Si él quisiera más de ella de lo que ya tenía, se lo habría pedido. Ella había hecho más que evidente que estaba dispuesta a darle todo lo que quisiera. Pero él no le había pedido nada. Así pues, no la quería. Ella sabía desde hacía tiempo que llegaría aquel momento y lo había aceptado, se había arriesgado y había disfrutado cuanto había podido. Pero el momento de la verdad había llegado.

Jane dominó sus lágrimas. Leyó la revista de la aerolínea y hasta comprendió lo que leía. Durante un rato sostuvo la mano de Grant, pero tuvo que soltarla cuando les sirvieron la comida. Pidió un gin tonic, se lo bebió de un trago y pidió otro.

Grant la miró con los ojos entornados, pero ella le lanzó una sonrisa radiante, empeñada en que no notara que estaba deshecha por dentro.

Muy pronto aterrizaron en Dallas y salieron del avión por la pasarela móvil. Jane se aferraba a la mochila sucia y rota. De pronto se dio cuenta de que las botas y la ropa de camuflaje de Grant estaban dentro, con sus cosas.

—Necesito tu dirección —dijo alegremente, llena de nerviosismo—. Para enviarte tu ropa. A no ser que prefieras comprarte una bolsa en las tiendas del aeropuerto, claro. Tenemos tiempo de sobra antes de que salgan nuestros vuelos.

Él comprobó su reloj.

—Tú tienes veintiocho minutos, así que será mejor que busques tu puerta de embarque. ¿Tienes el billete?

—Sí, aquí mismo. ¿Y tu ropa?

—Estaré en contacto con tu padre. No te preocupes por eso.

Sí, claro; estaba la cuestión de su salario por haberla sacado de Costa Rica. Su rostro era duro e inexpresivo; sus ojos ambarinos, fríos. Ella le tendió la mano, sin notar que temblaba.

—Bueno, adiós, entonces. Ha sido... —se interrumpió. ¿Qué podía decir? ¿«Ha sido un placer conocerte»? Tragó saliva—. Ha sido divertido.

Él miró su mano extendida, luego levantó la mirada hacia su cara. Una expresión de incredulidad se filtró en la frialdad de sus ojos.

—Ni lo sueñes —dijo lentamente y, tomándola de la mano, la estrechó entre sus brazos. Su boca caliente cubrió la de Jane. Su lengua se movió despacio dentro de su boca como si no estuvieran rodeados por un sinfín de personas que los miraban boquiabiertas. Jane se aferró a él, temblorosa.

Grant la apartó. Su mandíbula estaba tensa.

—Vamos. Tus padres te esperan. Tendrás noticias mías dentro de un par de días —añadió sin querer. Pretendía que aquella fuera su despedida definitiva, pero los ojos oscuros de Jane tenían una expresión tan extraviada y llena de dolor y ella lo había besado con tanto anhelo, que no había podido refrenar sus palabras. Una vez más, entonces. Se concedería una vez más con ella.

Jane asintió, intentando rehacerse. No iba a derrumbarse, ni a echarse a llorar delante de él. Grant casi deseaba que llorara; de ese modo habría tenido una excusa para abrazarla de nuevo. Pero Jane era muy fuerte.

—Adiós —dijo y, dándose la vuelta, se alejó de él.

Apenas veía por dónde iba. La gente pasaba como un borrón ante sus ojos, y ella parpadeaba tenazmente para contener las lágrimas. Estaba sola otra vez. Grant había dicho que se mantendría en contacto, pero ella sabía que no lo haría. Lo suyo había acabado. Tenía que aceptarlo y sentirse agradecida por el tiempo que habían pasado juntos. Había sido evidente desde el principio que Grant no era un hombre a quien pudiera atarse.

Alguien le tocó el brazo. Un contacto cálido y fuerte, un toque de hombre. Se detuvo y una loca esperanza brotó en su pecho, pero, al darse la vuelta, vio que no era Grant quien la había hecho pararse. El hombre, de cabello y ojos oscuros y piel oscura, tenía fuertes rasgos hispanos.

—¿Jane Greer? —preguntó cortésmente.

Ella asintió con la cabeza, preguntándose cómo sabía su nombre y por qué la había reconocido. Él la agarró del brazo con más fuerza.

—¿Tendría la amabilidad de acompañarme? —dijo, y aunque su voz seguía siendo amable, aquello era una orden, no una pregunta.

Jane se alarmó, y la preocupación la sacó bruscamente de su tristeza. Sonrió al hombre, echó la mochila hacia atrás y lo golpeó en un lado de la cabeza con ella. El hombre se tambaleó. Por el ruido sordo que se oyó, Jane comprendió que lo había golpeado con las botas de Grant.

—¡Grant! —gritó, y su voz atravesó la algarabía que formaban las voces de miles de personas—. ¡Grant!

El hombre se repuso y se abalanzó hacia ella. Jane echó a correr en la dirección por la que había venido. Mientras esquivaba a la gente vio que Grant cruzaba la multitud como un atleta, apartando a quien se interponía en su camino. El hombre la agarró del brazo. Pero Grant estaba ya allí. La gente gritaba y se dispersaba, y los guardias del aeropuerto corrían hacia ellos. Grant tumbó al hombre de un puñetazo, agarró a Jane del brazo y corrió hacia la salida más cercana. Esquivaba a la gente que iba de un lado a otro y hacía caso omiso de los gritos que les ordenaban detenerse.

—¿Qué demonios está pasando? —bramó él al sacarla al radiante sol de Texas. El calor húmedo cayó sobre ellos.

—¡No lo sé! Ese tipo se acercó a mí y me preguntó si era Jane Greer. Luego me agarró del brazo y me dijo que lo acompañara, así que le di en la cabeza con la mochila y empecé a gritar.

—Lógico —masculló él, y paró un coche, metió a Jane en él y se subió a su lado.

—¿Adónde, amigos? —preguntó el taxista.

—Al centro.

—¿A algún sitio en particular?

—Ya le diré dónde parar.

El conductor se encogió de hombros. Cuando se alejaron de la acera, parecía salir mucha gente de la terminal, pero Jane no miró hacia atrás. Todavía estaba temblando.

—No puede ser Turego otra vez, ¿no?

Grant se encogió de hombros.

—Es posible, si tiene suficiente dinero. Voy a hacer una llamada.

Jane había creído que estaba a salvo, que los dos lo estaban. Después de pasar dos días apacibles en México, aquel miedo repentino parecía mucho más agudo y más acre. No podía dejar de temblar.

No llegaron a entrar en el centro de Dallas. Grant indicó al conductor que les dejara en un centro comercial.

—¿Por qué un centro comercial? —preguntó Jane mientras miraba a su alrededor.

—Aquí hay teléfonos y es más seguro que una cabina, en plena calle —la enlazó con el brazo y la estrechó un momento—. No te preocupes, cariño.

Entraron y buscaron una hilera de teléfonos públicos, pero era un día de mucho ajetreo y todos estaban ocupados. Esperaron mientras una adolescente discutía largo y tendido con su madre a qué hora podía volver a casa esa noche, pero al final la chica colgó y se alejó hecha una furia. Evidentemente, había salido derrotada. Grant se apoderó del teléfono antes de que pudiera acercarse otra persona. Jane, que permanecía a su lado, lo vio introducir las monedas, marcar un número y añadir algunas monedas más. Él se inclinó tranquilamente contra la mampara que albergaba el teléfono y escuchó los pitidos de la línea.

—Sullivan —dijo por fin cuando alguien contestó al teléfono—. Casi la han atrapado en el aeropuerto de

Dallas —escuchó un momento; luego sus ojos volaron hacia Jane—. Está bien, entendido. Allí estaremos. Por cierto, fue un paso en falso. Podría haber matado a ese tipo —colgó y sus labios se tensaron.

—¿Y bien? —preguntó Jane.

—Acabas de pegar a un agente.

—¿A un agente? ¿Quieres decir a uno de los hombres de tu amigo?

—Sí. Vamos a dar un pequeño rodeo. Vas a tener que dar parte. Correspondía a otras personas recogerte, y decidieron acercarse a ti después de que nos separásemos, ya que yo ya no estoy en el negocio y esto no me concierne oficialmente. Sabin les dará un tirón de orejas.

—¿Sabin? ¿Es tu amigo?

Él sonreía.

—El mismo —acarició su pómulo muy suavemente con el dorso de los dedos—. Y vas a tener que olvidar su nombre, cariño. ¿Por qué no llamas a tus padres y les dices que no llegarás esta noche, sino mañana? Puedes llamarlos otra vez cuando sepamos algo definitivo.

—¿Tú también vienes?

—No me lo perdería por nada del mundo —sonrió con cierta malevolencia, imaginando cómo reaccionaría Kell al hallarse ante Jane.

—Pero ¿adónde vamos?

—A Virginia, pero no se lo digas a tus padres. Diles sólo que has perdido el vuelo.

Ella hizo ademán de levantar el teléfono y luego se detuvo.

—Tu amigo debe de ser muy importante.

—Tiene cierto poder —dijo Grant, quitándole importancia al asunto.

Así pues, tenían que saber lo del microfilm. Jane marcó el número de su tarjeta de crédito. Se alegraría de zanjar aquel asunto de una vez por todas, y al menos Grant iba a quedarse con ella un día más. ¡Un solo día! Era un respiro, pero Jane no sabía si tendría fuerzas para soportar otro adiós.

Los campos de Virginia que rodeaban el lugar eran apacibles y serenos; los árboles, verdes; los arbustos en flor estaban bien atendidos. Aquello se parecía bastante a Connecticut, el estado donde vivía su padre. Todo el mundo era amable, y varias personas saludaron a Grant, pero Jane notó que hasta las que le hablaban lo hacían con cierta vacilación, como si desconfiaran un poco de él.

La oficina de Kell estaba donde había estado siempre, y la puerta aún tenía su nombre. El agente que los había escoltado llamó suavemente.

–Sullivan está aquí, señor.

–Hazlos pasar.

Jane reparó enseguida en el encanto, algo anticuado, de la habitación. Los techos eran altos; la chimenea era sin duda la original, construida con la casa hacía más de un siglo. Las altas puertas de cristal de detrás de la gran mesa de escritorio dejaban pasar el sol del atardecer. La silueta del hombre sentado tras la mesa se recortaba contra ellas, y cualquiera que entrara en la habitación recibía como un foco la luz cegadora del sol. George ya le había hablado de aquello. El hombre se levantó al entrar ellos. Era alto, quizá no tanto como Grant, pero sí fibroso y duro, con una elasticidad de látigo que sin duda no mantenía estando sentado detrás de una mesa.

Se adelantó para saludarlos.

—Estás hecho un asco, Sullivan —dijo, y se estrecharon las manos. Luego el hombre fijó la mirada en ella y por primera vez Jane sintió su poder. Sus ojos eran tan negros que no había luz en ellos; absorbían la luz, atrayéndola hacia las profundidades de sus pupilas. Su cabello era denso y negro; su tez oscura, y parecía rodeado por un abrasador halo de energía.

—Señorita Greer —dijo al tiempo que le tendía la mano.

—Señor Sabin —contestó ella, estrechándosela con calma.

—Tengo en Dallas un agente muy avergonzado.

—Pues no debería estarlo —dijo Grant con sorna tras ella—. Salió bien parado.

—Las botas de Grant estaban en la mochila —explicó Jane—. Por eso quedó tan aturdido cuando lo golpeé con ella.

En los ojos de Sabin apareció el primer indicio de que Jane no era lo que esperaba. Grant se quedó tras ella, con los brazos cruzados tranquilamente, y aguardó.

Sabin observó el rostro franco de Jane, el sesgo gatuno de sus ojos oscuros, las ligeras pecas que salpicaban sus pómulos. Luego miró rápidamente a Grant, que seguía plantado tras ella como el Peñón de Gibraltar. Podía interrogarla, pero tenía la sensación de que Grant no permitiría que la presionara en modo alguno. No era propio de Sullivan involucrarse hasta ese punto, pero ahora estaba fuera del negocio, así que las viejas normas ya no le concernían. Jane Greer no era una gran belleza, pero poseía un encanto lleno de viveza. Quizá la chica hubiera conseguido ganarse la confianza de Sullivan. Sabin, sin embargo, no se fiaba de su franqueza, porque sabía más ahora de ella que al principio.

—Señorita Greer —comenzó a decir lentamente—, ¿sabía usted que George Persall era un...?

—Sí, lo sabía —lo interrumpió ella jovialmente—. Lo ayudaba a veces, aunque no muy a menudo, porque le gustaba usar un método distinto cada vez. Creo que esto es lo que quiere —abrió la mochila y comenzó a revolver en su interior—. Sé que está aquí. ¡Ya está! —sacó el pequeño rollo de película y lo depositó sobre la mesa.

Los dos hombres parecieron estupefactos.

—¿Lo ha llevado encima todo este tiempo? —preguntó Sabin, atónito.

—Bueno, no tuve ocasión de esconderlo. En algunos momentos me lo guardé en el bolsillo. De ese modo Turego podía registrar mi habitación cuanto quisiera sin encontrarlo. Ustedes, los espías, siempre se esfuerzan por complicar las cosas. George siempre me decía que recurriera a la sencillez.

Grant empezó a reírse. No podía evitarlo. Aquello era muy cómico.

—Jane, ¿por qué no me dijiste que tenías el microfilm?

—Pensé que estarías más seguro si no lo sabías.

Sabin pareció de nuevo perplejo, como si no pudiera creer que alguien sintiera la necesidad de proteger a Grant Sullivan. Dado que Kell era, por lo general, absolutamente impasible, Grant comprendió que Jane había sido una enorme sorpresa para él, como lo era para todo aquél que llegaba a conocerla. Sabin tosió para ocultar su turbación.

—Señorita Greer —dijo con cautela—, ¿sabe usted qué hay en esa película?

—No. Ni lo sabía George.

Grant se rió otra vez.

—Adelante —le dijo a Sabin—. Háblale del microfilm. O, mejor aún, enséñaselo. Le gustará.

Sabin meneó la cabeza, recogió la película, la sacó de su funda y la desenrolló. Grant sacó su encendedor, se inclinó hacia delante y prendió fuego al microfilm. Los tres vieron cómo las llamas consumían lentamente la tira de celuloide hasta casi quemar los dedos de Sabin. Éste la dejó caer en un gran cenicero.

—El microfilm —explicó Sabin— era una copia de cierto documento que no queremos que nadie más conozca. Lo único que queríamos era destruirlo antes de que alguien pudiera verlo.

Con el olor del plástico quemado aún metido en la nariz, Jane observó en silencio cómo se consumían los últimos restos de película. Lo único que querían era destruirlo, y ella lo había llevado consigo a través de la jungla y de medio continente... sólo para dárselo a aquel hombre y que lo quemara. Sus labios se curvaron; le daba miedo hacer una escena, así que intentó dominarse. Pero no pudo resistirse; sintió que algo crecía dentro de ella y se le escapó la risa. Se volvió, miró a Grant y entre ellos centelleó el recuerdo de todo lo que habían pasado. Jane se rió de nuevo y un instante después los dos prorrumpieron en carcajadas. Jane se agarró a la camisa de Grant porque se reía tan fuerte que las piernas no la sostenían.

—Me caí por un barranco —dijo casi sin aliento—. Robamos una camioneta... disparamos a un camión... le rompí la nariz a Turego... ¡y todo para verlo arder!

Grant soltó otra carcajada, se agarró las costillas doloridas y se dobló por la cintura. Sabin los vio abrazarse y reír estruendosamente. La curiosidad se apoderó de él.

—¿Por qué disparasteis a un camión? —preguntó; luego, de pronto, él también se echó a reír.

Un agente se detuvo al otro lado de la puerta, ladeó la cabeza y aguzó el oído. No, era imposible. Sabin nunca reía.

Yacían en la cama del hotel, en el centro de Washington, agradablemente cansados. Habían hecho el amor tan pronto se cerró la puerta tras ellos, habían caído sobre la cama y sólo se habían quitado la ropa necesaria. Pero de eso hacía ya horas y ahora estaban completamente desnudos y se deslizaban poco a poco hacia el sueño.

Grant deslizaba la mano arriba y abajo, trazando una indolente filigrana sobre la espalda de Jane.

—¿Hasta qué punto estabas al corriente de las actividades de Persall?

—No mucho —murmuró ella—. Las conocía, sí. Tenía que ser así, para poder servirle de tapadera cuando era necesario. Y él a veces me usaba como correo, pero no a menudo. Aun así, hablaba mucho conmigo, me contaba cosas. Era un hombre extraño y solitario.

—¿Era tu amante?

Ella levantó la cabeza de su pecho, sorprendida.

—¿George? ¡Claro que no!

—¿Por qué claro? Era un hombre, ¿no? Y estaba en tu cuarto cuando murió.

Ella se quedó callada un momento.

—George tenía un problema, un problema médico. No podía ser el amante de nadie.

—Entonces, esa parte del informe también estaba equivocada.

—Fue a propósito. Él me usaba como una especie de escudo.

Grant puso la mano sobre su pelo y la sostuvo para darle un beso.

—Me alegro. Era muy mayor para ti.

Jane lo observó con sus ojos oscuros y vivaces.

—Aunque no lo hubiera sido, a mí no me interesaba. Como bien sabrás, eres el único amante que he tenido. Antes de conocerte, nunca... había deseado a nadie.

—¿Y cuando me conociste...? —murmuró él.

—Te deseé —bajó la cabeza y lo besó; lo envolvió con sus brazos y se frotó contra él hasta que sintió su excitación.

—Yo también a ti —dijo él, su voz un mero susurro sobre la piel de Jane.

—Te quiero —aquellas palabras eran un grito de dolor surgido de la desesperación, porque Jane sabía que aquella era la última vez que estarían juntos, a menos que se arriesgara—. ¿Quieres casarte conmigo?

—Jane, no, por favor.

—¿Que no qué? ¿Que no te diga que te quiero? ¿O que no te pida que te cases conmigo? —se incorporó, se sentó sobre él a horcajadas y sacudió la oscura melena hacia atrás, echándosela sobre los hombros.

—No podemos vivir juntos —explicó él; sus ojos se habían vuelto de un dorado oscuro—. No puedo darte lo que necesitas, y serías desgraciada.

—Lo seré de todos modos —dijo ella juiciosamente, esforzándose por parecer despreocupada—. Prefiero ser desgraciada contigo que desgraciada sin ti.

—Yo soy un solitario. El matrimonio es cosa de dos y yo prefiero vivir a mi aire. Afróntalo, cariño. Lo pasamos bien en la cama, pero no hay nada más.

—Puede que para ti no. Pero yo te quiero —a pesar de sí misma, no pudo evitar que un eco de dolor resonara en su voz.

—¿Sí? Hemos soportado mucha presión. Era natural que nos apoyáramos el uno en el otro. Me habría sorprendido que no acabáramos haciendo el amor.

—Por favor, ahórrame tu psicología de combate. No soy una niña, ni soy tonta. Sé cuándo quiero a alguien, ¡y te quiero, maldita sea! No tiene por qué gustarte, pero no intentes convencerme de lo contrario.

—Está bien —tumbado de espaldas, Grant contempló sus ojos furiosos—. ¿Quieres que pida otra habitación?

—No. Esta es nuestra última noche juntos y vamos a pasarla juntos.

—¿Aunque nos peleemos?

—¿Por qué no? —preguntó ella con aire desafiante.

—Yo no quiero discutir —dijo él, y de pronto se incorporó y se volvió hacia ella. Jane se halló tumbada de espaldas. Lo miraba parpadeando, llena de sorpresa. Él le levantó las piernas y la penetró lentamente. Cerró los ojos y la excitación comenzó a alzarse en espiral dentro de ella. Grant tenía razón; se pasaba mucho mejor el tiempo haciendo el amor.

Jane no intentó convencerlo otra vez de que tenían un futuro juntos. Sabía por experiencia lo cabezota que era; tendría que darse cuenta por sí mismo. De modo que Jane pasó la noche amándolo. Intentaba asegurarse de que nunca la olvidaría, de que ninguna otra mujer podía darle el mismo placer que ella. Aquélla sería su despedida.

Esa noche, ya muy tarde, se inclinó sobre él.

—Tienes miedo —le dijo suavemente en tono acusatorio–. Has visto tantas cosas que te da miedo amar a alguien, porque sabes lo fácilmente que puede perderse todo.

La voz de Grant sonó cansada.

–Déjalo, Jane.

–Está bien. Ésa es mi última palabra, salvo una cosa: si decides arriesgarte, ve a buscarme.

A la mañana siguiente se levantó muy temprano y dejó a Grant durmiendo. Sabía que él tenía el sueño demasiado ligero como para no despertarse mientras ella se duchaba o se vestía, pero Grant no se dio la vuelta ni mostró señal alguna de estar despierto, así que ella decidió respetar la farsa. Sin darle siquiera un beso, salió de la habitación. Después de todo, ya se habían dicho adiós.

Al oír cerrarse la puerta, Grant se volvió y sus ojos se ensombrecieron mientras miraba la habitación vacía.

Jane y sus padres se abrazaron, lloraron y rieron y se estrecharon los unos a los otros, llenos de alegría. Su regreso exigía una celebración familiar que durara horas y era muy tarde cuando, esa noche, su padre y ella tuvieron ocasión de quedarse un rato a solas. Jane tenía pocos secretos para su padre; este era demasiado incisivo, demasiado realista. Entre ellos existía el acuerdo tácito de evitarle a su madre las cosas que pudieran angustiarla, pero Jane poseía la misma dureza interior que su padre.

Le contó lo sucedido en Costa Rica y hasta le habló de la travesía a través de la selva. Su padre, con su agudeza acostumbrada, advirtió los matices de su voz cuando mencionaba a Grant.

—Estás enamorada de Sullivan, ¿verdad?

Ella asintió mientras bebía un sorbo de su copa de vino.

—Tú lo conociste. ¿Qué te pareció? —la respuesta era importante para ella porque confiaba en el juicio de su padre.

—Me pareció poco común. Hay algo en sus ojos que casi da miedo. Pero le confié la vida de mi hija, si eso responde a tu pregunta, y volvería a hacerlo.

—¿Te importaría tenerlo en la familia?

—Lo recibiría con los brazos abiertos. Creo que sería capaz de hacerte sentar la cabeza —dijo James con aire un tanto gruñón.

—Bueno, le pedí que se casara conmigo, pero me rechazó. Voy a darle un tiempo para que reflexione. Luego empezaré a jugar sucio.

Su padre sonrió con la misma sonrisa rápida y alegre que había heredado su hija.

—¿Qué estás tramando?

—Voy a perseguir a ese hombre como no lo han perseguido nunca. Creo que me quedaré aquí una semana o dos. Luego me iré a Europa.

—Pero él no está en Europa.

—Lo sé. Lo perseguiré a distancia. Se trata de que se dé cuenta de lo mucho que me echa de menos, y me echará mucho más de menos cuando sepa lo lejos que estoy.

—Pero, ¿cómo va a averiguarlo?

—Ya me las arreglaré. Y, aunque no funcione, nunca viene mal viajar a Europa.

Era extraño cuánto la echaba de menos. Jane nunca había estado en la granja, pero a veces la casa parecía embrujada por ella. A Grant le parecía oírla decir algo, pero, al darse la vuelta, no había nadie allí. Y por las noches... ¡Dios, las noches eran horribles! No podía dormir, añoraba su suave peso extendido sobre él.

Intentaba distraerse con el arduo trabajo físico. En la granja las tareas se amontonaban rápidamente, y había estado fuera dos semanas. Con el dinero que le habían pagado por encontrar a Jane, habían podido liquidar las deudas de la granja y hasta le había sobrado bastante. Podría haber contratado a alguien para que lo ayudara. Pero, al regresar —todavía debilitado por las heridas y tan tenso que bastaba con que de noche cayera una piña de un árbol para que se levantara de un salto y buscara su cuchillo—, el trabajo había sido una terapia para él.

De modo que trabajaba al sol, cavaba hoyos para los postes de la cerca, levantaba nuevos tramos de valla, arregló y pintó el establo. Restauró el tejado de la casa, arregló el viejo tractor de la granja; y proyectó plantar más cosas la siguiente primavera. De momento, sólo había plantado algunas hortalizas, pero, si iba a tener su propia granja, debía cultivarla. No se haría rico con una granja de aquel tamaño, pero sabía lo que tenía que hacer. Trabajar la tierra le proporcionaba paz, como si lo pusiera en contacto con su niñez, antes de que la guerra cambiara su vida.

A lo lejos se alzaban las montañas, las grandes sierras neblinosas por las que aún caminaban los espectros de los cherokees. Sus vastas laderas estaban deshabitadas; claro, que sólo algunos espíritus indómitos, aparte de los cherokees, habían osado establecer allí su hogar a lo largo de los siglos. A Jane le gustarían las montañas. Eran viejas y estaban envueltas en velos plateados. En otro tiempo habían formado la cadena montañosa más alta de la tierra, pero los años —cuya cantidad resultaba inimaginable— las habían desgastado. Había lugares en aquellos montes en los que el tiempo se había detenido.

Las montañas y la tierra habían curado a Grant, y el proceso había sido tan gradual que no se había dado cuenta hasta hacía muy poco. Quizás el bálsamo final se lo había proporcionado Jane, al enseñarle a reír de nuevo.

Él le había dicho que lo dejara, y eso había hecho ella. Se había ido sigilosamente por la mañana, sin una palabra, porque él le había dicho que se fuera. Ella lo quería. Grant lo sabía. Había fingido que era otra cosa, la presión del estrés, lo que los había unido, pero sabía que no era cierto, y ella también.

Demonios, la echaba tanto de menos que sufría y, si aquello no era amor, confiaba en no amar nunca a nadie, porque no creía que pudiera soportarlo. No lograba quitársela de la cabeza y su ausencia era un vacío doloroso que no conseguía llenar, que nada aliviaba.

Jane tenía razón; le daba miedo arriesgarse, exponerse a sufrir de nuevo. Pero sufría de todos modos. Sería un idiota si la dejaba escapar.

Pero primero tenía que intentar curar viejas heridas.

Quería a sus padres y sabía que ellos lo querían a él, pero eran personas muy sencillas, que vivían apegadas a la tierra, y él se había convertido en un extraño. Su hermana era una mujer rubia y guapa, contenta con su trabajo en la biblioteca del pueblo, su apacible marido y sus tres hijos. Hacía varios años que Grant no veía a su sobrino y sus dos sobrinas. Cuando el año anterior se había pasado por allí para decirles a sus padres que se había retirado y había comprado una granja en Tennessee, se habían sentido todos tan incómodos que sólo se había quedado un par de horas, y se había ido sin ver a Rae, ni a los niños.

De modo que fue en coche a Georgia, subió al viejo y destartalado porche y llamó a la puerta de la casa donde había crecido. Su madre acudió a abrir mientras se secaba las manos en un delantal. Era casi mediodía; como siempre desde que Grant tenía uso de razón, le estaba haciendo la comida a su padre. Pero en aquella parte del país no se le llamaba «comida»; allí, a mediodía se tomaba el almuerzo y, de noche, la cena.

La sorpresa iluminó los ojos castaños de su madre, tan parecidos a los suyos, sólo que más oscuros.

—¡Hijo, qué sorpresa! ¿Se puede saber por qué llamas? ¿Por qué no has entrado?

—No quería que me dispararais —dijo él con franqueza.

—Ya sabes que no dejo que tu padre tenga armas en casa. La única que hay es esa escopeta vieja del granero. ¿Por qué dices esas cosas? —dio media vuelta, regresó a la cocina y Grant la siguió. Todo en la vieja casa le resultaba familiar, tan familiar como su propia cara.

Se sentó en una de las sillas rectas que rodeaban la mesa de la cocina. En aquella misma mesa había comido de niño.

—Mamá —dijo lentamente—, me han disparado tantas veces que me parece que es lo normal.

Ella se quedó quieta un momento, con la cabeza agachada; luego se puso otra vez a hacer sus galletas.

—Lo sé, hijo. Siempre lo hemos sabido. Pero no sabíamos cómo llegar hasta ti, cómo conseguir que volvieras con nosotros. Eras todavía un niño cuando te fuiste, pero volviste hecho un hombre, y no sabíamos qué decirte.

—No había modo de hablar conmigo. Estaba todavía demasiado verde, era demasiado salvaje. Pero la granja que compré, allí, en Tennessee... me ha ayudado.

No tenía que explicarse y lo sabía. Grace Sullivan poseía la sencilla sabiduría de la gente que vivía apegada a la tierra. Era una granjera, nunca había pretendido ser otra cosa, y Grant la admiraba por ello.

—¿Te quedarás a comer?

—Me gustaría quedarme un par de días, si no tenéis otros planes.

—Grant Sullivan, sabes perfectamente que tu padre y yo no tenemos planes de ir a ninguna parte.

Hablaba igual que cuando Grant tenía cinco años y se ensuciaba la ropa en cuanto se la ponía. Grant se acordaba de ella en aquella época, con su pelo oscuro, su rostro terso y sus ojos jóvenes y dorados como la miel, que lo miraban centelleando.

Se echó a reír, porque todo empezaba a mejorar, y su madre lo miró con sorpresa. Hacía veinte años que no oía reír a su hijo.

—Eso está bien —dijo él alegremente—. Porque tardaré por lo menos dos días en hablar de la mujer con la que voy a casarme.

—¡Qué! —ella se volvió, y se echó a reír—. ¡Me tomas el pelo! ¿De veras vas a casarte? ¡Háblame de ella!

—Mamá, te va a encantar —dijo—. Está loca.

Nunca hubiera creído que encontrarla fuera tan arduo. Pensaba que sería tan sencillo como llamar a su padre y pedirle su dirección, pero debería haber imaginado que no lo sería. Con Jane, nada era nunca como debía.

Por de pronto, tardó tres días en contactar con su padre. Evidentemente, sus padres habían salido de viaje, y el ama de llaves tampoco sabía dónde estaba Jane, o le habían dado instrucciones de no proporcionar ninguna información. Teniendo en cuenta las circunstancias de Jane, Grant dedujo que sería más bien esto último. De modo que aguardó tres días, hasta que por fin pudo hablar con su padre, pero eso no mejoró mucho las cosas.

—Está en Europa —explicó James con tranquilidad—. Se quedó aquí una semana y luego volvió a marcharse.

A Grant le dieron ganas de maldecir.

—¿Dónde está exactamente?

—No lo sé. Fue bastante vaga al respecto. Ya conoce a Jane.

Él se temía que sí.

—¿Ha llamado?

—Sí, un par de veces.

—Señor Hamilton, necesito hablar con ella. Cuando vuelva a llamar, ¿podría averiguar dónde está y decirle que se quede allí hasta que consiga contactar con ella?

—Podrían pasar un par de semanas. Jane no llama a menudo. Pero, si es urgente, puede que conozca usted a alguien que sabe exactamente dónde está. Mencionó que había hablado con un amigo suyo... veamos, ¿cómo se llamaba?

—Sabin —contestó Grant, apretando los dientes, lleno de rabia.

—Sí, eso es. Sabin. ¿Por qué no lo llama? Puede que se ahorre mucho tiempo.

Grant no quería llamar a Kell. Quería verlo cara a cara y estrangularlo. ¡Maldito fuera! ¡Si había reclutado a Jane para su turbia red...!

Estaba perdiendo tiempo y dinero persiguiéndola por el país, y estaba de muy mal humor cuando llegó a Virginia. No tenía permiso para entrar en el edificio, de modo que llamó directamente a Kell.

—Soy Sullivan. Déjame pasar. Estaré allí dentro de cinco minutos.

—Grant...

Grant colgó. No quería oír nada por teléfono.

Diez minutos después se inclinaba sobre la mesa de Kell.

—¿Dónde está?

—En Montecarlo.

—¡Maldita sea! —gritó, y dio un puñetazo en la mesa—. ¿Cómo has podido meterla en esto?

—No fui yo quien la reclutó —dijo Kell fríamente. Sus ojos oscuros lo observaban, vigilantes—. Me llamó ella. Dijo que se había dado cuenta de algo interesante y que quizá yo quisiera saberlo. Tenía razón. Me interesó mucho.

—¿Cómo pudo llamarte? Tu número no viene precisamente en la guía.

—Lo mismo le pregunté yo. Por lo visto estaba a tu lado cuando me llamaste desde Dallas.

Grant masculló una maldición y se frotó los ojos.

—Debí sospecharlo. Debí imaginarlo, después de que arrancara aquel camión. Me veía hacer algo una vez y luego lo hacía ella.

—Si te sirve de consuelo, no se acordaba del todo bien del número. Recordaba los números, pero no el orden. Me dijo que era el quinto número al que llamaba.

—Ah, qué demonios. ¿En qué está metida?

—En una situación muy explosiva. Se ha topado con un falsificador de altos vuelos. El tipo tiene algunas placas de gran calidad para falsificar libras esterlinas, francos y algunas otras monedas. Está moviendo los hilos para cerrar un trato. Algunos de nuestros camaradas están muy interesados.

—Ya me lo imagino. ¿Qué cree ella que puede hacer?

—Va a intentar robar las placas.

Grant se puso pálido.

—¿Y se lo vas a permitir?

—¡Maldita sea, Grant! —estalló Kell—. ¡No es cuestión de permitírselo o no y tú lo sabes! El problema es detenerla sin que ese tipo se dé cuenta de lo que pasa y desaparezca donde no podamos encontrarlo. Está rodeada de agentes, pero el tipo cree estar enamorado de ella y su comprador tiene espías por todas partes. No podemos sacarla de allí sin que todo salte por los aires.

—Está bien, está bien. Yo la sacaré.

—¿Cómo? —preguntó Kell.

—Conseguiré las placas, la sacaré de allí y me aseguraré de que no vuelva a llamarte.

—Te lo agradecería profundamente —dijo Kell—. ¿Cómo vas a conseguirlo?

—Casándome con ella.

Algo iluminó la tez sombría de Kell. Se recostó en su sillón y enlazó las manos tras la cabeza.

—Vaya, que me ahorquen. ¿Sabes dónde te estás metiendo? Esa mujer no piensa como la mayoría de la gente.

Esa era una forma muy amable de decirlo, pero Kell no le había dicho nada que Grant no supiera ya. A los pocos instantes de conocer a Jane se había dado cuenta de que era poco ortodoxa. Pero la quería, y en la granja no podía meterse en muchos líos.

–Sí, lo sé. Por cierto, estás invitado a la boda.

Jane sonrió a Felix. Sus ojos brillaban. Era tan mono... Le caía muy bien, a pesar de que era un falsificador cuyos planes podían perjudicar a su país. Era un hombre menudo, de ojos tímidos y algo tartamudo. Le encantaba jugar, pero no tenía suerte; o, mejor dicho, había tenido una suerte atroz desde que Jane había empezado a sentarse a su lado. Desde entonces ganaba con regularidad y era su devoto admirador.

A pesar de todo, Jane se lo estaba pasando bien en Montecarlo. Grant estaba tardando, pero ella no se aburría. Si le costaba dormir, si a veces se despertaba con las mejillas húmedas, tenía que aceptarlo. Lo echaba de menos. Era como si hubiera perdido una parte de sí misma. Sin él, no podía confiar en nadie, no había nadie en cuyos brazos pudiera descansar.

Estaba caminando por la cuerda floja y la tensión la ayudaba a no caer en la depresión. Pero, ¿cuánto tiempo duraría aquello aún? Si veía que Felix se decidía finalmente a vender, se vería obligada a hacer algo y enseguida, antes de que aquellas placas cayeran en las manos equivocadas.

Felix estaba ganando otra vez, como cada noche desde que conocía a Jane. El elegante casino estaba lleno de gente y las lámparas rivalizaban en brillantez con los collares y pendientes de diamantes. Los hombres con sus trajes de etiqueta, las mujeres con sus vestidos y joyas, las fortunas que se jugaban tranquilamente a los dados o a las cartas, todo ello creaba una atmósfera única en el mundo. Jane encajaba fácilmente en aquel ambiente, esbelta y elegante con su vestido de seda negro que dejaba al descubierto su espalda y sus hombros. Sus pendientes de alabastro casi tocaban sus hombros, y su pelo aparecía recogido sobre lo alto de su cabeza en un moño descuidado y favorecedor. No llevaba collar, ni brazaletes, sólo los pendientes que acariciaban el resplandor dorado de su piel.

Al otro lado de la mesa, Bruno la observaba atentamente. Empezaba a impacientarse con Felix, y era probable que su impaciencia obligara a actuar a Jane.

Pero, ¿por qué no? Ya había esperado cuanto podía. Si Grant hubiera estado interesado, ya habría aparecido.

Se levantó y se inclinó para besar a Felix en la frente.

—Vuelvo al hotel —dijo con una sonrisa—. Me duele la cabeza.

Él la miró, desanimado.

—¿De veras te encuentras mal?

—Sólo es un dolor de cabeza. Hoy he estado demasiado tiempo en la playa. No tienes por qué marcharte. Quédate y disfruta del juego —él pareció angustiado y Jane le guiñó un ojo—. ¿Por qué no ves si puedes ganar sin mí? Quién sabe, puede que yo no tenga nada que ver.

Él se animó, el pobrecillo, y regresó a su partida

con renovado fervor. Jane salió del casino y regresó apresuradamente al hotel. Subió derecha a su habitación. Siempre dejaba que la siguieran, porque tenía la sensación de que siempre la seguían. Bruno era muy desconfiado. Se quitó rápidamente el vestido y se disponía a sacar del armario unos pantalones negros y una camisa cuando una mano le tapó la boca y un brazo musculoso le enlazó por la cintura.

–No grites –dijo junto a su oído una voz baja y ligeramente rasposa, y el corazón le dio un vuelco. La mano se apartó de su boca y Jane se volvió en sus brazos, escondió la cara contra su cuello y aspiró su olor delicioso y varonil.

–¿Qué haces aquí? –susurró.

–¿Tú qué crees? –preguntó, irritado, pero sus manos se deslizaban por su cuerpo casi desnudo, acostumbrándose de nuevo a su piel–. Cuando te lleve a casa, puede que te dé esa azotaina con la que te amenacé un par de veces. Te libro de Turego y en cuanto me descuido vuelves a meterte en un lío.

–No estoy metida en un lío –replicó ella.

–No me digas. Vamos, vístete. Tenemos que salir de aquí.

–¡No puedo! Tengo que conseguir unas placas. Mi habitación está vigilada, así que iba a salir por la ventana para ir a la habitación de Felix. Creo que sé dónde las tiene escondidas.

–Y dices que no estás metida en un lío.

–¡Claro que no! Tenemos que conseguir esas placas, Grant, de verdad.

–Ya las tengo.

Ella parpadeó con los ojos como platos.

—¿Ah, sí? Pero... ¿cómo? ¿Cómo sabías...? No importa. Te lo dijo Kell, ¿verdad? Bueno, ¿dónde las tenía escondidas Felix?

Estaba disfrutando de aquello. Él suspiró.

—¿Tú qué crees?

—En el techo. Creo que levantó uno de los paneles del techo y las escondió allí. Es el único buen escondite que hay en la habitación, y Felix no las habría guardado en la caja de seguridad de un banco, que es donde las habría puesto yo.

—No, nada de eso —dijo él, irritado—. Tú las habrías puesto en el techo, igual que él.

Ella sonrió.

—¡Yo tenía razón!

—Sí, tenías razón —y él, probablemente, no debería habérselo dicho. La hizo darse la vuelta y le dio una palmada en el trasero—. Empieza a recoger tus cosas. Tu amiguito es tan nervioso que seguramente comprueba su escondite cada noche antes de irse a la cama. Tenemos que estar lejos de aquí antes de que vuelva.

Ella sacó sus maletas y comenzó a llenarlas. Grant la miraba con la frente perlada de sudor. Estaba más guapa incluso de lo que recordaba, con los pechos grandes y redondos y las piernas largas y torneadas. Ni siquiera la había besado. La agarró del brazo, la hizo volverse y la apretó contra él.

—Te echaba de menos —dijo, y se apoderó de su boca.

La respuesta de Jane fue instantánea. Se puso de

puntillas, se acercó a él, le rodeó el cuello con los brazos y metió los dedos entre su pelo. Grant se lo había cortado, y sus mechones rubios se deslizaron entre sus dedos y volvieron a su sitio.

—Yo también te echaba de menos —susurró cuando él dejó de besarla.

Grant la soltó de mala gana. Su respiración era agitada.

—Acabaremos esto cuando tengamos más tiempo. ¿Te importaría vestirte, Jane?

Ella obedeció sin rechistar, se puso unos pantalones de seda verdes y una camisa a juego.

—¿Adónde vamos?

—¿Ahora mismo? Iremos en coche hasta la playa para entregarle las placas a un agente. Luego tomaremos un vuelo a París, Londres y Nueva York.

—A menos, claro, que Bruno esté esperando al otro lado de la puerta y acabemos surcando el Mediterráneo.

—Bruno no está esperando al otro lado de la puerta. ¿Quieres darte prisa?

—Ya he acabado.

Él levantó las maletas y bajaron las escaleras. Grant liquidó la cuenta de Jane. Todo iba a pedir de boca. No había ni rastro de Bruno, ni de ninguno de los hombres a los que ella llamaba «los matones de Bruno». Entregaron las placas al agente, como estaba previsto, y fueron en coche hasta el aeropuerto. El corazón de Jane palpitaba con un latido lento, fuerte y poderoso cuando Grant se deslizó en el asiento, a su lado, y se abrochó el cinturón.

—¿Sabes?, aún no me has dicho qué haces aquí. Estás retirado, ¿recuerdas? Se supone que no deberías hacer estas cosas.

Grant la miró con sus ojos de oro fundido.

—No te hagas la inocente —dijo—. Vi tu mano en esto desde el principio. Y funcionó. He venido a por ti. Te quiero. Voy a llevarte a Tennessee. Y vamos a casarnos. Pero será mejor que recuerdes que conozco tus trucos y sé que eres muy escurridiza. ¿Me he dejado algo en el tintero?

—No —dijo Jane, recostándose en su asiento—. Creo que está todo claro.

Epílogo

Grant yacía en la cama, abrazado a Jane. El cabello oscuro de ésta se esparcía sobre su hombro. Él le acariciaba la cabeza, la espalda, la curva redondeada de las nalgas.

—No podía dormir sin ti —murmuró—. Estaba acostumbrado a que me usaras como cama.

Ella no dijo nada, pero Grant sabía que no estaba dormida. Estaban cansados, pero no podían dormir. Al llegar a París, seguir trayecto con destino a Londres y Nueva York les había parecido poco importante. Se habían registrado en un hotel y se habían amado incluso mejor que antes, agudizado el placer por el tiempo que habían pasado separados.

—¿Qué habrías hecho si no hubieras venido a por mí? —musitó ella. La desolación de sus días de soledad sin él se percibía en su voz.

—Tú sabías que vendría.

—Tenía esperanzas. No estaba segura.

—A partir de ahora puedes estarlo —dijo él, y, volviéndose, se tumbó sobre ella—. Te quiero. Espero que puedas ser feliz en Tennessee, porque creo que yo no podría vivir en una ciudad, al menos por ahora. Eso me preocupa.

Una lenta sonrisa se dibujó en los labios de Jane.

—¿No te has dado cuenta aún de que a mí tampoco me entusiasman las ciudades? Puedo ser feliz en cualquier parte, si estás conmigo. Además, creo que estará bien que los niños crezcan en el campo.

—De eso no hemos hablado, ¿no? A mí me gustaría tener hijos, pero, si tú quieres esperar un tiempo, estoy dispuesto.

Ella trazó la silueta de su boca con la yema de un dedo.

—Es un poco tarde para pensar en esperar. Si querías esperar, no debiste acercarte a mí en la selva. Ni en México. Ni en Washington.

Él tragó saliva, mirándola fijamente.

—¿Me estás diciendo lo que creo que me estás diciendo?

—Me parece que sí. No estoy segura aún, pero todos los síntomas están ahí. ¿Te molesta?

—¿Molestarme? ¡Dios santo, no!

La densa emoción de su voz reconfortó por completo a Jane. Le rodeó el cuello con los brazos, cerró los ojos y se abrazó a él. Ya no le importaba la oscuridad. Grant estaba a su lado.

Títulos publicados en Top Novel

¿Por qué a Jane...? – Erica Spindler
Atrapado por sus besos – Stephanie Laurens
Corazones heridos – Diana Palmer
Sin aliento – Alex Kava
La noche del mirlo – Heather Graham
Escándalo – Candace Camp
Placeres furtivos – Linda Howard
Fruta prohibida – Erica Spindler
Escándalo y pasión – Stephanie Laurens
Juego sin nombre – Nora Roberts
Cazador de almas – Alex Kava
La huérfana – Stella Cameron
Un velo de misterio – Candace Camp
Emma y yo – Elisabeth Flock
Nunca duermas con extraños – Heather Graham
Pasiones culpables – Linda Howard
Sombras en el desierto – Shannon Drake
Reencuentro – Nora Roberts
Mentiras en el paraíso – Jayne Ann Krentz
Sueños de medianoche - Diana Palmer
Trampa de amor - Stephanie Laurens
Resplandor secreto - Sandra Brown
Una mujer independiente - Candace Camp

www.ingramcontent.com/pod-product-compliance
Lightning Source LLC
LaVergne TN
LVHW031807080526
838199LV00100B/6363